珍瓏無雙局

桩桩——作

參

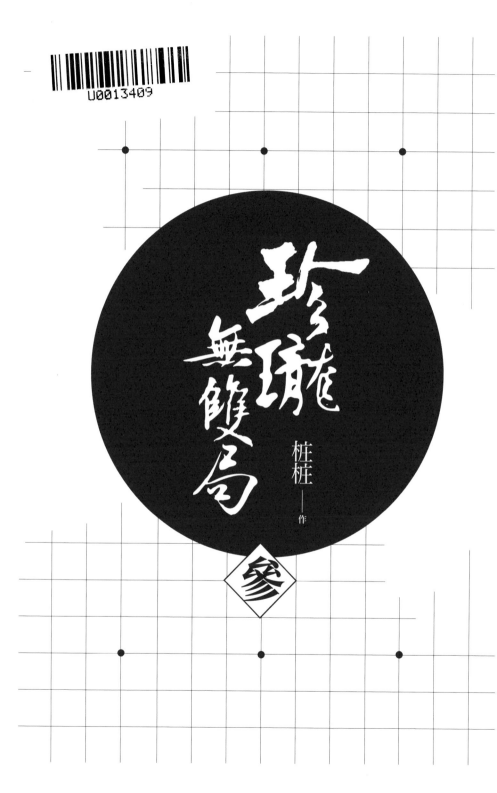

珍瓏無雙局

目錄

第三十章　花匠老岳

很多時候穆瀾都在暗暗提醒自己，離林一川遠一點兒。事實上，她卻和林一川走得越來越近。她的武功、她的武器，她和面具師父的那一戰都被林一川看在眼中。

如果不想暴露她的祕密，她應該殺了林一川。穆瀾心裡暗嘆，她下不了這個手。這樣的情形讓她不得不信任著林一川。

也許，如他所說，她真能多信任他一點兒。

「妳瞧。」林一川專心作畫，並未發現穆瀾眼中的掙扎與猶豫。

他畫了兩幅圖，栩栩如生。

一幅是他在靈光寺時追出去看到的凶手背影，前方是寺中碑林，凶手身穿黃色僧袍，戴了頂僧帽。黃衫飄蕩，身形應該比較魁梧；個頭據林一川所說，比他矮一點兒，比穆瀾高一點兒。

另一幅畫是靈光寺老嫗的廂房外，一個蒙面的黃衫人從門中躍出，手中拿著一柄匕首。紅梅樹下，蘇沐驚嚇在地。

他擱下畫筆，轉過臉來。穆瀾發呆時，眼神愣愣的，有點可愛。他笑著屈指朝她額頭彈去。

剎那間，穆瀾平平往右移動一步，躲開他的手指，眼神重新變得清亮。

林一川的手落了空，有點尷尬，更多的是好奇，「小穆，妳連發呆時都在防備，妳不累嗎？」

穆瀾愣了愣，淡淡說道：「習慣了。」

她才十六歲，得練多少年，才練成這樣的習慣？養成這樣的習慣是為了冒死進國子監嗎？

也許最初是穆瀾的性情吸引了他，也許是她的神祕吸引了他，但此時，林一川心裡浮現出淡淡的憐意。他真的很想保護她，想攏著她入懷，讓她能暫時放下所有的警戒與心防，在他懷裡歇息一會兒。

那雙比尋常人顏色更深的眸子噙著的情緒讓穆瀾蹙眉。林一川知曉自己太多祕密，好奇心太強了吧？他又在想她為什麼發呆？同時生出的還有一絲惱怒，「別以為知道我一些事，我沒殺你，就得寸進尺！」

小鐵公雞！小刺蝟！林一川暗暗惱恨自己又一次表白給了瞎子看，心裡暗罵著，臉上還得裝出一副誇張的表情，「我這不是關心妳嗎？」

「用不著。」穆瀾答了一句，提筆也畫出自己所見的林中凶手。

凶手一躍而起，提刀遮著面門。那柄刀很普通，握刀的手筋骨分明。

穆瀾回想著當時的情景，「他的手比較粗糙，膚色較黑。刀很普通，但很短，容易藏在身上。」

林一川想了想，慢慢地總結道：「他的年紀應該在三十到四十左右。身長七尺五寸左右。手粗因為習武，膚黑不似養尊處優之人。看體格，或許他留有濃密的鬍鬚。那麼早就能準確找到蘇沐，他是國子監裡的人，或許是近期才來到國子監。」

穆瀾的手在桌面上滑動著。那幾根淺淺的弧線究竟是什麼呢？她突然想到面具師父的面具。看到老頭兒的丹桂刺青之後，她才認出面具師父面具上刻的是一模一樣的丹桂花。

「也許他在靈光寺輕鬆殺死老嫗時，並未蒙面。聽到蘇沐賞梅的腳步聲後，一心想遮擋面目逃走。汗巾、帕子不正是隨身所帶之物嗎？於是他拿出自己的帕子或者是從老嫗的針線籃中拿了塊繡好的帕子蒙在臉上。這塊帕子上……」穆瀾看到了畫上的紅梅，肯定地說道：「蒙面的汗巾上繡著一朵梅花，蘇沐畫的弧線是梅花的花瓣！」

林一川眼睛亮了，「新監生報到，國子監或許會臨時招一批雜役進來幫忙。」

兩人幾乎異口同聲：「他可能是飯堂的雜役！」

穆瀾將桌上的畫紙捲好放進懷中，兩人興奮地跑出去。

丁鈴正翻動著名冊。

國子監臨時招進的雜役是他最懷疑的對象。

這批雜役分別去了四座飯堂和織衣局。

他先召齊了織衣局的雜役，挨著核對名冊，一一排除能讓他雙眼生疑的對象。緊接著，他先到了天擊院旁的飯堂。這裡離蘇沐遇害的地點最近，也許凶手看到蘇沐從飯堂離開，然後跟蹤了他。

飯堂來了八名雜役，丁鈴對照著名冊，詢問他們是由誰人所薦、家住何處這些瑣事。他認真看著他們的手，然而他沒有看出一個人有問題。他去了玄鶴院。這裡是蘇沐第一次上吊的地方，和天擊院的位置是對角線。

照丁鈴的想法，排除掉這兩間飯堂，再去地字院和黃字院附近的飯堂。去的路上，丁鈴看到一名雜役正在掃地。他心中微動，招來國子監繩愆廳的官員，「不是說臨時來的雜役都安排在飯堂和織衣局嗎？」

這種雜務不歸繩愆廳管，旁邊跟隨的小吏翻看名冊，笑著答道：「入學禮前，臨時知曉御駕親臨，就抽了一些人負責清掃。」

丁鈴本能地回頭望向天擊院的方向。

林一川和穆瀾出了宿舍。入學禮後，新監生們得了半天假，正是開課前彼此熟悉結交同窗、向老監生打聽各種消息的時間，留在宿舍的人很少。

天擊院有獨立的浴堂，有一間燒熱水的小屋。兩名雜役正在整理柴垛。院子清幽美麗，比旁處多了幾名花匠。

一名花匠正拿著大剪刀，將春來新冒出頭的冬青枝葉修剪整齊。剪刀發出的卡嚓聲極有韻律，枝葉分離間散發出一股淡淡的清香在空中瀰散開來。

也許是這排低矮的冬青樹讓穆瀾想起了樹林中凶手藏身的冬青，也許是這片苗圃旁邊就是蘇沐只住過兩晚的宿舍，穆瀾隨意看去一眼，發現這名花匠無論是身形和執剪刀的手都與林中的凶手極為相似。

花匠眼中只有這一片冒出頭的冬青樹，低著頭認真修剪。直到穆瀾的身影擋住他面前的陽光，他微微佝僂著身體，有點手足無措地望向穆瀾，不知道這名眉目如畫的監生有何事找上自己。

林一川莫名其妙地看著穆瀾走到花匠面前。

「大叔，你是新來的吧？」穆瀾的笑容很有感染力，燦爛得不染一絲塵埃。

花匠被她的笑容感染，露出了憨厚的笑容，「不是，小人在這裡幹了十年的活了，一直是天擊院的花匠。」

在國子監做了十年的花匠，不是新來的雜役。林一川放下戒心，以為穆瀾看走眼了，「小穆，走啦！」

「哦。」穆瀾答了聲，跟著林一川離開。

她走了十來步，伸手折下一根冬青樹枝，拿在手裡玩。

「小穆……」

林一川正想打趣她看走眼了，穆瀾手中的冬青樹枝已閃電般射出去，他吃驚地張開嘴。

那名花匠背對他們，手中的鐵剪繼續發出清脆的卡嚓聲。

樹枝掠起一縷風聲，如弩箭射出的箭矢，強勁有力。

穆瀾是在試探那個花匠。林一川腦中剛閃過這個念頭，就發現那根樹枝絲毫沒有減弱力道。如果她認錯了人，那名花匠一定會受重傷。

這兩個念頭剛閃過，那根冬青樹枝已經到了花匠背後，眼見就要刺進他的身體，林一川迅速地轉過身，警覺地看向院子。這時候，他心中只有一個想法，如果被人發現，自己該怎麼替穆瀾遮掩？

卡嚓！

一聲剪刀剪斷樹枝的聲音傳進林一川耳中，沒有意料中的痛呼聲，讓他很是吃驚地轉過身來。

那名花匠手執剪刀面對兩人，穆瀾射出的冬青樹枝斷成兩截落在他腳下，露出斷口新鮮的白茬。他佝僂的腰身挺直了，憨厚的眼神變得凶狠冷戾。

「今晨是你？」

穆瀾的笑容燦如春陽，那片陽光卻沒有染暖她的眼睛，清亮雙瞳像屋簷下的陰影，帶著幾分冷意。

花匠似有幾分不明白，打量了下自己。他穿著國子監發下來的雜役服，渾身上下實在沒有絲毫破綻。

如果能輕易被人看出破綻，他也不會在國子監裡做了十年的花匠。

「為何會懷疑我？」

看到花匠剪斷冬青樹枝的時候，林一川已經慢慢挪動步子，站在他的背後。

林一川自詡目力過人，也實在沒想明白穆瀾為何會確定這個花匠就是殺害蘇沐的凶手。

花匠身後的監舍房門緊閉，門旁釘著寫有「甲三」的號牌。這間房原是林一川花五百兩銀換來的，再換給了蘇沐。天擎院的甲字號房間又比其他的房間更好，房門外低矮的冬青樹呈弧型圍成一個小小的庭院，就像是多出的私人庭院。

穆瀾緩緩開口道：「你剪得太過了。」

什麼叫剪得太過了？林一川看向那圈冬青樹，四下一對比，這才發現甲三號房間外面這圈冬青樹修剪得很整齊，唯有花匠所在處的冬青樹被剪得比旁處低了寸許。

「冬青樹開了春會生枝發芽，需要修剪才能保持原來的整齊美觀。我住在丁字號，房間外也有一片苗圃。出門的時候，我看到那片苗圃裡的冬青葉已經長得參差不齊。既然你在天擎院做了十年的老花匠，難道不應該先把這些冒頭的枝葉修剪整齊？然而你卻一直修剪著這裡早就修剪得平整的冬青樹。」

穆瀾慢慢地說道，分析著。

「你一直留在這裡，只有一個原因。雖然蘇沐的物品被國子監繩愆廳的官員拿走了，你卻不放心，還想進他的房間再搜一遍。早晨你完全可以趁著新監生參加入學禮進去搜。但你做了十年花匠，你不著急，想穩一穩、等一等。然而，皇上下旨，令錦衣衛查案，來的人卻是丁鈴。你害怕心細如髮的丁鈴會找到繩愆廳官員找不到的東西，你想趁丁鈴再來查看蘇沐房間之前，進去再搜一遍。」

「所以我一直站在這裡修剪著這片冬青樹，觀察著天擎院的情況，等待時機進屋。」花匠嘆了口氣，微眯著眼望著溫暖的陽光，喃喃說道：「這樣美好的春天，你二位為何不去踏春遊覽國子監的風景，卻來看一個老花匠修剪樹枝？」

那個「枝」字從他嘴裡說出的瞬間，粗大的鐵剪發出卡嚓一聲，冬青樹被剪下一片寸許長短的枝葉。他隨手拂過，細碎的枝葉朝空中散開，像漫天灑落的暗器朝著穆瀾飛射而去。他腳步一頓，地上的泥土濺起一些細小的塵煙，面對著穆瀾，人朝身後躍出去。

一道掌風朝他襲來，林一川出手了。

花匠感覺到掌風的凌厲，心往下沉了沉。他之所以面對穆瀾，是想盯著她出手。在他看來，兩個少年中最大的威脅是穆瀾，站在身後的少年並不足為懼。然而他沒想到林一川的功夫並不弱，他凌空翻動身體，手中的鐵剪當成了棍子，揮向林一川。

這一掌延遲他逃跑的時間，當他的腳踩在地面的瞬間時，瞳孔猛的收縮了下。穆瀾像是一柄劍，破開面前飛至的樹枝花葉，已到了他的身邊。一簇銀光從她手中吐放，花匠明白了，這是早晨射向自己的那柄匕首。

鐵剪在他手中張開，不偏不斜夾住穆瀾刺來的匕首。這一次，沒有剪斷匕首的卡嚓聲傳來。他用力揮動鐵剪，又一次判斷錯了。穆瀾鬆開手，身體如春天飄蕩的柳絮，藉著他一甩之力蕩向空中，然後輕巧翻轉，手中竟又多出一柄匕首，身體從上往下朝他刺來。

這時，林一川的雙腿已踢向他的下盤。

如果他攻向林一川，就避不開穆瀾；避開穆瀾，他勢必被林一川踢中。花匠冷笑了聲，鐵剪當成暗器扔向林一川，手從衣襟下抽出一把刀迎上穆瀾的匕首。

兩個聲音幾乎同時發出。「咚」的一聲，是林一川躲開的鐵剪掉在地上發出的。花匠的刀與穆瀾的匕首在空中相擊數下，叮噹聲不絕。

花匠無心戀戰，邊打邊退。兩人都想生擒，只纏不攻，拖延著時間。花匠每下殺手，就發現兩人躲得比兔子還快；收手逃跑，穆瀾的輕功勝他一籌，纏著他不放。林一川又奔過來加入圍攻，花匠漸漸焦躁起來。

很快的，這邊的打鬥就會傳開，然後丁鈴會來……思索中，他腳下微涼，竟踩進了天擊院的湖水中。

刀順勢貼著水面一掠，銀色的水花疾射而出。穆瀾和林一川配合默契，往旁閃開。嗤嗤數聲，水花灑落在岸上，溼潤的泥地上出現一片密集的凹坑。

林一川撇嘴道：「湖裡的水多得很，你往裡面跳唄！」

花匠果然縱身躍向湖水。

「真賤！叫你跳就跳啊！」林一川罵了句，自問沒有這種踏萍渡水的輕身功夫，但他相信穆瀾有，「小穆，妳追他，我去對岸攔他！」

花匠的身體在空中墜下的瞬間，他抽刀擊水，借力再躍。

穆瀾卻停住腳步。

「小穆？」林一川不明白。

「我聽到了鈴鐺聲。」既然丁鈴已經趕來，她為何要暴露自己的實力？

她的話音剛落，清脆的鈴鐺聲在湖面響起。丁鈴的身法太快，紅色的斗牛服像是落在湖面上的一縷晚霞，飄逸無比。鈴聲停住，他落在湖對岸，擋住花匠的去路。

花匠沉默地看著丁鈴，準確說，是盯著他手中的金鈴。

「你逃不掉了。」

「束手就擒吧！」

丁鈴悠然地望著他說了這兩句話。

隔岸湖邊，林一川和穆瀾見丁鈴擋住花匠的去路，同時鬆了口氣。

林一川這時才有時間誇穆瀾，「小穆，妳真厲害，這麼快就發現了殺蘇沐的凶手。當時我都嚇了一跳，生怕妳傷錯了人。」

穆瀾笑道：「那我真認錯人怎麼辦？」

林一川輕鬆地說道：「我給他很多銀子，向他賠禮便是。」

一個窮苦的花匠，被莫名其妙的樹枝刺傷，因此得到大筆銀錢養傷，應該會很高興。

「我胡亂傷了無辜，你還會喜歡我這樣的性子？」穆瀾想起林一川說過的話，疑心漸起。

「哎，小穆妳哪會隨便傷人呢？」林一川有苦說不出，又不敢讓穆瀾知道自己早就曉得她的性別，只好睜著眼睛說瞎話，「妳看，妳一試，他就露出原形了。」

等於沒有回答。望著林一川英俊的側臉，穆瀾心裡的感覺怪怪的。

湖岸對面刀光閃爍，打斷了穆瀾的思索。

花匠揮起了刀，丁鈴擲出了手中的金鈴。

刀光中鮮血四濺，鈴聲「叮」了一聲後沉默了。

花匠的身體倒向後面的湖水，濺起一大片水花。水聲之後，暗紅的血暈開，染紅了這片湖水。一雙金鈴牢牢地挨在一起，細長而韌的銀索緊緊纏住他的雙腿。

花匠一共揮出三刀，前兩刀削掉了自己的臉頰，第三刀割斷自己的咽喉。他睜大著雙眼嘲笑地望向天空，似在譏諷丁鈴也有判斷失誤的時候。

他根本沒有想過能從丁鈴手中逃走，他選擇了毀容自盡。

「狗東西！」丁鈴氣得直跳腳。

他想抓活口，所以沒理會花匠出刀，他對自己的金鈴有信心；然而花匠的刀不是砍向他，而是砍向自己。

兩案並查，凶手就在眼前，卻自盡了，而且是當著他的面自盡。丁鈴像生吞了隻蒼蠅一樣難受。

這時聽到動靜趕來的人越來越多。已有住在天擎院的老監生認出了花匠來，

「這不是咱們院裡的花匠老岳嗎？」

「是啊，我在國子監快四年了，從來不知道老岳會武藝。」

原來他是天擎院的花匠，怪不得能盯死蘇沐的行蹤，一大早殺了他。丁鈴恨恨地盯著湖裡的花匠，又笑了起來。

「其實你已經告訴我很多東西了。一，你在國子監十年，蘇沐一定不會是你的目標。二，本官已經見過你的臉了。你執意毀容，是不想讓人因為你的臉去指認你的主子，那麼你應該不是個默默無聞的人。本官一定會查出你的祖宗三代！最後，甭以為你自盡了，本官就會結案。你給我等著！」

丁鈴說這一長段話時，只是動了動嘴皮，沒有人聽到他的聲音。可是他的表情極其豐富，一會兒自信地笑，一會兒咬著腮幫子瞪眼。跑到湖對岸的林一川見著，笑個不停。

「很好笑嗎？」丁鈴突然回過頭，指著林一川道：「說的就是你！你怎麼發現他的？」

怎麼搶在本官找出他之前，發現他的？

林一川下意識回頭，卻發現穆瀾沒有跟過來。她不想在丁鈴面前露面？無涯看起來和錦衣衛走得近，穆瀾如果被丁鈴盯上，弄不好，無涯會知道她是女子。這樣一想，林一川理所當然地把發現花匠是凶手的「功勞」扛到自己身上。

他繪聲繪色地將自己如何發現花匠站在蘇沐宿舍門口修剪冬青樹的不對勁，然後出手試探，「……出手一試，他就逃了，我趕緊叫上小穆一起追。才追到湖邊，眼看著他躍湖要逃，幸虧大人及時趕到！大人英明！」

「穆瀾呢？」丁鈴習慣性地想聽兩人的說法，看到穆瀾還遠遠站在湖對岸，又氣不打一處來。錦衣衛想招攬，穆瀾卻有多遠躲多遠。當錦衣衛少了她不行？丁鈴哼了聲。

見他望向對岸的穆瀾，林一川大步上前，擋住他的視線，奉承道：「大人怎麼查出這個花匠有問題？他在國子監待了十年呢，不是新招的雜役。」

丁鈴是想回天擊院查一查那幾個臨時抽去掃地的雜役，聽到動靜後趕來的。他臉也不紅地說道：「本官焉能不知道？」

國子監繩愆廳官員和小吏們也趕到了。

丁鈴惱火地對國子監的小吏說道：「還不趕緊把凶手撈起來！」

小吏們將面目全非的花匠從水裡拖出來。丁鈴親手解下那雙金鈴繫回腰間，親自查驗了花匠的屍身，擺手讓人抬走了。

繩愆廳的官員已經從旁處知道這名花匠的身分。一個在國子監幹了十年花匠的人，在錦衣衛的大刑下能說出多少國子監的陰私事？看到花匠的臉血肉模糊，頸邊一道深深的刀痕，死得不能再死，官員們心中鬆了口氣，討好地對丁鈴說道：「丁大人名不虛傳，這才半天工夫就抓到了凶手……」

馬屁自然拍到了馬腿上。丁鈴冷冷地望著他們道：「他在國子監裡隱藏了十年，繩愆廳吃白飯的？都沒發現他身分可疑？」

一句話將繩愆廳的官員氣得臉都綠了。監生數千、官員數百，誰犯了案，難不成就責怪繩愆廳失察失職？

丁鈴慢悠悠地朝北拱手道：「皇上英明，所以令本官親自來調查此案啊。」

他臉上的神情太過自戀，官員們硬著頭皮繼續恭維，「有丁大人接手，這案子才能破得這麼快、這麼輕鬆……」

見官員們的臉色也像是生吞了蒼蠅般難受，丁鈴氣消一半，讓林一川帶路去蘇沐的房間。

「丁大人，蘇沐的行李、物品我們已經搬去了繩愆廳。」一名官員覺得多此一舉。

丁鈴又朝北拱手嘆道：「皇上之所以令本官徹查此案，就是知道本官能看出你們看不見的線索啊！」

這句話噎得繩愆廳上下等人半晌無語，訕訕應道：「皇上聖明！」

林一川險些憋成內傷，他強忍著笑在前面領路，心想見過的兩個東廠飛鷹大檔頭，朴銀鷹威風嚴肅，梁信鷗笑裡藏刀。從前他覺得神祕的錦衣五秀應該是與之匹配的人物，今天才知道，被六扇門視為神捕的心秀丁鈴其實就是個自戀毒舌的活寶。

丁鈴的聲音突然出現，「花匠是穆瀾發現的是吧？」

還挺賊的！林一川反應極快，「丁大人可不能信口開河抹了學生的功勞！」

丁鈴背負著手往前走，鈴鐺叮叮噹噹響個不停，「除非你幫我找到點兒有用的東西，我才相信。」

小綠豆眼精明地在林一川臉上打了個轉，心想這是個人才，不用白不用。

林一川愣了愣，看到湖邊的穆瀾已經消失無蹤，不由得暗罵，小鐵公雞太沒義氣了！誰教他捨不得她有事呢？林一川嘆了口氣，無奈地帶著丁鈴去了蘇沐的宿舍。

譚弈還沒有回來，林一川倒是鬆了口氣，他並不想現在和譚弈直接對上。

房間裡空著一張床，蘇沐的行李都搬走了，他只在這裡住了兩個晚上。想起蘇沐當時驚恐不安、躲躲閃閃的神情，林一川想，也許蘇沐真能留下兒什麼。

然而連床底、床褥子都翻找遍了，也沒有絲毫發現。

丁鈴蹙眉說道：「花匠老岳想進房間，他想找什麼呢？」

林一川又覺得正常，「也許蘇沐壓根不知道自己看到了什麼，但花匠寧肯錯殺一千，不肯放過一個。蘇沐死得冤枉。」

離開宿舍，丁鈴讓小吏帶路去了花匠老岳的住處。

花匠老岳住在國子監的雜役房，最末梢的一個單間。

丁鈴獨自進了房間，朝林一川招手，「你也進來。」

緝徳廳官員心裡生出不滿。他們才是專業人士好不好？

有官員就道：「丁大人，他不過是個新來的監生。」

「本官覺得他有用。」丁鈴有囂張的本錢，卻不知道這句話將林一川推到了風口浪尖上。

官員們更不痛快了。一個監生比自己這些專事調查斷案的人有用，真當他們是吃白飯的？

林一川原本只是好奇，圖個知曉內情，又被丁鈴拿話揑住，一心想將穆瀾掩藏起來。被官員們不友好的目光瞟著，他暗罵丁鈴不厚道，笑著團團一揖，「諸位老師何等身分，給丁大人打雜這種粗活讓學生來做就行了。」

官員們頓時覺得林一川會說話，拈鬚而笑，「房間太小，我等進去也不方便。丁大人有何吩咐，你手腳勤快點兒照辦就是。」

「學生謹記教誨。」林一川好不容易把人哄好了，這才進了房間。

「砰！」丁鈴毫不客氣地把門關上了。

「丁大人，您這樣在下很難做……」

丁鈴看上了林一川，笑咪咪地說道：「本官這麼囂張，知道為什麼嗎？」

那還用說，你是錦衣五秀，直接聽命錦衣衛指揮使。國子監的官員被你罵了也只能唾面自乾。

「有興趣當錦衣衛的暗探嗎？」

林家上了東廠的船，看來丁鈴還不知道這個消息。林一川想求個雙全法，心中微動，「當了錦衣衛的暗探有什麼好處？」

「好說，且看看你的能力如何。」丁鈴悠閒地坐了，微笑道：「林大公子能從樹下指甲蓋大小的樹皮發現樹上匕首的插痕，想必也能找出點兒有用的東西。」

房間不大，擺了一張單人床、一桌兩椅、一個櫃子，就沒有更多的空地了。

一個謹慎到自盡都要削掉自己臉皮毀掉容貌的人，他會在屋裡留下什麼有用的東西呢？

花匠老岳的被褥泛著油光，枕頭的布睡出一塊深灰的痕跡，也不知道多久沒有清洗過了。林一川瞧著直犯噁心，他眼珠轉了轉，很謙虛地對丁鈴說道：「在下只是一時僥倖，怎比得上大人心細如髮？也沒有經驗。萬一線索被在下弄沒了，可不太好。還是大人親自動手搜查吧。」

兔崽子！丁鈴沒想到會有人不懼錦衣衛，將自己的軍。茲事體大，丁鈴也不勉強讓林一川動手，他不耐煩地揮了揮手，「站門口去。」

林一川聽話地背靠著木門站著，好奇地看丁鈴如何搜查。

丁鈴在屋子裡來回踱了兩圈，走到床前。他將枕頭撕開，沙一樣的蕎麥從枕頭裡洩了滿地都是。他又將被子掀起，扯著被面撕了，將裡面已經睡成團狀的棉絮抖散扔在腳下。揭了床單，然後將床拆了，每根木頭都細細看過。

太粗暴了！怪不得他要趕著關門。林一川以袖掩鼻躲避著揚起的灰塵，腹誹著。

轉眼間，床已成了一堆地上的垃圾。接著是衣櫃、爐子，一片狼藉。

丁鈴累得扠著腰喘氣，一腳踢飛一個破碗氣道：「能把自己的臉都削了，他能在這屋子裡藏什麼東西！」

線索難道就隨著老岳自盡斷了？丁鈴敢肯定，這人說不定連姓名都是假的。十年前，誰還記得怎麼招了個雜役進來做花匠？關鍵是，人死在自己眼前，煮熟的鴨子飛了。丁鈴想著就生氣，「還有你。居然兩次機會都讓他從你手中逃了，你也太蠢了吧？」

自己查不到線索，反遷怒他？林一川倨傲地昂起了下巴，「大人，您查完了？」

丁鈴哼了聲：「讓開！」

林一川從門口讓開了。

丁鈴正要開門離開，林一川開口了，「被子不知道蓋了多少年，都蓋起了油光，可他卻精心養著一盆花，看來他真是個好花匠。」

花？丁鈴回頭，看到窗臺上擺著一盆茉莉。茉莉種在一只髒兮兮的褐色陶盆中，長得很是悽慘，兩根褐色的花枝上只有春來抽出的兩片新葉，葉片上蒙著一層灰，除了還活著，實在很難看。

「本官早就發現了。」丁鈴看過這盆花，發現很久沒有移動的花盆痕跡，就沒注意到它。但是林一川的話提醒了他，一個連被子都懶得清洗的人怎麼會有閒心種花呢？他暗悔自己被花匠自盡弄得心浮氣躁，如此明顯的東西竟然被自己忽略掉了。他一臉深沉地說道：「因為它不像是老岳養的，極可能是與同謀聯絡之物。本官才刻意留它在此，等著人來自投羅網。」

連床都拆掉，整出這麼大動靜，還等人自投羅網？哄鬼去吧！林一川自嘆不如丁鈴的臉皮厚，但他還是很堅持自己的想法。他站在門口對丁鈴說道：「大人……能否把那盆花抱過來讓在下瞧瞧？」

丁鈴覺得奇怪，「為什麼你不走過來自己看？」

林一川決定學學丁鈴的厚臉皮，說了句不好笑的笑話，「萬一地上還留有線索，在下怕踩壞了。」

有證據他早就找出來了！丁鈴突然反應過來，林一川嫌地上髒亂。他不肯動手搜查房間竟然是嫌髒！自己居然就被他騙著做了苦力！丁鈴怒從膽邊生，提起花盆朝林一川摔過去，「林大公子你就好好瞧吧！」

他以為林一川能夠輕鬆接住，誰知道林一川往旁邊閃了閃，任由那盆花砸到牆上。嘩啦聲中，花盆碎了。

一只匣子從泥土中飛了出來。

真藏在花盆裡！鈴聲叮噹，丁鈴的金鈴飛出來捲住匣子，理直氣壯地說道：「本官就知道花盆裡肯定藏著東西。」

林一川拂了拂濺在身上的泥土，心想：你還能更無恥一點兒嗎？難怪小穆不肯和你打照面。也就我沒按住好奇心，傻乎乎跟來。幫你找到線索，還要拍你馬屁。

「大人不愧是錦衣五秀中查案最厲害的！」

「否則皇上也不會欽點本官前來查案了！」丁鈴臉不紅、心不跳，彷彿本該如此。

林一川學著他的模樣朝北拱手，「皇上聖明！」

丁鈴彷彿沒看到，專注地盯著手中的鐵匣子。

小小的鐵匣子只有兩寸見方，沒有鎖，丁鈴輕鬆掀起盒蓋，裡面疊放著一塊帕子。

布料是青色的綢，質地並不好。上面繡著一枝紅色的梅花，繡工也很一般。

林一川和穆瀾畫凶手圖像的事情並沒有告訴丁鈴，所以丁鈴拎著這塊帕子看了又看，「老情人的？還是他身後的組織以紅梅為記？」

「大人，蘇沐的死因正是因為這塊帕子。」林一川看到丁鈴懷疑的目光，解釋道：「如果凶手是殺死靈光寺老嫗的同一人，當時他穿著僧衣、戴著僧帽出沒於寺中，自不會引人懷疑，他去殺老嫗也無須蒙面。但他剛殺了人，蘇沐就去老嫗房外賞梅，他只得隨手從針線籃中拿起這條手帕蒙了臉逃走。蘇沐看到了這塊帕子上的梅花。他遇害前清醒時，在地上畫出的弧線可不正是梅花瓣嗎？」

丁鈴像看白痴似地看著林一川，「凶手為何在國子監裡殺了蘇沐？」

「因為蘇沐看到了這塊蒙臉的帕子。」

「這塊帕子是從老嫗處隨手拿的，又不是凶手的，蘇沐看到又如何？難道花匠老岳用隨手拿的帕子在蘇沐面前招搖？然後害怕蘇沐認出他，所以把他殺了？第一次在玄鶴院想把他吊在樹上偽裝成上吊，被你和謝勝救了後，今早就直接用石頭敲死。」

花匠都把帕子藏進鐵匣子，又埋進花盆裡，肯定不會拿出來用。林一川悟了，「凶手是為了這塊帕子殺了老嫗。」

就為了搶走這塊普通的手帕而殺人？林一川覺得沒這麼簡單。

「總算沒蠢到家。這塊帕子定有緣由。管好你的嘴，還有……你的好奇心。」丁鈴將匣子和帕子收了，打開了門。

屋外的官員、小吏和四周看熱鬧的人齊齊望向屋裡。

丁鈴嚴肅地說道：「什麼線索都沒有留下，去把當初引薦花匠進國子監的人叫來。」

小吏呈上了冊子，苦著臉道：「大人，十年前國子監招雜役是張榜告示。老岳會種花，考核過關，就留下了。」

還真是沒有漏洞。老岳十年前就進了國子監，他總不可能十年前就能預知蘇沐會進國子監，殺蘇沐也許是順手所為。看來靈光寺老嫗被殺案的背後，還有隱情。花匠老岳在國子監也另有目的。丁鈴暗暗思忖著。

他記住了老岳的籍貫地址。他一點兒都不著急，只要能畫出老岳，以他臨死前毀容的舉動，一定會有人認識他。

「老岳殺了監生蘇沐，動機不純。凶手已經畏罪自盡，本官會如實回稟皇上。案子發生在國子監，就由繩愆廳向京畿府報案吧。」

管他什麼動機，凶手畏罪自盡是真的。由國子監繩愆廳報案，此案意味著就結了，錦衣衛也不會留在國子監。官員們長長地鬆了口氣，真心誠意地揖首，「下官恭送大人！」

丁鈴走之前眼神閃了閃，笑道：「林一川，你才進國子監就發現花匠有問題，果然是個人才啊！」

我去！這是報復我剛才學他面北拱手嗎？活生生要將我拖進繩愆廳官員的仇恨中。林一川暗罵丁鈴心眼小，謙虛地團團作揖，「全仗繩愆廳維持國子監風氣。學生不過剛來，就時刻警醒，這才僥倖發現了花匠有疑！各位師長早到一步，一定比學生更早發現花匠可疑，學生不敢居功！」

睜眼說瞎話，誰不會？林一川不服輸地和丁鈴的目光鬥了個來回。

丁鈴呵呵笑著大力地拍他的肩，恨不得把他拍趴下，「年輕人，有前途啊！」然後低聲在他耳邊說道：「進了錦衣衛，本官有大大好處給你。」

「我就不打算進錦衣衛。」腳踩兩條船有翻船的危險，林一川想清楚了。

「為什麼？」

「我不想給你當手下。」

丁鈴不由得氣結，指了指他，拂袖而去。

林一川笑著抬臂揖首，「大人慢走。」

第三十一章　一起拉下水

卯時，國子監的晨鐘悠悠敲響。新監生們起床刷牙洗臉換衣，用過早飯後迎著薄薄的晨曦踏入了教室。

一色淡青圓領鑲黑色寬邊的直綴，頭戴烏紗四方平定巾，少年郎朝氣勃勃，一派賞心悅目。

遠處傳來老監生們早課的誦讀聲，朗朗聲音隔著樹林屋宇被風吹來，彷彿一曲清新的歌，讓新監生們為之嚮往振奮。

他們還沒有開課，今天的早課無須誦讀，彼此正熟悉著周圍的同窗。

甲三班有一百名監生，穆瀾很開心沒有在教室裡看到譚弈。大概是舉子的身分把他們單獨分到一起。她環顧四周，看到了許玉堂、謝勝、靳擇海等蔭監生，又看到了林一川和林一鳴。

林一川不知道又花了銀子還是使了別的招，恰巧坐在穆瀾身後。

穆瀾撇了撇嘴角，心想蔭監生太少，難不成林家捐的錢多，所以才會分到與自己同班？

撐著下巴望著近在咫尺的穆瀾，林一川滿心歡喜。領間露出她纖細的脖頸，不必費勁就能看到她飽滿小巧的耳垂，他心就癢癢起來，手不受控制地捅了捅穆瀾的背，「小穆，咱們倆打個賭唄？」

穆瀾回過頭看他，「嫌銀子多了想讓我幫著花？」

乾淨如雨後的臉讓林一川怎麼看都看不夠似的，他厚著臉皮無話找話，「我賭今天的早課定是讓咱們熟讀監規。一百兩。」

案几上除文房四寶外，擺著新印出來的《國子監監規》。穆瀾輕蔑地說道：「和丁鈴待了一下午，學會他的不要臉了？」

只要她和自己親近，林一川就開心，「不賭？」

有錢不賺王八蛋啊！穆瀾也笑，「為何不賭？我賭今天的早課要對咱們下個馬威。別說我沒提醒你啊，你抓緊時間背監規吧。」

林一川翻動著監規，不服氣地說道：「今早才把監規印出來，我不信就讓咱們背出來。監規九條，幾十條細則，寫監規的人恨不得往死裡管咱們啊！」

「你想滿門抄斬？」入學禮上無涯說得明白，監規是他親寫的。罵他是嫌命太短了？穆瀾低聲警告林一川一句。

就是知道無涯寫的，他才不想背！林一川硬氣地把冊子扔在案几上，「賭了，一百兩！」

「成交！」穆瀾眉開眼笑地轉過身繼續看監規去了。

瞧她看得認真，林一川心裡不免犯酸。如果不是無涯寫的，她會這麼認真嗎？

他壓根沒把和穆瀾的賭約放在心上，隨便翻翻。大錯不犯，還混不過去？他就不信了。

這時，兩名穿著紫色襴衫、繫著藍色腰帶的監生和兩名官員走進來。新監生們都知道來的是率性堂的監生。

自己的運氣真好，管理甲三班的率性堂監生有一個熟人。應明也看到了穆瀾，朝她使了個眼色。他心裡也在慶幸，如果不是幫穆瀾搞定了宿舍，也許他不會被指派到蔭監生扎堆的班。誰不知道蔭監生家中有權，捐資多的例監生們有錢？這是六堂弟子搶破頭的肥差。

他清了清喉嚨，喝了聲：「肅靜！」

課堂上的交談聲立時停了，監生們端正地坐好。

應明朝兩位官員拱手，「大人，請。」

來的兩名官員，監生們都認識，一人正是廖學正。他往前一站，先朝許玉堂露出了笑臉，然後說道：「本官受命，主理甲三班的事務。將來你們的學習紀律與生活則由紀典簿和率性堂的應明、陳道義負責。現在點名。」

「許玉堂！」

看到廖學正的小眼睛，林一川就想起了丁鈴。

「到！」

「許公子請坐。有什麼問題儘管向本官反應，呵呵。」

廖學正的態度一如既往的阿諛，對印象中朝中三品大官的公子們和藹可親。

穆瀾對這個班更加滿意。有這些高官貴胄公子哥兒在，日子還會難過嗎？

點完名之後，廖學正朝身邊的另一位官員說道：「紀典簿請。」

這名官員被林一川和謝勝同時記起來了。蘇沐上吊被他倆救起送到醫館後，得了消息趕來的官員就是居中領頭的這位紀典簿。

紀典簿四十來歲，留著濃髯，膚略黑。不笑的時候，嘴脣兩邊有兩道極深的法令紋，一看就是長年板臉嚴肅的人。

「本官係繩愆廳官員，分管監中紀律，甲三班有任何違反監規之事皆由本官處理。今天上午的課由本官來講，給諸位一個時辰熟背監規。一個時辰後，本官抽查。」

說完，四人便離開教室。應明走之前又朝穆瀾使了個當心的眼神。

他們一走，教室裡就炸開了鍋。

「一個時辰？能背幾條啊？」靳擇海不滿地摔了監規。

穆瀾則回過頭伸手道：「願賭服輸給銀票！」

林一川翻了個白眼，「也就走走過場罷了。妳沒看到廖學正阿諛奉承的臉色？背不出他敢把這些人怎樣？」說著朝前面的許玉堂等蔭監生看去。

「走著瞧！」穆瀾得了應明的提示，心想廖學正想巴結討好蔭監生，紀典簿卻是個一看就不徇私的人。槍打出頭鳥，她怎麼著都要多背幾條監規，絕不當墊底的貨。

許玉堂也勸靳擇海，「多少背一點兒，說得過去就行了。」

一時間，課堂上嗡嗡的背誦聲漸起。

林一鳴打了個呵欠，拿著監規，眼皮直打架。昨天錦衣衛走後，開了門禁，他和譚弈一行人去了會熙樓喝酒。雖然趕著門禁時間返回，但他的酒還沒醒呢。身邊背誦聲讓他心裡發慌，不會這麼倒楣抽查到自己吧？他將冊子打開豎在眼前，臉埋在案几上，雙手在下面悄悄合十，「各路神仙保佑，定上高香還願……」

林一川心裡不服氣，粗略翻動著監規，就是排斥著不想背。他抄著雙臂四下一打量，看到右邊林一鳴的動作，不屑地嗤笑了聲。

一個時辰很快就過去，兩位率性堂弟子和紀典簿進了教室。

學生們立時放下監規，眼裡露出了懼色。

應明和陳道義手裡捧著兩件東西，一個手裡捧著一根兩尺長的木尺，另一個手裡捧著一條烏絲纏柄的鞭子。

背不出監規要挨戒尺和鞭子？怪不得應明神色古怪。

最先跳出來的還是靳擇海，「紀典簿，難不成我們背不出監規，還要挨他們手上的傢伙？」

紀典簿眼皮都沒動一下，話裡有著森森之意，「犯了監規，進了繩愆廳，見到的就不是這樣的小傢伙了。靳小侯爺，監規明確規定，隨意打斷師長的話是為無禮，當受罰。念爾初犯，這頓戒尺先記下。」

噎得靳擇海臉紅筋漲，憤憤地扭過臉不吭聲了。

靖北侯的世子爺都吃癟，學生們知道這回是動真格的了，噤若寒蟬，生怕抽查到自己。

只有穆瀾聽到林一川在嘀咕「有好戲看了」。

她明白林一川的意思，自然是看那群貴胄公子們的好戲。明知道蔭監生全部在這個班，廖學正倒是態度極好，恨不得把人當祖宗供起來。紀典簿卻反其道行之，這中間又有什麼緣由？

「穆瀾！」

正想著，冷不防聽到叫自己的名字，穆瀾「啊」了聲，引來同窗們低低的笑聲。

「杜之仙的關門弟子，奉旨入學。就由你開始，為全班同窗做個表率吧。」

為什麼是她，不是蹦躂的靳擇海？或者是蔭監生中威望最高的許玉堂？穆瀾心裡飛快閃過這個念頭，人已站了起來。

「監規第七條第九則，背。」

真奸詐，一來就抽後面的。入學禮時雖將皇帝欽定的監規唸了一遍，但當時人人心裡都想著蘇沐之死，過耳就忘。反正會發下監規手冊，誰會聽一遍就記住？今天給了一個時辰，這本冊子如林一川所說，八大條幾十條細則，誰能背得滾瓜爛熟？這不是為難人嗎？

為何點自己的名呢？是因為自己是老頭兒的關門弟子？還是受人指使，有意為難？

穆瀾絞盡腦汁，只記得第七大條說的是禮，監生在國子監要守各種禮。第九則是守什麼禮啊?她想了又想,總算想到了開頭,「學校之所,禮儀為先。各堂生員每日誦書,在師先立聽講解……」

能背出這個已經很不錯了好不好?

紀典簿看著她,沉默著。班裡的學生們也睜大眼睛。教室裡安靜無比。

「學生一個時辰只記到這裡。」穆瀾平靜地開口說道。

應明擔憂地看了穆瀾一眼。紀典簿已從他手中拿過木尺,走到穆瀾身邊,「伸出你的左手。」

右手還要握筆寫字,一般打的都是左手。穆瀾伸出了手。

木尺黑黝黝的,是烏木所製。厚約寸許。挾帶著一股風啪地打在了穆瀾手心。嚇得教室裡的學生們哆嗦了下。

穆瀾在木尺挨上手掌的瞬間往下沉了沉,使了個巧勁化開。聽著聲音響,有點疼,卻不會打壞手骨。在她看來,國子監的一般官員武藝不高,絕對看不出來。

然而紀典簿微瞇了下眼,厲聲喝道:「背不出監規還敢躲閃,小小年紀這般奸猾,不嚴懲何以服眾?」

難道自己看走眼了?紀典簿竟然是個隱藏不露的高手?穆瀾微蹙了下眉,卻沒想到紀典簿不知道打過多少學生戒尺,稍有不對立時就感覺出來。她心裡暗悔,早知道不如就挨實在了,還能知道紀典簿針對自己,背後是誰在指使。

紀典簿大步走到陳道義身邊,取了鞭子回轉,對著穆瀾的背用力抽下去。學生們譁然。

前。

「紀典簿！你這是故意為難人！」許玉堂在他揮鞭的瞬間站起來說道。

與此同時，一隻手擋住紀典簿。穆瀾驚愕地轉過臉，看到林一川站在紀典簿面前。

紀典簿盯著林一川緩緩說道：「按監規第八條第四則，違逆毀辱師長者杖四十！念爾初犯，跪下認錯，本官可免於罰你。」

林一川朗聲說道：「監規總則，在學生員當以孝悌忠信禮義廉恥為本心，師長當友愛之。監規發下來不過一個時辰，穆瀾能背到第七條第九則的一半已經很不錯了。紀典簿罰了她一記戒尺也就罷了，還想抽她鞭子。學生不太明白，紀典簿這是和她有仇？還是恨不得把甲三班一百人都抽一頓才達到了教學生們讀懂監規的目的？」

紀典簿扔了鞭子，望向站在臺前的應明和陳道義。

應明同情地看著林一川，往前站了一步說道：「師長教誨，若有忤逆者，送交繩愆廳嚴加治罪。」

「今天上午的課就到這裡。」紀典簿瞟了眼林一川腰間掛著的刻有監生姓名的木牌，「林一川，酉時前自行去繩愆廳領罪吧。」

也不怕人賴著不去。真賴著不去，被繩愆廳的小吏捆了去，那才是斯文掃地、顏面盡失。

課到此為止，紀典簿也不會再抽查為難人。林一川倒也覺得值得，「四十大板而已，沒什麼大不了的。學生去繩愆廳領了。」

穆瀾動了動左手，疼痛已過，最多打紅了巴掌。她拱手對紀典簿道：「此事皆因學生未能背出監規引起，學生甘願代林一川受罰。」

「小穆！」林一川急了，她可是姑娘家，怎能去挨板子？

「住口！我的事要你管！」穆瀾狠狠地瞪了他一眼，她有老頭兒特製的褲子，打不壞。

林一川還未開口，紀典簿就冷笑道：「好個同窗之誼。只是……你們當國子監是什麼地方？賞罰分明，焉是你想就能代罰的？穆瀾，你記好了，監規第七條第九則，你沒背出來的另外半條是各堂生員每日誦書，在師先立聽講解，其有疑問必須跪聽，勿得傲慢。你妄言替人代過，也領十板子去。下課！」

監生們一哄而散，恨不得離這個紀典簿遠點兒。

紀典簿陰沉地看著兩人，低聲說道：「有人託本官好好照顧你二人，本官不敢違之。瞪著本官也無用，未來的四年裡，本官會好好照顧你倆的。」

他眼中露出輕蔑之意，拂袖離開。

「誰教妳為我出頭的？」林一川氣急敗壞地拉過穆瀾的手，見手掌已經紅了，心疼得挽起袖子，「反正要被那狗官折騰，不如我現在先將他揍個半死再說。」

「先別衝動。」穆瀾抽回手道：「躲得過初一躲不過十五。有心整我們，換個人來不是一樣？先把這頓板子應付過去再說吧。」

兩人正說著，許玉堂和應明都走了過來。

「我沒事。」穆瀾揚了揚巴掌，「我看紀典簿不對勁。許兄，你能不能查一查。

我看他對蔭監生都沒好臉色。」

許玉堂心頭微凜，想起了無涯的話來。難道是東廠指使？「我先去打點一二，免得你倆進繩愆廳受苦。」說罷匆匆走了。

「許三，倒也有點義氣。」聽許玉堂說去打點，林一川對他的不喜減了幾分。

應明低聲說道：「今晨我們過來時，有人在路邊等著紀典簿，說了幾句。紀典簿就對我們說要給你們一個下馬威。」

穆瀾反應快，「不是國子監的官員？」

應明在國子監待了三年多，又進了率性堂，上下官員都認得，他這樣說就一定不是認識的人。

「是個新來的監生。不過天還沒亮，沒看清楚臉。」新監生的常服都一樣，不好辨認，「繩愆廳在下也有幾分熟悉，在下也去走走路子。」

應明一走，謝勝和侯慶之也過來了。謝勝道：「俺陪你去。打完可以背你回宿舍。」

林一川笑了，「不用不用，酉時還早著呢。下午還有課，完了再去吧。」幾人並肩出了教室。穆瀾拉著林一川先走了。

林一鳴從後面案几上抬起頭，笑得牙不見眼，「林一川，開學第一天就被打板子。我一定要去繩愆廳看你有多慘！」

出了教室，穆瀾和林一川辭了謝勝、侯慶之，單獨走了。

離午飯時間尚早，兩人去了國子監東南角。松柏掩映著紅牆，院子裡就是監生們談之色變的繩愆廳。兩人四顧無人，悄悄上了樹往裡張望。院子清靜，偶爾有官員走動。正堂大敞著，隱約能看到穿著官服的繩愆廳主官范監丞正坐在書案後面看書。記下他的樣貌，兩人溜下了樹。

穆瀾有些不解地問林一川，「許三和應明都疏通關係去了。一個身分貴重，一個在率性堂混了多年，不比咱們倆人生地不熟的強吧？」

「小穆，我十歲起就跟著我爹做生意，凡事皆靠別人，心裡不踏實。我不是信不過他們，我做事喜歡自己心裡有譜。」林一川解釋道。

林一川想起繩愆廳官員、小吏在丁鈴面前的慫樣，打心裡就瞧不上他們，「他們也是人，也要吃飯養家餬口。紀典簿在繩愆廳只是屬官，擒賊先擒王，我看紀典簿有心針對咱們，直接把范監丞籠絡好了，就能教紀典簿有力沒處使。」

「這主意倒是不錯。不過，賭債不能欠，一百兩，先拿來。」穆瀾笑嘻嘻地伸出手。

這時候她居然還惦記著輸給她的賭約？不是捨不得一百兩，林一川就是氣穆瀾沒心沒肺。他倒真不怕挨那四十大板，就怕她被打。他氣鼓鼓地拿了銀票給她，恨恨說道：「小穆，妳還有沒有良心？我幫著妳擋鞭子，才被罰了四十大板。妳好意思追著我討賭債？」

穆瀾大方地將銀票揣了，「一碼歸一碼。看在你為我出頭的分上，我送你件禮物。」

小鐵公雞肯拔毛了？林一川哼哼著跟她回天擊院，「妳還能有什麼好東西能讓本公子看上眼的？」

穆瀾笑而不答。

回了宿舍，她開了自己的衣箱，拿了條褲子出來，「送你了。」

穆瀾把她的褲子送給他？林一川有點眩暈。明知道許玉堂沒有回來，他仍然下意識朝外面看了一眼，耳根有點發燙，不好意思地別開眼道：「這個不好吧？」

褲子直接塞進他手裡。

褲子都是敞腰繫腰帶，唯一的差別是長短。送給林一川，讓他挺過四十大板，就要剪一截，讓他穿在裡面，外面再套一條薄褲。

穆瀾很是捨不得，「你穿上就知道它的好處了。」

林一川捧著褲子，如捧著火炭般燙手，神情古怪至極。別的姑娘送禮物，大都是香囊、荷包、扇套，穆瀾可好，送條粗布褲子給他穿。如果將來穆瀾能成為他的人，這定情信物也太特別了吧？

見他呆站著，穆瀾以為他嫌棄，惱怒地伸手去拿，「喂，乾淨的好不好？我還沒穿過呢！」

「誰說我嫌棄了？」林一川用力拽著不放手，這怎麼能再讓穆瀾拿回去呢？絕對不可以！他總算回了神，吃吃地問道：「幹麼要……送我條褲子？」

穆瀾沒好氣地說道：「那你還指望我送你什麼？不是嫌我沒什麼好東西嗎？」

比如肚兜啊、手帕啊……林一川只敢在心裡想想，總算沒有傻到以為穆瀾真送定情信物，吃吃說道：「這褲子有什麼特別的？」

「師父特意為我做的。」穆瀾眼裡掠過一絲傷感。那是她最捨不得的時光，瓜棚花架下，杜之仙一針一線為她準備進國子監的衣物。

「什麼？」林一川的聲量情不自禁地提高了。他心裡想偏了，明知徒弟是姑娘，他怎麼好意思？

穆瀾收斂了情緒，並不知道林一川的心思，極認真地說道：「我師父知道我要進國子監，去世前手不離針線，我所有的衣裳都是他做的。」

難道褻衣、褻褲都是杜之仙做的？林一川的臉都黑了。

穆瀾奇怪地看他一眼道：「怎麼，你還嫌棄？嫌棄就還我！」

「我喜歡！」林一川有苦說不出，憋了半晌才咬著牙拍起杜之仙的馬屁，「杜先生號江南鬼才，他做的褲子定機關重重、精妙不已……」

他語無倫次逗得穆瀾噗地笑出聲來，「哎喲，一條褲子還機關重重！不過，的確精妙不已。」她不再賣關子，將褲子從林一川手裡拿過來，鋪在桌子上，「師父給我說過國子監各種懲罰學生的手段。這條褲子的膝蓋和臀部都縫進了牛皮還墊了一層極薄的鋼片，我試過，普通打板子，絕對不會受傷。」

聽她這麼一說，林一川這才伸手去摸，眼睛就亮了，「摸不出來。好東西！」

「紀典簿敢下手，定有辦法在咱們去之前支走范監丞，你的收買大計以後再說吧。咱們不了解范監丞，臨時去收買他，萬一他拒絕呢？給你安個賄賂的罪名，追加六十大板，打完逐出國子監，也不是沒有可能。」

先將杜之仙為她特製的褲子給他看，又說這番話，林一川生出了一種幸福感。

穆瀾拿了剪子出來，從膝蓋上方剪掉，「就算許三和應明沒疏通好，你外面再穿條褲子也看不出來，四十大板也能挨過去了。」

這樣一來，這條長褲就變成了四方短褻褲。

「我不會針線，將就穿吧。」剪掉的腳邊沒有收口，穆瀾也沒放在心上。

他身上穿著穆瀾親手做的褻褲，林一川抓起褲子高興地往浴房走，「我換上試試。」

不多會兒就換好出來，他走到穆瀾身前背轉了身趴在桌子上道：「妳打我試試。」

穆瀾大笑，一巴掌就打下去。

她用了點兒力道，林一川卻沒有感覺，「妳再用力！」

穆瀾瞪他，「你不疼，我還手疼呢。」

她的手猛地被林一川握住，他握著她的左手，手指輕輕在她掌心移動，「戒尺打得還疼嗎？我當時就恨不得踹那老黑狗的心窩子。早知道他有意整妳，我連這戒尺都不讓他打。」

他話裡透出的心疼讓穆瀾心裡一悸。無涯孤單的背影，欲說還休的神情一點點浮上心頭，她抽回了手笑道：「我哪知道紀典簿能看出我使了巧勁躲閃呢。沒事，也就聽著聲音響。」

林一川看了眼空著的手，笑道：「妳也換條褲子吧。我在外面等妳。」

他大步出去，將房門拉攏關上了。

穆瀾收拾著那兩條剪下的褲腿嘀咕道：「林一川又不知道妳是女的，他不過是待朋友義氣罷了。怎麼會突然想起無涯來了？」

她眼中升起一層淡淡的惆悵。無涯這次還能保護她嗎？離下個十五還有六天，他會想她嗎？

下午來上課的是位白鬚飄飄、和藹可親的蔡博士。

蔡博士極有意思，說話很慢，點完名差不多就過去了小半個時辰。上午紀典簿給學生們留下的印象太深，不禁正襟端坐，注意力高度集中，但聽著蔡博士慢悠悠的點名聲，學生們終於打起了呵欠。蔡博士大概年紀大了，視力也不太好，彷彿未見。坐在後排的學生們挺直的腰背漸漸彎下來，林一鳴差不多已經趴在桌子上耷拉起眼皮。

蔡博士望著窗外的春柳拈鬚微笑，保持著這番姿態足有一刻鐘後，慢吞吞地說道：「以春為題，作首詩吧。明天交卷評點。」

他大袖飄飄瀟灑地離開了課堂。

教室裡靜默片刻，然後爆發出各種笑聲和議論聲。學生們三三兩兩收拾好文房四寶離開了。

許玉堂走過來，朝穆瀾使了個眼色，示意她跟自己出去。

林一川遲疑了下，見許玉堂仍然一副高傲的模樣，就沒跟著去，站在窗口望向走到樹下交談的兩人。

「范監丞給我面子，他說紀典簿罰得重了點兒，但也不能駁了他的處罰，畢竟林一川當眾擋了他的鞭子。是以免了你受牽連的十板，林一川的四十板卻是免不了的。」

話雖這樣說，穆瀾卻看出許玉堂根本沒有為林一川說項的心思，她笑了笑道：「多謝你了。」

許玉堂低聲說道：「咱們是一條船上的人。皇上叮囑過我要好生照顧你。」他朝教室看了眼道：「我知道林一川是為了你出頭才挨了罰。你離他遠點兒吧。他這人太狂傲，受點兒教訓也是好的。」

難怪林一川不相信許玉堂。穆瀾平靜說道：「你不喜他，但他還是我的朋友。」

許玉堂急了，一手指天，「他也不喜歡他，你還要和林一川做朋友嗎？」

無涯不喜歡林一川，林一川就不能是她的朋友？穆瀾退後一步，和許玉堂拉開了距離，「如果這話是他讓你告訴我的，那麼請你轉告他，林一川是我穆瀾的朋友。」

許玉堂倒吸一口涼氣。她知道她這番話是對誰說嗎？他驚愕地看著穆瀾。穆瀾平靜地與他對視著。

教室中，謝勝和侯慶之圍住林一川。謝勝還是那句話，「我們也去。打完板子我能背你回宿舍。」

「多謝。」林一川看謝勝又順眼了幾分。

侯慶之也憨笑道：「我先去找應明打探下消息。他這時應該還在上課，我去等他。」說罷匆匆去了。

林一川透過教室的窗戶望著站在樹下的許、穆二人，見兩人神情嚴肅，心想果然許玉堂靠不住。

「春光明媚，好天氣啊！」林一鳴經過兩人，故意大聲說話，眼神瞟著林一川，不懷好意地說道：「堂兄，你說你要挨四十大板，為何我心裡這般高興呢？」

謝勝大怒，「他是你堂兄！你不擔憂還幸災樂禍也太過分了！」

「黑炭，你還帶著你的鐵槍來上課啊？幸虧早晨紀典簿沒看到，否則連你一塊打。」林一鳴鄙夷地說道。

「既然這樣，不如先把你給揍了！」林一川挽袖子就去抓林一鳴。

林一鳴沒想到林一川敢在教室裡揍自己，嚇得哆嗦了下，大叫著往外面跑，「救命啊！」

「林兄！」謝勝一把拽住林一川，「別再惹事了。」

被他攔了一下，林一鳴已經跑出教室。他看到旁邊甲一班也放了學，譚弈一行人正走出來，膽子頓時又肥了，站在門口衝林一川扮了個怪臉，賤賤地說道：「來打我呀！」

林一川大怒，甩開謝勝的手道：「今天不收拾他，我心裡過不去！」

見他真的又追出來，林一鳴飛快地跑向譚弈，「譚兄救我！」

譚弈上前一步，任由林一鳴躲在自己身後。

林一川停住腳步，冷冷地望向譚弈。

有了譚弈撐腰，林一鳴又活力四射蹦躂歡了，「譚兄，咱們去繩愆廳瞧瞧某人被打板子如何？」

這種拉仇恨的事譚弈想都沒想就同意了，冠冕堂皇地尋了個理由道：「開學第一天就有人不守監規去繩愆廳受罰，去瞧瞧也好，方能引以為戒。」

他也沒放低聲音，眾人聽得清清楚楚。

穆瀾聽見，心裡不由得升出一股怒氣。許玉堂急得拉住了她，「穆瀾，你知道譚弈的身分嗎？你當面對他發作，他要對你使陰招，防不勝防。眼下不是和他硬碰上的好時機，想要對付他得另找機會。」

「我自己知道在做什麼！」穆瀾甩開許玉堂，大步走到林一川面前，拽著他就走，同時大聲譏諷道：「明明是落井下石，還說什麼引以為戒，當婊子還想立牌坊！」

林一川低頭看著穆瀾拉著自己的手，輕聲笑了起來。

眼前人影一花，譚弈黑著臉攔住了兩人的去路，「你剛才說什麼？」

穆瀾頭一昂，「我罵的是婊子，你氣急敗壞跳出來做什麼？」

看熱鬧的學生們沒忍住，大笑起來。

譚弈一耳光朝穆瀾搧了過去。

「啪」的一聲脆響，他沒打著穆瀾，手掌與林一川的碰了個正著。譚弈冷著臉，瞬間攻出幾招，林一川也不客氣，兩人打得難捨難分。

正好侯慶之帶著應明趕來，穆瀾記起一條監規，大聲喊了起來，「打架了、打架了！」

「都住手！生員鬥毆罰二十大板！」應明聽到一聲打架，看到學生們圍成一團，大喝著走進人群。

林一川頓時明白穆瀾的想法，停下來任由譚弈打了自己一拳，揉著胸口叫道：「在下認罰。譚弈是不是也該被打二十大板？」

應明愣了愣。他還不清楚情況，心想林一川怎麼搶著又給自己多加了二十大板。

「師兄賞罰要分明，我看到他倆犯了監規打架！」穆瀾毫不客氣地將譚弈方才說的話還了回去，「開學第一天就有人不守監規去繩愆廳受罰，大家都去瞧瞧，方能引以為戒。」

「師兄明鑒，是林一川想打我！我自衛！」譚弈大聲說道。

「我作證！」林一鳴趕緊跳出來。

應明不清楚譚弈的背景，得了穆瀾的暗示便板著臉道：「我親眼看到你打了林一川一拳。不管是誰的過錯，國子監裡都不能動手打架。自己去繩愆廳認罰吧！此事在下會記錄在案。」見穆瀾笑了，應明深覺自己做得對，也不方便和她多說，拂袖走了。

哪裡來的棒槌！氣得譚弈臉色發青。

林一川心情大好，「譚兄何時去領罰呀？」

「怎麼打也是有區別的。」譚弈低聲說道，給了兩人一個陰冷的目光，帶著自己的人真朝繩愆廳去了。

「我們也去。」林一川眉開眼笑，全不把那六十大板放在心上。

一場風波吸引了大批學生注意，鬧騰著都往繩愆廳去了。

許玉堂也沒想到竟然把譚弈拖下水，心想林一川也不是全然沒用。能看譚弈的笑話，蔭監生們跟著他也去了。

一時間，繩愆廳院子外面圍滿了監生。

第三十二章　都是假打

來的監生太多，驚得繩愆廳范監丞親自出了院子。

「何事聚集於此？」

見到范監丞和繩愆廳官員們出來，穆瀾搶先行禮開口說道：「大人，第一天上課我與林一川還有譚弈分別被紀典簿與率性堂監生應明所罰，前來認罰。同窗們深以為戒，所以來此觀刑。」

當著這麼多監生的面，繩愆廳就算被東廠威脅，也不敢對林一川下狠手。穆瀾想到這裡，搶先開了口。

看到范監丞投來的目光，紀典簿躬身行禮道：「大人，今天早課時，穆瀾背不出國子監監規，下官責罰於他，林一川出手阻擋，是以罰了林一川四十大板。穆瀾不服，也罰了他十記大板。」

應明也上前道：「下午學生見到譚弈和林一川打架，按監規各罰了二十大板。如今譚弈也來了。」

三名監生站在范監丞面前，他眼前一亮。譚弈身材高大，長相俊美，英武之氣迫人。林一川劍眉星目，氣度不同常人。穆瀾身材瘦弱些，眉眼如畫。范監丞的目光和許玉堂微觸，便又分開。以許玉堂的身分，穆瀾又是被牽連，免了責罰自是小事一樁。

「甲三班的事本官已知曉了。第一天上課，念穆瀾初犯，責罰可免。紀典簿針對的人是林一川，自無異議。

「林一川，你早課阻攔紀典簿訓斥學生，已違尊師之道，罰你四十大板，可心服？」范監丞望向了林一川。

林一川早有準備，平靜地答道：「學生領罰。」

范監丞冷著臉訓斥道：「早課時被罰了四十板，下午又和同窗打架。林一川，這才是第一天上課，你就犯了兩條監規。單獨再加二十板！以儆效尤！」

譚弈的脣角慢慢勾起一抹笑。自己就算挨了二十板，林一川卻要打八十板，怎麼也划算。

他的目光與范監丞一觸，不等他開口發問，已搶先認錯，「不論是否自衛，學生都不該和林一川打架，學生認罰。」

一句話將過錯悉數推到林一川身上。東廠督主的義子、直隸的解元……范監丞雙手往後一背，扔下話來，「都進來認罰吧。」

林一川和譚弈互看一眼，朝四周同窗團團揖首，昂首挺胸地進去了。

小吏關上院門，將眾人的視線擋在院門外。

八十大板，就算有老頭兒特製的褲子，林一川也免不了受傷。穆瀾心裡後悔不已。早知道就不拖譚弈下水，傷敵一千，自傷八百。挨了翻倍的板子，怎麼都划不來。

進了繩愆廳，林一川偏過臉看向譚弈，語氣輕鬆得似在和熟人聊今天吃了什麼，「譚公子從來沒被打過板子吧？」

譚弈的聲音不大不小，透著一股驕傲，「我義父乃司禮監掌印大太監，東廠督主，自然沒有人敢動我一根毫毛。」

院子裡的官員、小吏聽得清清楚楚，眼中露出了猶豫害怕之色。

范監丞清了清喉嚨，吩咐紀典簿道：「譚弈的二十大板由你監刑，打完速送醫館診治。」

本來該抬出兩張長凳，讓兩人在院中行刑。紀典簿面露喜色，走到譚弈身邊衝他使了個眼色道：「譚公子，請吧。」

竟是將譚弈單獨請進一間刑房。

林一川暗罵了聲「不要臉」，也跟著過去。

「林公子，這邊請。」雲典簿得了范監丞眼神，攔住了他。

「都是挨板子，難道刑房不在一處？」林一川故作詫異地問道。

雲典簿意味深長地說道：「八十大板和二十大板一樣嗎？請吧！」

被譚弈陰了！林一川咬牙切齒。見紀典簿帶了譚弈進去就把房門關了，明知有問題，卻無可奈何。他深吸口氣，荷包裡還有三千兩銀票，當面賄賂的可能性有幾分？

進了房間，林一川望著房中的長條寬凳和漆成黑紅兩色的兒臂粗水火棍，琢磨著怎麼開口。

屋裡的光線暗了，關上的房門將天光擋了一大半去，陰森森的味道漸漸瀰散開。

范監丞踱著步在一側的椅子上坐了，雲典簿則在旁邊架子上挑選著水火棍。

竟然是范監丞監刑！收買不了，將來的日子也不會好過。一旦收買成功，將來就不用怕紀典簿這種看似耿介的小人了。林一川打定主意，朝范監丞抬臂揖首，「學生何德何能，竟勞大人親自監刑，學生謝過大人。」

他背對著雲典簿。

范監丞正端起茶壺倒水，一只荷包輕輕巧巧投進了他袖中。

當面行賄？范監丞沒想到林一川這麼大膽，愣神間，林一川已經接過他手中茶壺，往茶杯裡倒了茶，「大人請用。」

茶壺被他穩當地放在桌子上，他含笑站在范監丞面前，彷彿什麼事都沒有做過。

林家是揚州首富，荷包裡不會只有幾兩碎銀吧？范監丞一時間很是好奇。

「過來趴好！」雲典簿終於挑了一根合手的水火棍，敲了敲長條寬凳衝林一川喊道。

「大人稍等。」林一川抽著繫帶，脫著外袍。

雲典簿眼神沒那麼冷了，話裡滿滿都是嘲意，「林一川，你連監生的常服都如此珍惜，上課第一天卻違逆師長打架惹事！進繩愆廳受罰要扣學分，不及格將來你畢不了業。」

「多謝大人提點。」林一川說著，將手裡的外裳鋪在長條寬凳上，小心地趴了上去。明明嫌凳子髒，他還厚著臉皮認真解釋，「看著監生的衣裳，學生這八十大板就能挨過去了。」

雲典簿氣結，乾淨俐落地手起棍落。

「啊——」林一川這聲慘叫差點沒把屋頂上的瓦震碎了。

隔壁正在喝茶的譚弈噗地噴了。

紀典簿卻在納悶。雲典簿素來嘴毒心腸軟，卻是個認死理的人。范監丞說打，他就打；范監丞說不打，他就不會動。難道范監丞也懼了東廠？轉念又想，誰不懼東廠呢？聽說首輔大人見著譚公公都恨不得搖尾巴……

「譚公子，吃了這盞茶，得委屈您裝著挨了打。」

「學生明白。」譚弈笑了，眼角餘光瞥著微躬著腰的紀典簿，想起了義父說過的話。他的義父是東廠督主，行事囂張了又怎樣？

他心裡數著數，擱下茶碗起身，「送我出去吧。」

被紀典簿叫來的小吏扶著走出院子時，譚弈隱隱聽到林一川模糊悲憤的聲音。

「你們太過分了……」

譚弈滿面笑容。

繩愆廳的門開了，外面的學生們好奇地圍過來。

「哎喲，譚兄，你怎樣了？」林一鳴衝過去，從小吏手中接過了譚弈。

譚弈懶懶地靠在林一鳴身上，看向了穆瀾、許玉堂一行人，「二十大板，我挨得住。林一川能否挨得了八十大板，就不知道了。」

「去醫館開點兒藥，准假三日。」紀典簿面無表情地說完，折身回了繩愆廳。

眼睜睜瞧著譚弈被林一鳴扶著走，連侯慶之都看出問題了，「林一鳴秧雞似的，怎扶得如此輕鬆？」

一名跟隨譚弈的監生似是無心地說道：「譚公子是東廠督主的義子，繩愆廳還真敢下狠手打啊？」

學生們譁然，哪敢再看譚弈的熱鬧，紛紛作鳥獸散。

許玉堂走到穆瀾身邊低聲說道：「為了林一川和譚弈硬碰硬……」

「許公子，你先回吧。」穆瀾打斷了他的話，「你與林一川素無交情，甚至不喜他，不用在這兒等他。」

穆瀾在怪他沒有幫林一川求情？她怎麼不記得皇帝表哥是怎麼照顧她的？他幫了她免了十板子，他憑什麼要幫林一川？一個商賈之子，憑什麼在他面前囂張？許玉堂心裡也不痛快起來，朝穆瀾拱了拱手，與靳擇海等蔭監生離開了。

縱然穿著杜之仙特製的褲子，林一川仍然覺得那一棍打下來痛徹心扉。

雲典簿揮棍開打的時候，范監丞已從袖中拿出荷包，從裡面拿出幾張銀票。三千六百兩。他月俸祿米十石，折銀二十兩，一年加上各種補貼堪堪能掙三百兩左右。

他感嘆了聲：「十二年的俸祿啊。」

林一川瞬間忘了疼，扭過臉道：「我在國子監每年都孝敬二位這個數。」棍子掄起了風聲呼呼作響，準確地落在他屁股上。林一川才說完話，根本沒有防備，差點被打得閉過氣去。

「你們太過分了……」拿了他的銀子，還下死力地打，懂規矩嗎？

雲典簿寒著臉道：「公然行賄，罪加一等！」

林一川閉著眼睛咬著牙，「你們對譚弈也敢這樣嗎？」

第三棍在他話音才落的時候又打了下來。

「你們敢嗎？」林一川從小到大錦衣玉食，一指頭都沒挨過，今天三棍子打得他繃緊了肌肉，恨意大起，什麼話都敢說了，「當我不知道你們把譚弈弄到另一間刑房的用意？不就是想讓紀典簿放水。國子監監規？狗屁！」

第四棍毫不留情地打在他屁股上。

「敢說皇上欽定的監規是狗屁，嫌命太長了！收拾你都不用多加一條罪名！」雲典簿怒聲斥道。

四棍子將林一川的驕傲打出來了，他好像又看到了林家那兩條鎮宅龍魚。為了得到權勢，他捐了監生進國子監，他指責繩愆廳官員對譚弈諂媚討好有什麼意思？他一字一句地說道：「只要我剩口氣，欺負過我的，我都會加倍討回來！」

雲典簿呵呵笑了，揮起棍子又來了一記，「那先把你打夠本了再說！」

「最好打死，打殘了你們都等著吧！」林一川硬氣地說道。

雲典簿冷笑，水火棍劈里啪啦地打在林一川屁股上。

「休想讓小爺討饒！作夢！東廠走狗！」

屁股好像沒了知覺，林一川感覺不到疼痛，罵得酣暢痛快。

「過來歇歇。」看到雲典簿額頭冒出了汗，范監丞倒了杯茶給他，順手抽了張千兩銀票推過去。

一口氣飲完茶，雲典簿將銀票揣了，笑道：「多謝大人。」

林一川趴在長凳上，偏過頭看著談笑正歡的兩人，眼睛都氣紅了。

「小子，要不要喝口水？」雲典簿說著還真倒了杯茶給他。

反正還要繼續挨板子，憑什麼不喝？林一川接過茶一口氣喝了，將杯子扔到地上，「打了多少了？手痠了吧？繼續來呀！」

范監丞和雲典簿呵呵笑了起來。

「是個骨頭硬的，怪不得錦衣衛指揮使大人要保你。」范監丞悠悠然望著林一川道。

他說什麼？自己沒生出幻聽來吧？錦衣衛指揮使保他？

「你們一個是東廠督主的義子，一個是錦衣衛龔指揮使力保的人，本官不過區區六品，甚是為難哪。」范監丞嘆了口氣。說是為難，他卻在拈鬚而笑。

林一川更糊塗了。

林家當初一心想搭上錦衣衛這條線，將揚州錦衣衛餵得肥了，進京送了數次禮給龔指揮使，但那位指揮使從未見過林家的人，怎麼突然就要力保他了？難道錦衣衛已經知道東廠威脅林家投靠東廠的事情？特意保下自己，要和東廠角力？

「你說得沒錯，譚弈說不定和紀典簿才喝完茶。縄慫聽今年剛分到手的春茶，味道不錯。」范監丞衝林一川眨了眨眼睛，這種調皮的表情嵌在頭髮花白、滿臉褶子的臉上，有點滑稽。

「既然錦衣衛指揮使大人要保我，你們還敢對我動手？」林一川盯著范監丞和雲典簿，恨意更濃。譚弈沒挨二十大板，喝茶去了，他們仍然對自己下了狠手。東廠，想把林家當成錢簍子使，他偏不！

范監丞朝雲典簿使了個眼色，雲典簿笑嘻嘻地去了。

「大公子，收人錢財，與人消災。你給了三千六百兩銀，本官自然要把事辦好了。」范監丞將銀票和荷包裡的兩錠碎銀收了，仔細地重新將荷包掛在林一川腰間，親切地說道。

林一川氣極反笑，「收我的銀子還打我這麼狠，是我有病吧？」

范監丞認真地說道：「雲典簿手藝極好，只打你肉多的地方，沒傷著你筋骨。手法不好，水火棍一棍落下，能把人打殘了，你就永遠無法入仕了。」

言下之意是沒收這筆銀子，他會比現在慘得多。

林一川還是那句話，「打殘不怕，只要小爺還有一口氣在……」

嘩啦一聲，下半身一涼，林一川扭過頭去看。雲典簿不知從哪端了個盆，舀了一勺血水澆在他身上，「你們又想做什麼？」

「收人錢財，與人消災。」雲典簿拖長著聲音，澆得很是仔細，退後一步看著，滿意地說道：「挺像這麼回事的。」

林一川愣了。

范監丞和雲典簿搭手將他從長凳上扶起來。

「林大公子，如果你不給銀子呢，本官也就像紀典簿對譚弈那樣，請你坐下來喝兩盞茶，回頭往你臉上噴噴水了事。既然給了銀子，就得把事辦得像樣一點兒不是？」

雲典簿從長凳上拿起他的長袍，替他披在身上，仔細地幫他穿好，繫好帶子，「普通人挨了雲某那十記水火棍，哪有這麼洪亮的嗓門。年輕人就是身體好啊。」

林一川覺得眼前發生的一切極其荒謬，又認真問了一遍，「如果我不給銀子，我就不用這樣？」

不用挨棍子，不用往身上潑血水？

范監丞和雲典簿認真地點頭，「正是。」

林一川哭笑不得。

「大公子，國子監不是揚州。雖然有錦衣衛指揮使保著你，但監規還是犯不得的。譚弈沒挨板子，必定也會裝出挨了板子的模樣。」

「八十大板和二十大板一樣嗎？」雲典簿的語氣仍然意味深長，說出了阻擋林一川時的那句話。

兩人搖頭嘆息，像是覺得林一川還是個孩子，不懂事。

林一川懂了，又似沒有明白。他先走到桌前端起茶壺一氣灌了大半壺才道：「當我傻啊？剛才那十棍子如果不是有……雲大人是真打呢！」他及時住口，保住了褲子的祕密。

「挨了八十大板的人不用去醫館診治？」雲典簿真像看傻子似地看著他。

范監丞拍了拍林一川的肩道：「你有傷，譚弈沒有。他今天當眾說出他是東廠督主的義子，然後裝出挨了二十板子。祭酒大人說過，國子監的蚊子都會傳播小道消息。監生們知道了這件事，會如何看譚弈？人或許會因為一時畏懼而臣服，如果有一天，正義與勇氣成了星火燎原呢？」

林一川看見范監丞臉上的褶子裡隱藏的智慧，他站著思索半刻，雲典簿的棍子讓他領悟了很多東西，抬臂抱拳一揖到底，「學生受教了！」

范監丞和雲典簿相視而笑。

趴在春凳上裝死前，林一川問出了最後的問題，「你倆是錦衣衛暗探？」

范監丞和雲典簿同時搖頭，「我們是國子監的官員。」

只說明一件事，憎惡東廠的人其實很多很多。也許他二人因著錦衣衛指揮使的拜託，也許就是想幫自己。

屁股真的很疼很疼，但林一川很高興。他看到了對付東廠的希望，滿足地閉上眼睛。

繩愆廳的院門終於開了。

兩名小吏抬著林一川出來，他趴在春凳上閉著眼，髮髻散亂，臉白如紙，血漬浸透了半幅衣襟。和譚弈一比，林一川的傷勢簡直慘不忍睹。

謝勝和侯慶之嚇壞了，「怎麼打成這樣？」

「林一川！」穆瀾叫了一聲，伸手搖了搖他。林一川睫毛顫了顫，沒有半點反應。穆瀾的心往下沉了沉。總不至於得了東廠的威脅，真把人打死了吧？

「別停下，送醫館！」雲典簿擦了把額頭的汗，喝斥道。

兩名小吏抬著林一川朝醫館狂奔。

謝勝和侯慶之比穆瀾先回過神，拉扯了她一把，「我們也去！」

穆瀾跟著一路疾走，見林一川的胳膊耷拉在一旁，毫無知覺地甩動著，腦子裡冒出和林一川的種種過往，眼睛就紅了。

醫館的小吏將林一川接進去，連雲典簿都被擋在外頭，更不用說穆瀾這些監生。交了人，雲典簿與尚未離開的紀典簿拱了拱手，就帶著人走了。

紀典簿是甲三班的老師，穆瀾和謝勝、侯慶之只得上前見禮。

「林一川也是本官的學生，本官雖然罰了他，也要等個消息。」

是等林一川傷得有多重的消息吧？謝勝性情憨厚耿介，聽著噁心，行過禮後就走到角落去了。侯慶之膽小，垂著頭也不吭聲。

穆瀾心裡有氣，笑道：「紀典簿賞罰分明、體貼細緻，令學生感動。不知譚弈情況如何？」

紀典簿目光閃了閃道：「他拿了藥回宿舍，養個三五日就無礙了。」

「哦，這麼說來，林一川這傷大概要養上月餘還不知能否下地，就怕他耽擱了功課。紀典簿，像這種情況，考試會酌情處理嗎？」穆瀾想的是別舊傷剛好，考不及格又得挨一頓板子。

「這是廖學正的事情，本官不知。」紀典簿答得滴水不漏。

這時醫館廂房的門開了，走出一名頭髮花白的醫正。穆瀾怔住，心裡隨之湧出一股喜悅。方太醫竟然來了國子監！

方太醫站在臺階上就罵開了，「你們也是老師。國子監乃培養人才之地，教育學生又不是審問犯人，何至於此，何至於此！」

穆瀾、謝勝和侯慶之臉色就變了，「他傷得很重？」

方太醫臉色極其難看，「先在醫館看護幾天再說吧。好在年輕，沒傷著筋骨。回去吧，人還昏迷著，不方便見。」

前幾天還見著醫館的田醫正，今天怎麼就換了個人？紀典簿看到方太醫愣了愣，「您是？」

「老夫方正明，新調任國子監擔任醫正，今天新到任。」方太醫淡淡說道。

「林一川是下官的學生，請方醫正悉心診治。告辭。」得了準信，紀典簿瞟了眼穆瀾三人道：「明天還要上課，宵禁前回宿舍。違了監規，林一川就是榜樣！」說罷便走了。

「你們先回去吧，我找醫正打聽完消息也回。有什麼事明天再說。」

穆瀾將謝勝和侯慶之打發走了，不聲不響跟著方太醫進了另一間廂房。她關了門，這才上前見禮，高興地說道：「您怎麼到國子監來了？」

「我老啦，太醫院的活也幹不動了，調到國子監養老囉。」方太醫笑咪咪地看著穆瀾。

他在太醫院繼續坐著冷板凳，突然吏部來了調令，說國子監的田醫正醫術高明，正式調進太醫院。國子監差個醫正，就將他調過來了。

本是御醫，突然下放到國子監的醫館。太醫們都知道方太醫會在國子監醫館終老，極為同情。不知情的還道方太醫醫術不行，被貶了。他自己心裡清楚，不會有這麼巧的事。回府收拾行裝，秦剛就悄悄來了。

方太醫瞬間就明白了，這是皇上的意思。錦衣衛在暗中操作，才將他不動聲色地調到了國子監。他心裡半喜半憂，他想讓穆瀾離皇上遠一點兒，但皇上似乎並不這樣想。秦剛話裡話外，都透出一個意思：讓方太醫盡力幫助許玉堂和穆瀾。

他眼中浮起一層憂色，又添了幾分決心。既然已經來了，他拚了命也要護住穆瀾，「國子監繩愆廳素來嚴苛，妳回去吧，平時小心一點兒，別犯了監規。」

敘舊也不急在這時。穆瀾笑道：「天還沒黑呢，我想去瞧瞧林一川。他傷得如何？我只瞧他一眼便走。」

方太醫吸了口氣。這個林一川又是什麼人？值得錦衣衛單獨來打招呼，穆瀾又彷彿和他交好，「妳和他很熟？」

「我們一起從揚州進的京，他也是替我出頭才挨了板子。」穆瀾見著方太醫如同看到杜之仙一樣親切，也沒有瞞他。

方太醫起身在房裡踱了幾步，往外瞅了瞅，低聲說道：「他沒事。屁股有點腫，皮都沒破。做樣子的！」

啊？穆瀾大吃一驚，「怎麼會這樣？我得去見他。」

「別去，裝著不知道。錦衣衛在保他。這小子也不知道是什麼來頭。妳嫌自己的事情還少？少出頭！」方太醫趕緊攔了她。

「那譚弈呢？」

方太醫搖頭，「都沒讓我瞧，直接包了些藥就回去了。」

繩愆廳有古怪。林一川也有古怪。之前沒發現他和繩愆廳有交道。難道錦衣衛和東廠在這件事情上打擂臺？

她腦袋突然被方太醫打了一巴掌，「杜老兒讓妳進國子監定有他的想法，妳操心自個兒吧！趕緊回去，平時無事少來我這裡。」

穆瀾揉著腦袋應了。她走到門口又回頭道：「皇上調您來的？」

「嗯。」方太醫下意識地答了，見穆瀾眉開眼笑，禁不住生氣，「妳套老夫的話？」

「我走了！」

穆瀾吐了吐舌頭一溜煙跑了，腳步輕快地出了醫館。

回了宿舍，許玉堂猶豫了下開口問道：「林一川怎樣了？」

穆瀾心情好，也不和他計較，「沒傷著筋骨，養些天就好了。」

「一起去飯堂？」許玉堂小心翼翼地問道。

穆瀾拒絕得很委婉，「我想先洗個澡，你先去吧。」

許玉堂有些失落，想了想仍道：「穆瀾，我知道我對林一川太冷漠，讓你不太高興。但是你要知道，林家和譚弈走得近。譚弈是譚誠的義子。各為其主，我無法待他像朋友。」

「我明白。我沒有怪你。真的。」

看到穆瀾臉上的笑容，許玉堂鬆了口氣，出門時很貼心地說道：「飯後我去小海的宿舍，會在宵禁前回來的。」

留給穆瀾單獨的空間。

穆瀾拴了門，宿舍清靜下來。她走到自己房間門口，靠著門框喃喃說著，「無涯，你的心也跟著方太醫來了嗎？」

與許玉堂同住的單獨房間、將方太醫調進國子監以便照顧自己，穆瀾彷彿看到無涯站在自己身前，對她說：我保護妳。

她心裡一片溫暖。

這一晚，林一川久久無法入睡。

他趴在床上想著白天的事。突然出現的錦衣衛指揮使要保他？林家夾在東廠和錦衣衛之間該怎麼辦？他囑咐雁行去辦的事是否順利？

廂房的窗戶飄進來一絲風，吹到他臉上，林一川睜開眼睛，不動聲色地看著窗戶被一點點打開，一個人跳了進來。

「我很奇怪，你走路時叮叮噹噹，翻窗當賊時，你的金鈴為何不響？」

來人被他嚇了一跳，站在窗邊扯下蒙面巾，可不正是丁鈴。他自戀地問道：「這麼想我？想到睡不著？」

黑色夜行衣外掛著金燦燦極醒目的一對金鈴，林一川譏諷道：「你為何不把它塗成黑色？一看就知道是錦衣衛的心秀丁鈴，還有必要蒙臉？」

「能這樣看到本官金鈴的人，都進了大獄。」丁鈴大剌剌地走到床邊坐了，伸手就拍了林一川屁股一巴掌，「趴著睡，裝給誰看呢？」

「嘶——」林一川疼得吸了口涼氣。

「不是吧？說好假打，還真挨了板子？」丁鈴吃驚不已。

想起范監丞和雲典簿那句「拿人錢財，與人消災」，林一川就生氣。早知道錦衣衛保他，他幹麼要把荷包裡的銀子都給出去？他突然想到裡面還有穆瀾的那錠二兩碎銀。不行，他得找范監丞討回來。

「你再去找范監丞。他拿了我二兩碎銀。幫我把銀子要回來，我要我荷包裡的那錠。」

突然間話題跳到二兩碎銀上，丁鈴有點摸不著頭腦，「你讓我堂堂錦衣五秀去討二兩碎銀？你當我是傻子。人家手下留情，收你二兩銀子都要討回來，你有這麼窮？」

「你把那錠碎銀討回來，我就幫你辦事。」林一川毫不猶豫地說道。

「說你胖還喘上了？」丁鈴覺得林一川相當聰明，將一面錦衣衛牌子擱在床頭，「從現在起，你就是錦衣衛的暗探。我是你的直屬上司，你只需要討好本官就行了。明白？」

「拿回銀子再說。拿不回來我不接這面牌子。」林一川心裡明白，沒錦衣衛護著，他早被打得屁股開花了。有譚弈在，自己說不準三天兩頭就會被紀典簿找碴，日子不會好過。林家投了東廠，錦衣衛偏要自己當暗探，他先當個牆頭草看看風向，也不失為一個好選擇。狗咬狗一嘴毛，且坐山觀虎鬥吧。

林一川的神色讓丁鈴抓狂，「老子見你是個人才，才肯收你當手下……」

「是財產的財吧？」

偷偷摸摸半夜潛進國子監，不就是想讓自己感恩戴德順勢求入錦衣嗎？還人才呢。林一川嗤之以鼻。

丁鈴尷尬地嘿嘿兩聲：「這是上頭的事……本官對你那是真心憐才。本官在你這麼大的時候，都沒練出你這份眼力。」見林一川不搭理他，丁鈴哄小孩似地從荷包裡摸了一把碎銀出來，「都給你行了吧？老子身上就這麼多錢了。」

「我只要范監丞拿走的那錠！你趕緊著，絕不能讓他隨便花掉了。」

丁鈴這才覺得他說的話是認真的，「那錠銀子有什麼特別？」

林一川從他手中拿起一錠銀，暗運內力捏著，「這個形狀，成色不太好。」怕丁鈴敷衍自己，又嚇唬他，「是件信物！」

林家的信物？丁鈴認真了。

「能把我這個人都拿走的信物。」林一川一本正經地說道。

丁鈴急了，「你就是個二貨！誰把銀子當信物？隨手花掉都不好找回來。」

「所以誰都想不到它會是信物。等拿回來我就打個孔掛脖子上行了吧？」

林一川的話讓丁鈴語塞。等過了夜，范監丞隨手花掉就麻煩了。丁鈴也不久留，瞥了眼林一川道：「老子真是苦命，收個屬下還要連夜奔波。對了，那件案子有點蹊蹺，我要親自跑趟山西。正好你傷重，可申請回家休養，醫館會給你開病假條，你可以和我一起去。」

在國子監裝養傷也辛苦，林一川眼睛亮了，嘴還硬，「拿回那錠銀子，我就隨你去。」

「放心吧。能把你這個人都拿走的信物，丟不了。」丁鈴悄然翻窗走了。

第二天上午來上課的是蔡博士。蔡博士隨意抽查詩篇，寫得好的不吝讚賞，寫得不好的，溫言鼓勵。一晚上，學生們早打聽出他是國子監出了名的老好人，課堂的氣氛變得無比輕鬆。

蔡博士搖頭晃腦地點評，穆瀾根本沒聽。她身後的座位空著，想著林一川還在裝養傷。她琢磨著今天林一川裝著甦醒，下了課就去見他。

下課的鐘聲敲響，蔡博士讀詩聲就中斷了。他慢吞吞地起身，慢悠悠地總結，「你們的水平，老夫心中已有底了。要寫得好詩，先要練得一手好字。寫得一手好字，需要好紙好墨好硯好筆。從文房四寶學起吧。下午放半天假，你們自行去準備一套文房四寶。自己的文房四寶都不知其理者，老夫會罰戒尺。嗯，罰戒尺打手心很痛哦。」說罷笑咪咪地走了。

學生們目瞪口呆。蔡博士一走，課堂上就炸開了鍋。

「誰不懂文房四寶啊？當我們是傻子吧？」進國子監的，都經過了考試。像林一鳴這種滿篇書寫正字，也是提過筆、寫過字的。

也有人怕了，「該不會像紀典簿一樣，想著法子要對我們罰戒尺打掌心吧？」

「表哥，蔡博士讓我們學文房四寶，他是在挖苦我們吧？是吧？」靳擇海氣呼呼地問許玉堂。

許玉堂笑道：「裡面學問大著呢。下午去準備吧。」

林一鳴則是高興得不得了。下午放假，豈不是又能出去吃會熙樓的好菜了？

穆瀾和謝勝、侯慶之出了教室去醫館。

正趕上燕聲紅著眼睛來接林一川回家休養。

一看到穆瀾，林一川的眼睛就有了神。他突然想到，穆瀾並不知道自己傷得不重，她會不會很擔心自己呢？

「林一川，你怎麼樣了？」謝勝和侯慶之是真關切。

林一川臉色不好，趴在春凳上虛弱地笑了笑，氣若游絲地說道：「多謝二位。等養好了傷，我再回來。」

原以為此時林一川不方便吐露實情，穆瀾很乾脆地說道：「謝兄、侯兄，下午正好放假，我送林一川回家。」

謝、侯兩人放心地走了。

下午放假，穆瀾能陪自己！林一川大喜，滿腦子都是穆瀾如何關心、如何細心照顧自己的畫面。這種機會不抓住，他就不是掌管林家南北十六行的林大公子了。

林一川繼續氣若游絲，連動手指的力氣都沒了。

從國子監到林家宅子短短一個時辰裡，林一川讓穆瀾餵了七次水。

穆瀾不動聲色照辦。

馬車到了林家，燕聲叫著下人幫忙將林一川從馬車上抬下來，將他送進房間。

穆瀾笑道：「我瞧瞧傷，給你上藥吧。」

「離開醫館前，方醫正已經上過藥了。」林一川哪好意思讓她瞧自己的屁股，反倒摸出了那條褲子，上面還染著血，「我怕被醫館的小吏清洗時發現裡面的祕密，硬拿回來了。」

一臉討賞的模樣。

「你都是為了我，讓我怎麼過意得去？」穆瀾嘆了口氣道：「八十大板都不知道你怎麼挺過來的。」

「只要妳沒挨打，我挨幾板子算什麼。」

不肯說實話，還想邀功？穆瀾決定給他最後一次機會，「譚弈在繩愆廳亮明了身分，他們肯定對你下手更狠。」

林一川虛弱地嘆道：「誰敢得罪東廠督主的義子呢？小穆，我都擔心被打殘了，唉。」

皮都沒破能被打殘？穆瀾倒了杯茶，彎腰扶起他的臉，柔聲說道：「不會的。

方醫正說了，沒傷到筋骨，傷些天就好了。」
茶杯送到嘴邊，臉靠著她的胳膊，林一川美滋滋地把水喝完了。
「一般說過，打過板子醒了，最口渴了。」穆瀾小心用袖子替他擦著嘴角的水漬，又倒了一杯，「再喝一點兒。我下午陪著你。」
林一川幸福地被她扶起臉喝了。
穆瀾就一直坐在床邊陪著他說話，直到林一川開始內急。
「小穆，我想睡會兒，妳也去歇個午覺吧。叫燕聲來侍候著就行。」
「不用，我不睏，看看書就好。你睡吧。」穆瀾隨手拿了本書，坐得穩穩當當。
心想：餵你喝了這麼多水，你能忍到幾時？
林一川閉上眼睛，漸漸憋不住了，「小穆，我內急，妳叫燕聲進來侍候。」
「哦，沒事。」穆瀾把書放下，叫燕聲拿尿壺，「大公子內急，他傷重，我看他下不了床。」
讓他在床上放水？林一川呆了，他強撐著道：「小穆，妳先出去吧。」
「燕聲扶不住你，我幫你翻身，扶著你，這樣不會扯著你的傷口。」穆瀾說得頭頭是道，伸手揭了被子，就要來扶他。
讓他當著穆瀾的面在床上放水？殺了他也不行！林一川都快哭著求她了，「不用不用……」
「燕聲，你當心點兒。」穆瀾不再堅持，看了林一川一眼道：「我還沒吃午飯，餓了。」

如聞天籟之音，林一川馬上吩咐道：「燕聲，讓廚下趕緊做飯。」

有小廝請了穆瀾去，穆瀾回頭看了他一眼，笑著去了。每個人都有自己的祕密，林一川既然不願意說，她何必勉強他呢？他能好好的，總比打得血肉模糊好。

才離開，聽到裡面的燕聲驚呼了聲，穆瀾知道，定是燕聲發現林一川傷得並不重。

她用過飯讓小廝傳話，說自己還要去購置上課用的文房四寶，就不來辭行了。好不容易支走穆瀾，輕鬆了，等得都快睡著卻得了這樣一句話，林一川鬱悶得無以復加。

然而丁鈴的迅速到來，讓他等不到休沐日再見到穆瀾。在家養了一天，安排好家中事宜，林一川留下燕聲打掩護，留了封信給穆瀾，悄悄和丁鈴去了山西。

第三十三章　冰月進宮

林一川就像是投進潭水中的石頭，激起一柱水浪，蕩起一圈圈漣漪。自從他回家養傷沒來上課，國子監的學習變得普通尋常起來。

紀典簿沒再找甲三班的麻煩，新近出現的老師和藹可親，新監生們慢慢熟悉習慣著國子監的生活。

每月有一天休沐日，今年一月有了兩天假。穆瀾盼著十五，心裡算計著那天晚上讓許玉堂打掩護，悄悄翻牆出國子監。等到應明在牆上貼出這月的課程表，她驀然發現，其中一天的休沐日正好是十五。

應明笑著告訴大家，「以往國子監都是月末休沐一天。皇上道勞逸結合為好，所以從今年起，每月多增了一天休沐。」

「皇上聖明！」學生們歡呼雀躍。

穆瀾靠著牆怔忡著，彷彿看到無涯站在不遠處溫暖地笑著。她的心又酸又軟，撲通地跳得那樣急。

「我……每月十五晚上會來。來不了，我會囑人告訴妳。」

那麼早，無涯就已經在安排時間了，她還為難地想萬一出不去怎麼辦。她真是個笨蛋！她怎麼就不肯多相信無涯一點兒呢？他能為她安排房間，能將方太醫調到國子監，他連休沐日都想到了。

笑容從穆瀾臉上一點點綻開。無涯並沒有對她承諾過什麼，他甚至順著她的心意，一直叫著她冰月姑娘。他的情意像越來越濃烈的陽光，晒化了穆瀾隱藏在黑暗裡的孤單。她突然跳了起來，和學生們一樣歡呼著，「明天就放假啦！」

●○●

今天十五了。

無涯坐在龍椅上，照例望著投進大殿的陽光出神。他臉上帶著恍惚的笑容，四月暮春的天氣真是美好。

「皇上明鑒！」

咚咚磕在金磚上的聲音驚醒了無涯。

殿中的磕頭聲聽著都覺得痛。無涯暗暗皺眉，也許是心情好，他的語氣較為平和，「去歲淮河氾濫，淮安知府被貶，侯繼祖新任，朕曾叮囑於他，搶在春汛前修好河堤，安置災民為頭等要事。朝廷花了多少銀子進去？修的河堤連春汛都沒扛住，就被沖垮。沈卿，你告訴朕，他可有罪？」

去歲淮河氾濫，冬季趁著枯水期整治河工，但春汛就將才修好的河堤沖垮了，彈劾淮安府知府侯繼祖的摺子雪片般飛來。無涯也惱怒不已。眼看災民漸漸安撫得當，度過了難熬的冬季，但新修的河堤又被沖垮，一個縣又泡在了水裡，身為一州父母官，侯繼祖自然是有罪的。

沈浩面露淒色，額頭磕得一片青紫。

他開口辯解前，譚誠的聲音幽幽迴盪在殿中，「沈郎中，你與淮安侯家是姻親，就不曉得避嫌嗎？」

沈浩隸屬工部，任都水清吏司郎中，此時卻跳出來力保侯繼祖，原是獨生女兒嫁給了侯繼祖。殿中官中們面露鄙夷。

譚誠難得開口，讓無涯詫異著、警覺著。侯繼祖調任淮安知府是誰的主意？無涯在心裡回憶著，目光和舅舅許德昭碰了個正著。他有些明白了，淮安掐著河運要衝，看來舅舅想安插的官員沒有如了譚誠的意，非要藉此機會將侯繼祖扳倒不可。他嘆了口氣，覺得年過七十的沈浩很可憐，「沈卿，你既然為侯繼祖喊冤，朕便聽聽，他有何冤屈。」

「皇上！」沈浩顫巍巍地摘下了官帽。他快致仕了，唯一的獨女嫁到了侯家。侯繼祖修堤不利的罪名落實，人頭就要落地。沈浩已生死諫之心，拚了老命也要為女婿說句公道話，既然如此，他還有什麼話不敢說呢？

「戶部去歲撥到淮安府的庫銀被調了包！銀子進了州府銀庫，才發現除了銀鞘兩端是真銀，其餘都是石頭！侯繼祖無法說清，只得暗中賣盡家財四處募銀，沒有拖延修堤，如今還拖欠著當地富戶和河工工錢。據查，河堤是被人破壞才被沖垮，實是有人陷害侯繼祖。臣所言句句屬實！」

庫銀調包，河堤被人破壞，哪一件都是驚天大案。大殿上一片譁然。

被潑了盆髒水的戶部尚書驚怒無比，站出來大聲說道：「皇上明鑒。戶部撥出的銀子去歲底已悉數進了淮安府銀庫！他說是假的，就假了？戶部可有銀兩出入記檔！已過了小半年，突然說戶部庫銀有假，豈有此理！」

既已入庫，自然與戶部無關。就算庫銀被調了包，那也是侯繼祖的責任。

無涯望定沈浩，「你所說的兩件事，可有證據？」

如果有證據，侯繼祖就不會將庫銀被調包的事情瞞到現在了。沈浩突然跳起來高喊了聲：「臣以死證侯繼祖清白！」

他朝著廷柱當場撞了個血流如注。無涯驚得站起來，「傳太醫！」

太醫匆匆趕來一查，嘆息道：「沈郎中已斷氣身亡。」

無涯望著殿中四濺的鮮血，沉默了。

譚誠冷笑，「沒有證據，便來個撞柱死諫。欺皇上心善，沈浩其心可誅！皇上，咱家以為該速將侯繼祖緝拿進京問罪！」

「臣附議！」

「臣附議！」

照以往，無涯望著一片跪地附議的官員，早就揮揮手讓內閣處理了。今天不同以往，無涯的聲音異常堅定果斷，「沒有證據就去找！沈浩以死進諫，此事不徹查清楚，何以定罪？著刑部兩月內查明此案！」

殿中呈現出一片可怕的靜默。皇帝自親政以來，譚誠難得出聲一回，卻是頭一次駁了譚誠的話。

「刑部尚書，你聽不到朕的話嗎？」

無涯的聲音像神雷劈在了刑部尚書的心頭，他擦了把額頭的汗，瞥了眼譚誠，心裡苦得跟什麼似的，聲音如蚊蚋，「臣，在。」

譚公公啊，胡首輔啊，你倆趕緊給下官一個明示吧。

「兩個月不將此案查個清楚，朕砍了你的人頭！」

羸弱的年輕皇帝嘴裡說出砍人頭這句話，讓百官愕然。刑部尚書又擦了把汗，迭聲應道：「臣遵旨！」聲音委屈得像沒了娘的孩子。

譚誠有些不屑地看了他一眼，並未把皇帝的威脅放在心上。他的目光移向了許德昭，眼神裡譏諷味十足。

你有本事搶了淮安知府這個肥缺，卻沒膽站出來為屬下官員說話。你的勢力難道都是被咱家搶走的嗎？是官員們不敢追隨你啊。

許德昭被這個眼神激怒了，「皇上，臣以為應該令東廠出面保護侯繼祖進京問話，以免事情查明之前，他被人殺了滅口。」

無涯此時覺得舅舅也有可愛之處，可惜他需要的時候，能說出他心中所想的聲音太少太少，「嗯，朕信得過譚公公。」

侯繼祖可以不死，他也同樣能達到目的。譚誠略欠了欠身，「咱家會讓侯繼祖一根頭髮都不少地進京。」

「退朝。」無涯起身離座，直走出大殿，讓陽光晒在臉上，他才緩緩吁了口氣。

午時，一道祕旨送到了錦衣衛指揮使手中。

●○●

核桃住的依蘭小築東面臨湖，北面是從天香樓大堂過來的小徑，南面挨著草坪花圃，屋後有座單獨的小花園。出了院牆是一叢樹林，再過去，出了圍牆是條死胡同，胡同口開著一扇專供送廚房柴米菜蔬的側門。離依蘭小築後花園不遠的地方是天香樓的後門，方便姑娘們夜裡悄悄出入，白天少有打開。

胡同對面是幾家商戶的後院。前面有三間門臉，和天香樓大堂一樣，開著胭脂鋪子、銀樓和綢緞莊。這三家商戶特意做天香樓姑娘們的生意，兩相便宜，倒也相處融洽。

穆瀾以往都是從胡同裡翻牆進天香樓。她挺喜歡這條死胡同，從胡同盡頭的矮牆翻進來，剛好有個夾角能遮擋，視線總能看到前面綢緞莊緊閉的黑漆後門。無人之時，再悄無聲息地翻牆進天香樓。

今天十五，一早她去買了核桃最愛吃的豌豆黃，悄悄進了依蘭小築。

兩個時辰後，綢緞莊的後門開了，戴著帷帽的無涯走進胡同。對面天香樓的後門已不知何時打開，守門的婆子躬著身放無涯進門，朝對面點了點頭，關上院門。

無涯順著小徑往前走了幾十步，就看到依蘭小築。院子裡的鴛鴦藤蔓延出了院牆，有幾簇已垂在門扉上。他來到門口，提起門環輕叩了三下。

穿著青衣婢女服飾的核桃打開門，看到戴著帷帽的無涯，沉默地請他進來。

陽光很好，無涯第一次看清楚核桃的臉。核桃的美麗與如雪的肌膚讓他愣了愣，隨之釋然。他默默地想，這般清麗絕色，天香樓的新花魁名副其實。只是，穆瀾怎麼會與她相熟，甚至能讓她委屈自己扮成婢女？

那是穆瀾的祕密，是他不能觸碰的祕密。

無涯甚至不敢不把穆瀾當成冰月，他害怕戳穿了這層窗戶紙，連這樣的幽會都會變成鏡花水月。

「姑娘在後面園子裡。」核桃向他指了路，站在院子裡的鴛鴦藤下不動了。

「多謝。」無涯繞過旁邊的迴廊，走向後花園。

湖綠色的春裳衣袂帶風，帷帽上的紗幕輕輕飄動，他像柳樹枝頭新綻的春芽，如霧如煙。核桃瞧著痴了，長長地嘆了口氣，坐在鴛鴦藤下，撐著下巴發呆，「少班主，妳莫要當我是傻子哦，你們倆明明就是在幽會嘛。」

這麼美的男人卻是深宮中年輕的皇帝。

核桃又嘆了口氣道：「少班主，妳要真喜歡他了怎麼辦？愁死個人了。」

依蘭小築的後園裡種著很多蘭，此時春蘭開得正好，幽香隱隱。無涯踏進後園時，看到花樹下躺著一個美人。雪白的櫻花花瓣灑了一地，與素色的裙襬融在一處，映得披散下來的髮絲墨一樣清幽。

他情不自禁放輕了腳步。

幾點花瓣落在髮間，無涯伸手拈去，低頭就看到一張薄施脂粉的如畫容顏。

「公子來得早了。」穆瀾撐著臉，懶洋洋地望著他。

脂粉很淺，唇卻豔如海棠。無涯見過穆瀾的太多面，依然被眼前的豔色驚得心如擂鼓。

穆瀾嘴角微勾，微啟的唇間露出眩目的貝齒。無涯被她這一笑迷惑了去，半晌沒有作聲。

他的眼神太痴，讓穆瀾漸漸低垂下了眼。

風吹過，開到荼蘼的櫻花如雨飄灑，落了兩人滿頭滿襟。無涯蹲下來，握住了穆瀾的手。他看得那樣仔細，手指輕撫過她的掌心，突然低下頭。

左手掌心傳來溫暖的觸覺，燙得穆瀾哆嗦了下，她閉上眼睛。

他什麼都沒有說，嘴唇長久地印在她掌心裡。

他都知道了呀，紀典簿拿戒尺打了一記。穆瀾的心軟得像豆腐一樣，輕輕縮回了手，遲疑了下放在他臉頰旁。

無涯便將臉靠在她手心裡，「冰月姑娘，今天我做了一件我想做的事情。」

聽到這聲冰月姑娘，穆瀾心裡驀然酸楚。他和她都明白，誰都不能揭了這層窗戶紙。隔著這層紙，她是天香樓的花魁冰月，他是神祕的富家公子。揭開了，她就是女扮男裝進國子監的穆瀾，他是九五至尊的皇帝。那時候，身為皇帝的他能放過犯了死罪的她嗎？

這樣就好。如果可以一直這樣，就好。

不需要穆瀾詢問，無涯挨著她，唇間掛著淺淺笑容，「我父親過世得早，母親羸弱，我年幼不懂事。舅家貪心卻膽小。家事盡被一老僕掌管，僕人們有忠心我母子者卻懼怕於他，連鋪子裡的掌櫃都聽命於他。我想攆了他，卻又投鼠忌器，怕他拚個魚死網破毀了祖輩留下來的家業。

「母親常讓我忍著，說等我長大會管事了，再對付他。掌櫃們皆幫著他說話，我一直忍讓於他。今天，他要將舅舅安排的一個小管事換掉，我讓他拿出證據來，這是我第一次當眾反駁他的意見。」

穆瀾心頭微緊。當眾反駁譚誠的意見，譚誠沒對無涯怎樣吧？

「他什麼話都沒有說，還順著我的意思保證將那小管事毫髮無傷地帶回來詢問。」無涯長長地舒了口氣，「我今天才發現，其實駁了他的話，並不是那麼困難，我很開心。」

譚誠是那麼好說話的？穆瀾輕聲說道：「他會不會當面聽命於你，心裡卻想著給你一個更深的教訓？」

無涯抬起臉，眸子裡寫著認真二字，「我開心的是，我終於能當眾說出自己的意見。」

有了一次開始，就會有更多次。穆瀾明白了，衝他露出燦爛的笑容，「嗯，我也替你高興。」

無涯站起身，握著她的手道：「今天我想帶妳去逛逛街，然後去會熙樓吃飯。可好？」

春光這樣明媚耀眼，他和她並肩走在太陽底下。早朝讓他生出了勇氣，他想順著心意做他喜歡做的事情。

「好。」

無涯將帷帽給她戴上，牽著她的手走出去。

兩人經過核桃身邊，穆瀾抱歉地望著核桃瞪圓的眼睛，又變成了一口吳儂軟語，「我出去走走，看好門哦。」

核桃盯著兩人相握的手，杏眼圓瞪，又洩了氣，「哦。」

無涯拉著穆瀾飛奔而出。

依舊走的是後門，然後從綢緞莊的後門進去。穆瀾看到開門的是秦剛，哪怕有帷帽遮擋，也下意識地低下頭。

無涯握緊她的手淡淡說道：「我帶冰月姑娘隨意逛逛。」

隨意逛逛？皇上就這樣大搖大擺地牽著姑娘的手去逛街？被認出來了怎麼辦？被人行刺怎麼辦？秦剛瞠目結舌。

然而兩人已經穿過後院從前面鋪子出去了。

「跟上！」秦剛隨手戴了頂帷帽遮了臉。他是皇帝身邊的親衛，是活招牌，一張臉比皇帝還打眼。

陽光下的街頭繁華熱鬧，往來車馬人流喧囂。

無涯望了眼身邊的人兒，滿意地看著長長的紗掩住她的容顏，心情大好，「別人瞧著妳的臉肯定會來調戲妳。」

他在誇她漂亮。穆瀾偷偷地笑。

這話才說沒多久，眼前突然出現一張痴迷的臉，攔住了兩人。

無涯沒當回事，牽著穆瀾想繞開。眼前的女子突然尖叫起來，「天啦，京城還有比許玉郎、譚解元更漂亮的男人！」

隨著叫聲，一道紅影朝著無涯飛了過來。

身後跟著的護衛根本來不及出手，穆瀾隨手抓住，發現是一只荷包，「這、這誰的？」

街上不知從哪兒冒出來這麼多女子，瞬間堵住兩人的去路，望著無涯羞紅著臉……

「什麼情況？」穆瀾呆了。

瞬間鮮花、瓜果、荷包雨點般落下。

尖叫聲此起彼伏。

「快跑！」穆瀾及時反應過來，扯著無涯朝著旁邊的小巷狂奔。

回頭一看，那群女子就像是家裡跑丟了雞，挽袖扼腕，興奮地四下張羅著圍追堵截，「他朝麻花大街跑了！」

身後的鮮花、瓜果、荷包劈里啪啦砸落，穆瀾剛帶著無涯跑出巷子，迎面就是一條寬敞的大街。

無涯還沒緩過氣來，目光直接和胡同口幾名剛下轎的姑娘碰了個正著。看到姑娘們驀然睜大的眼瞳，他迅速以袖遮面。

「這位公子……」

「他是太監！」穆瀾氣急敗壞地吼了聲，拉著無涯就走。

街那邊一片繽紛的色彩和姑娘們的笑聲傳進了耳朵。

「真的！比許玉郎還俊俏！」

穆瀾急得團團轉，這時秦剛趕著一輛馬車過來，她如遇救星般將無涯推上車，飛快地坐進去。

秦剛趕著車就走。

「那輛車上！」

砸落的鮮花、瓜果、荷包在車廂壁上碰得咚咚作響，馬車直奔過了幾條街，才算消停。

穆瀾將帷帽扔了，瞪向無涯。

他一直沒有說話，此時突然哈哈大笑起來。

「你還笑！知道萬人空巷是什麼意思了吧？簡直長了張禍水臉！還好意思不戴帷帽！」穆瀾氣不打一處來，伸手就捶了過去。

無涯張開雙臂抱住她，笑得不可自抑，「說我是太監？嗯？」說著極自然地低頭吻上她的唇。

穆瀾渾身一震，下意識地就想推開他。

這個舉動讓無涯收緊了胳膊，眼神突然變得深邃而痛楚，「妳看，太陽快落山了。」

太陽快落山了，暮色很快會淹沒這座城市，他將回到紅牆裡的深宮，她要返回男人的世界。穆瀾閉上眼睛，明明想好了就這樣假裝都不知道，為什麼她還是抗拒？她從小就想做個漂亮的姑娘，卻不能。她不知道什麼時候自己才能這樣美麗著，被人喜歡著走在陽光下。這是她的夢。就讓她不要醒來。

在他面前，她不是那個穆瀾，沒有祕密，沒有責任。為什麼不可以？

無涯鬆開手，坐得筆直，眼裡的光彩一點點黯然。

他一直不敢觸碰她的祕密，他也害怕在她面前變成皇帝時，他該怎麼辦？這樣都不行嗎？拋開身分、拋開一切，讓他擁有普通人的喜怒哀樂都不行嗎？

穆瀾的胳膊突然環住他的脖子，豔如海棠的紅唇吻上他的唇，「冰月收了公子那麼多銀子，怎能不服侍好公子？」

一股熱浪沖進了無涯眼底，他用力抱緊了她。

「皇上午後出了宮，去了天香樓，帶了位姑娘上街，被京城的閨秀們追得狼狽開跑？」笑聲從譚誠嘴裡冒了出來，甚是愉悅。他像是一位關心子姪的長輩，感慨道：「皇上年滿雙十，該立后娶妃了。」

梁信鷗低頭不語。只有在譚誠面前，他臉上慣有的笑容才會收斂起來。他素來城府深，但在譚誠面前，梁信鷗覺得無論自己如何隱藏，都難以遁形。

此時，梁信鷗有點心不在焉，他沒有細加思索皇帝是否該充實後宮的事，他滿腦子想的都是丁鈴。

這位年輕氣盛的小師弟處處和他作對，突然間從京城消失了，梁信鷗非常不習慣掌控不住對方行蹤的感覺。

「阿弈上次在天香樓沒看錯，是皇上。時間太緊，連咱家進宮都沒抓到皇上的把柄。年輕人，反應越來越敏銳了。」譚誠很自然地把兩件事聯想到一起，「既然皇上喜歡，將那位冰月姑娘送進宮去吧。皇上逛青樓，像什麼樣子。」

「是，屬下今晚就辦妥。」梁信鷗簡單應下了。他心裡清楚，送天香樓的冰月姑娘進宮可不是譚公公心疼皇上，只是給皇上的一個提醒。早朝皇上駁了譚公的話，譚公要給皇上一個善意的提醒。

譚誠擺了擺手，示意他可以離開了。

梁信鷗遲疑了下，還是想知道小師弟丁鈴去了哪裡，「丁鈴離開了京城。」能讓錦衣衛心秀丁鈴出馬的必是大案、要案，梁信鷗不希望丁鈴的名聲壓過自己。

然而譚誠卻給了梁信鷗一個簡單的回答：「國子監入學禮上死了個叫蘇沐的監生，被皇上撞上了，令丁鈴去查。查出是花匠所為，卻當著丁鈴的面畏罪自盡了。京畿衙門以凶手伏誅結了案，但以丁鈴的脾氣，他不查清前因後果不會罷手。他應該會去一趟蘇沐的老家。」

梁信鷗與丁鈴的宿怨，譚誠心裡清楚，所以解釋得很明白。

「屬下知道了。」

皇帝不遺餘力地用錦衣衛，錦衣衛也想依靠皇帝增加權力。這種小事遣丁鈴去查，當真是浪費。梁信鷗去了一塊心病，抱拳行禮退下了。

譚誠坐回座位飲了口茶，示意小番子請來另一位飛鷹大檔頭李玉隼。

李玉隼人如其名，極高極瘦，臉上的鷹勾鼻讓他看起來像是一把寒光乍射的薄刃。他掀袍見禮，動作乾淨俐落，卻無話。

「押送侯繼祖進京，東廠不能失手。」

聞音知意，李玉隼沉默了下道：「錦衣衛不會錯過打擊東廠的機會，錦衣五秀會出馬？」

「丁鈴出京辦監生之死一案。曹鳴去了福建查海商勾結倭寇。無篇是龔鐵的貼身護衛，從不離身。還有一個晏埍長年盯著東廠。錦衣五秀中有空的，只有莫琴。」

錦衣五秀唯丁鈴最張揚，得了個心秀之名，其他四個皆神祕。譚誠如數家珍，讓李玉隼好生佩服。

「不論皇上是否想秉公辦案，那位指揮使大人卻不會將侯繼祖的生死放在心上。咱家擔保侯繼祖毫髮無傷進京問審，對錦衣衛來說，卻是大好機會。」譚誠輕嘆，「莫琴此人，咱家也只知道個名字。錦衣五秀都是龔鐵從小培養的孤兒，應該會很年輕。」

「屬下明白。此去會加倍小心。」李玉隼認真地聽完。

「去吧。」

穆瀾和無涯再不敢去會熙樓，另尋了地方用飯。等她目送著無涯回宮，天已經黑了。回天香樓換過衣裳，一看時間快到國子監宵禁，穆瀾又匆忙離開。

她前腳剛走，梁信鷗就到了天香樓。

一行人也沒有喬裝打扮，穿著東廠服飾往天香樓大堂中一站，客人就成鳥獸散了。

「大人，這是……」老鴇也不是沒有後臺撐腰，只是沒有東廠這麼霸道罷了。她強行鎮定著小心地上前詢問。

梁信鷗面帶微笑，眼風都沒掃她一下，朝著後面精舍去了。

老鴇嚇了一跳，見他面容看著尚和藹，提著裙子追著問：「後面住著的姑娘陪著客人。大人想找誰，不如讓妾身前去通稟一二，省得衝撞了貴人。」

梁信鷗停了腳步，「聽說冰月姑娘被一位富家公子包下。此時，她屋裡應該沒有客人吧？」

啊？找冰月？那可是她的財神！老鴇急了，「冰月姑娘犯了什麼事，大人能否通融一二？妾身這就叫她來陪……」

話還沒說完，梁信鷗抬手將她推到旁邊，和氣地說道：「媽媽最好閉嘴，省得本官聽煩了割了妳的舌頭。」

老鴇掩住自己的嘴，眼睜睜瞧著東廠番子們湧去了後院。

核桃剛沐浴完，恨穆瀾來去匆匆，又想起她早晨買的豌豆黃，吩咐侍候的小婢，「把那青花瓷碟裝著的豌豆黃拿來。」

她端著豌豆黃去了後花園，坐在穆瀾躺過的榻上。天上的月亮很圓，核桃盯得眼睛都瘦了，也沒見它變小一點兒。她拿起豌豆黃啃了一口，入口化渣，綿軟香甜。少班主總是這樣體貼細心，記得她愛吃的東西。核桃美麗的臉上露出笑容。

等到月亮變成了銀豆芽，少班主就放假了，那天沒有討厭的人來找她了。

穆瀾答應月底休沐日陪核桃去逛街、燒香、吃會熙樓，核桃很期待。

「冰月姑娘。」

突然出現的聲音將核桃手裡的豌豆黃嚇掉了，她回過頭，看到一個四十出頭、面容和氣的男人站在臺階上，「你是誰？」

「本官東廠梁信鷗，有事請姑娘走一趟。」

東廠？核桃嚇得臉色大變，但她鎮定著，端起了青花瓷碟，「我能帶走它嗎？我有點餓。」

梁信鷗看了眼被她啃了一口掉在地上的豌豆黃，笑著點了點頭。

「我、我能換件衣裳嗎？」核桃扯了扯身上的廣袖輕袍。她才沐浴過，一會兒就打算睡了，穿著的衣裳又輕又薄，能看到裡面紅色的肚兜。她漲紅了臉。

「好。」這是送進宮的，又不是送進大獄的。梁信鷗並不打算嚇著眼前這位肌膚如雪的清麗佳人。

梁信鷗自信眼力過人，從來沒有看錯過人，直到臥室窗戶「嗖」的一聲輕響，一朵紅色的煙花染紅了天際。他一腳踹翻繡屏，看到核桃滿面驚恐地望著自己，身體瑟瑟發抖。

「冰月姑娘，妳想錯了，本官想帶去的地方有妳想見的人。妳在這裡放煙花，他就算看見，也來不了的。」梁信鷗誤會了，以為是無涯留給冰月的信號。就算皇上的人來了又如何？他只是想把皇上喜歡的女子安全送進宮去。

驚惶過去，核桃心裡生出一絲後怕。院子裡這麼多東廠的人，她怎麼能想著讓少班主來救自己呢？她咬著嘴脣，大步朝外走去，「那就走吧。」

妝臺上還放著那碟豌豆黃，梁信鷗瞥了眼道：「妳不吃了嗎？」

核桃怔了怔，拿出手帕包了兩塊放進袖袋中，「夠了，這得吃新鮮的才好。」

「嗯，這是京城老高記的點心。本官以後會常買給妳吃。」梁信鷗看了眼豌豆黃上印的字模道。

核桃沒有回答，很快就出了房門，從婢女手中拿過披風穿好，頭也沒回就往外走了。

守後門的婆子哆嗦著開了後門，看著核桃上了轎子，被東廠的人帶走。胡同再次安靜下來時，對面綢緞莊的後門開了，守門的婆子和對面的人交換了個眼神，沉默地將門關好。

那朵煙花是杜之仙做的，在空中燃了很久。才走出一條街的穆瀾無意中回頭，還看到染紅的天際。

「核桃出事了！」穆瀾轉身朝著天香樓跑去，身影在月光下閃過，越過重重屋簷，她已經看到流光溢彩的天香樓。

一枝箭夾帶著風聲射來，奔跑中的穆瀾側身閃過，箭插進腳下的瓦縫中。她轉過臉，對面屋頂上，面具師父垂下了弓。

他把核桃送進了天香樓，他阻止自己去救核桃。穆瀾望著不遠處天空中湮滅在黑暗裡的煙火，心裡生出一股煩躁與無力。

就算她和面具師父拚得兩敗俱傷，也來不及了。穆瀾冷靜地轉過身，冷冷地看著面具師父道：「看來核桃的危險對瓏主有利。」

喑啞的聲音不帶絲毫情感，一如既往的冷漠，「也許我是為了救妳。」

穆瀾毫不客氣地說道：「救我，也因我對你有用罷了。這麼說來，核桃的危險與瓏主無關。」

面具師父笑了，「這麼相信不是我做的？」

「瓏主能將核桃順利變成冰月送進天香樓，想把她帶走，核桃根本沒有機會放出煙花信號。我猜，瓏主也應該是看到煙花趕來的吧？」

面具師父沒有否認，「今天街上的動靜太大，滿城皆傳公子如謫仙，我來看看。」

穆瀾心緊了緊。是她和無涯鬧出的動靜，讓面具師父來了天香樓。那樣的動靜驚動的人，不止是珍瓏局的人。是她的錯，是她連累了核桃。

這時，面具師父的語氣多出一絲嘲意，「當初的沈月不比核桃容貌差，卻少了核桃那份單純。容似姑射仙子，心不染塵埃，是男人心中最想得到的姑娘。少年慕艾，美人在懷，皇帝焉能不動心？」

看來面具師父尚不知道自己假扮冰月的事情。穆瀾淡淡說道：「你知道我與核桃的情分，我自然是盼著她好。只是宮廷險惡，皇帝非核桃良配。」

面具師父譏諷地笑了起來，聲音難聽得像老鴰叫：「皇帝尚未立后納妃，年輕俊俏。他既傾心核桃，妳怎知核桃不會喜歡他？眼見心上人喜歡上自己的好姊妹，卻不能暴露身分，妳很難過？」

從來和面具師父說話都是這樣，穆瀾早學會了不被他牽著鼻子走，當他說話是放屁。她很快就反應過來。

「有人將核桃帶進宮了，是吧？所以瓏主才會出面阻攔我去救她。如今瓏主的目的達到，下一步想做什麼呢？讓核桃成為宮裡的貴人，皇帝的寵妃，在皇帝身邊布下一枚忠心的棋子？瓏主謀的是天下。如今天下太平，卻有人想謀天下。讓我猜猜，瓏主是十年前先帝過世時被血洗家族的世家子弟？幫我，因為我父親也在十年前因科舉弊案蒙冤而死？」

「十年前妳尚小。」面具師父望向了皇宮的方向，低沉地說道：「妳幼年離世的父親在妳眼中只是一個稱謂，妳記不得家族滿門被血洗的痛，所以妳無恨。」

「是，但母親記得，記得外祖家被突然的大火燒成一片白地，記得父親被人害死裝成懸梁自盡，記得她辛苦奔波在大運河賣藝的苦楚。」穆瀾平靜地說道：「所以我毫無怨言扮了十年男人，冒著砍頭的風險進國子監。但是我不會像瓏主這樣被仇恨蒙蔽了雙眼，連江山都想顛覆。我這人胸無大志，只想現實安好。為無辜冤死的家人尋回公道後，我只想與母親和穆家班的人好好過日子。誰擋我的道，誰就是我的仇人。」

「棋局莫測。核桃已經進了宮，妳還能怎樣？」面具師父不無嘲諷地說道：「發狠說大話有用嗎？」

穆瀾笑了，「皆以為我心軟良善好欺嗎？如果核桃過得生不如死，我寧肯親手殺了她，給她一個痛快。」

面具師父顯然是不信的。他最後留給穆瀾的話是，「如果我是妳，我就不會再浪費時間。」

目送面具師父消失在黑夜中，穆瀾又進了一趟天香樓。依蘭小築無人，藉著月光，她看到臥房桌上裝著豌豆黃的青花瓷碟。一包豌豆黃有八塊，少了四塊。她拿起碟子中的豌豆黃細看，指甲掐出了一個「廠」字。

看到無涯與冰月，東廠就將核桃送進了宮。穆瀾有點心疼，夾在面具師父與東廠之間的核桃該如何應付？她想起了秦剛給自己的那面錦衣衛牌子。實在不行，只能找秦剛幫忙了。她拿定主意後回了國子監。

第三十四章　御書樓裡的賊

進國子監小半月了，穆瀾每天都去御書樓花掉自己的一小時，毫無頭緒與進展。

時間已經過了國子監的宵禁，穆瀾只慶幸今天休沐日晚上不用點卯。她翻牆回了國子監，學生們都回了宿舍，四下清靜，只有巡夜的護衛。

面具師父的話讓穆瀾踟躕了下，避開巡夜人，悄悄潛到御書樓外。

明月高懸在御書樓的飛簷上，守衛的禁軍並無懈怠，嚴禁火燭的御書樓頂樓卻有燈光亮起。那是祭酒才有資格進入的頂樓。這麼晚了，陳瀚方還在研究學問？

穆瀾始終對陳瀚方進入老嫗房間後，那個被踩模糊的血字耿耿於懷。而那名殺了蘇沐、毀容自盡的花匠也在國子監待了十年。總不至於有那麼巧，十年後遇到蘇沐認出是仇人。花匠是為誰而來？

十年前發生了太多事情。

十年前，父親因科舉弊案試題洩漏、監察不利，酒後被偽裝懸梁自盡。

十年前，陳瀚方升任了國子監祭酒。

十年前，老岳進了國子監當花匠。

十年前，面具師父或許是被滅門逃脫的世家子弟。

還有死在自己懷裡的茗煙，十年前虎丘蔣家的倖存者。

還有杜之仙，十年前被母親救了一命，收了她當徒弟。

穆瀾深吸一口氣，脫掉外袍，露出裡面的緊身夜行衣。她蒙了面目，將外袍掩藏在草堆中，化成黑夜裡的風，無聲潛進了御書樓。

她從陰影中一層層攀高，輕巧掛在屋簷的角替上，倒懸著身體望向樓中。

這層樓，只有祭酒手書才能進入。窗戶關得嚴實，用的是玻璃鑲嵌，裡面拉著簾子。穆瀾無法將窗紙捅出一個孔，尋著一線窗簾的縫隙往裡瞧。

她進過御書樓三層，整齊的書架、浩瀚的書冊給她留下了深刻的印象。她的目標也一直放在御書樓三層以下。因為那場洩題舞弊案中，監生如果能得到題目，只能是下面三層。穆瀾沒想到自己會看到這樣一番景象。

御書樓頂層較下面的面積小，四周只有四排書架，一張極大的書案擺在正中。

陳瀚方坐在書案前，旁邊放著一盞做工極精巧的燈。蠟燭罩在四方玻璃罩中，以防被風吹滅。書案上放著一摞書。他穿著便袍，正拿著一本書細心地縫著，手旁擱著一柄精巧的裁紙刀和針線籃。

書都是印好之後用麻線縫釘在一起的。陳瀚方夜裡不休息，親自補釘書籍？穆瀾詫異之後，腦中飛快閃過一個念頭。陳瀚方不是為了愛惜書本，他分明是將書拆散後重新縫釘好。他想在書中找什麼？是與父親那件案子有關嗎？

看來陳瀚方經常做這件事。一本書很快被他縫好，他將書放在那摞書上，輕嘆了聲，抱著書、提著燈往樓下走去。

穆瀾的視線追隨著他，看著他一層層下樓，到了二樓時，將那摞書放進一個書架裡，然後提燈下樓，離開。

夜裡清靜，守衛的禁軍聲音清楚隨風傳來。

「祭酒大人今天倒走得早。」

陳瀚方和氣地說道：「學生們借閱多了，總有損壞的。今天需要修補的書不多。」

御書樓藏書萬冊，十年中，陳瀚方將這裡的每冊書都拆完了？他連書都拆了，自己還能找到什麼？穆瀾禁不住苦笑。

既然來都來了，樓中又無人，要不進去看一看？

穆瀾從窗戶翻進了二樓。

御書樓窗戶都極奢侈地用玻璃鑲嵌著。今晚月色極好，月光從外面透進來，褐色的木地板上像塗上一層銀光。

藉著清冷的光，穆瀾徑直走到陳瀚方擱書的那面書架。

被他放回來的這摞書並非四書五經各種註釋本或詩詞百家，而是一些雜書。穆瀾將最上面那本拿到手裡，封面上寫著《新俠武義傳》。

穆瀾有點詫異，她翻了翻，還有《紙美人》、《荒村怪談》等這類寫遇神怪奇事的雜書。

在國子監讀書的監生如果中了舉，大都還是要走科舉的路。能上二樓的監生都進了六堂，是成績最好的學生。原來這類好學生也喜歡看雜書。穆瀾看著封面邊角翻起的毛邊暗暗失笑。

面前一座書架上收羅的全是這類雜書。陳瀚方是拆了所有御書樓的書找東西，還是只找這類雜書呢？穆瀾思索著。

夜太安靜，穆瀾敏銳地感覺到從窗外吹來的風有那麼一點兒不同。她來不及將書放下，隨手塞進懷裡，放緩了呼吸躲到書架後。

窗戶外翻進來一個人，黑衣蒙面，動作輕如狸貓。

他在窗邊站定，四處看了看，想了想，走到陳瀚方放書附近的位置。那座書架並不是放雜書的地方。

透過書架的縫隙看到這一切，穆瀾情不自禁地想，難道這人是在外面看著燈光停留的位置找來的？

那人隨手拿起書看了看，就放了回去。找遍附近幾個書架，他準確找到了陳瀚方放書的那座書架。他滿意地抽出一塊黑布，將書一本本放進去。他的手指突然停頓，數了數書本。

這個動作讓穆瀾想到了自己懷中的那本雜書。難道這個人知道陳瀚方每天會縫釘幾本書？他在暗中盯了陳瀚方多久？不會也是十年吧？

少了一冊書也沒有讓那人過多停留，打了個小包袱負在背上，迅速離開了。

穆瀾沒有動，她有種感覺，既然來人不是頭一回拿走書，而陳瀚方毫無察覺，他就一定會再把書還回來。

她本以為對方至少一、兩個時辰才會把書還回來，沒想到只過了一刻鐘不到，黑衣人就回來了，將一摞書重新放回去。

當他再一次從窗口躍出後，穆瀾悄無聲息地移到窗口，看到一個影子朝供禁軍居住的院子掠去。能掌握陳瀚方動靜，掉包這麼快，只有一個可能，這人是混在看守御書樓的禁軍中。

她重新走到書架旁，拿起了書。放在最上面的依然是那本《新俠武義傳》，連位置都沒有變，但書拿在穆瀾手中，她馬上察覺到了不同。

借閱的人多，原來那本書封面左下角磨得起了毛邊，缺了蠶豆大一塊；下面的白色紙張露了出來，比較顯眼。穆瀾記得方才自己還笑過，六堂監生也看雜書。

穆瀾心頭微震。難道這十年中，只要被陳瀚方看過的書，對方都比著書單重新備了一套？御書樓幾萬冊書，對方不可能全部備了一套吧？除非陳瀚方是有目的地找書。

她從旁邊書架上隨意取了兩本書放進懷裡。這裡書這麼多，只要不是一年一度的晒書日，照著書單查書；或者就那麼巧，明天就有人正好借閱她拿走的這三本。

穆瀾回到天擊院宿舍，四處宿舍都熄了燈。她抬眼看了看天，月已東移了。在御書樓一耽擱，不知不覺已近丑時。房門虛掩著，裡面沒有燈光。許玉堂給她留門了。穆瀾不由得鬆了口氣，推開門閃身而入。

「誰？」許玉堂從床上坐了起來，低聲問道。

「是我。」

許玉堂也沒點燈，鬆了口氣道：「你總算回來了，我可以放心睡了。」

這麼晚還等著她。穆瀾有點抱歉也有點感激，知道是無涯叮囑過他。她想說點什麼，又想起了核桃來。無涯和許玉堂都對她好，但他們終究是不同世界的人。穆瀾簡單地道了謝，不知說什麼才好，「我回房了。」

許玉堂看著她走向小屋，感覺到穆瀾對自己淡淡的疏離。他有些不服氣，偏要和她走得近，「需要我幫忙的話，你說一聲就行了。」

「謝謝。」穆瀾遲疑了下，問道：「我要點燈，又不想被人看見，你有沒有多的床單讓我遮下光？」

「有。」許玉堂馬上生出一種被穆瀾歸為同黨的興奮，他打開衣箱，拿了條床單出來遞給穆瀾，「我幫你看著點兒，你弄吧。」

穆瀾用床單蒙了窗戶，點起了燈。

三本書放在她面前，她仔細地查看著。

燈光下，除了那本雜書外，另兩本都不是新釘成冊的。穆瀾乾脆把那本雜書拆了，果然有的書頁上有兩個針眼，一看就被重新縫釘過。

陳瀚方為何要拆看這些雜書呢？難道御書樓的雜書中才會有他想找的東西？對方看來也知道陳瀚方專翻查雜書，所以單獨備了一套，全部掉了包。

穆瀾拿了針線，重新將書裝訂好。

三本書放在她面前，穆瀾苦苦思索著。如果當年科舉弊案的線索在書中，會不會就在這些雜書中呢？都被神祕的來人掉了包，她難道要把那些書全部偷回來？她能肯定，那些書一定分批被混入禁軍的人帶出了國子監，她又上哪兒去找？她連要找什麼都不知道。

當她的目光再次掠過這三本書時，穆瀾呼吸微窒。這三本書分別是《大學》、《柏溪筆記》、《桑農輯要》。她瞬間想到了初至國子監時，應明帶著自己遊覽國子監，曾說過監中有株奇樹。父種柏，柏中生桑，父子都在國子監入學，先後考中進士。這三本書的書名連在一起讓她想到了國子監有名的那株大柏桑。

會不會書的祕密不在裡面有夾帶，而是書名連在一起有異？而陳瀚方卻沒有想到這個，一直在拆書尋找？

想起許玉堂還守在門外，穆瀾吹熄了燈，將床單取下，開門說道：「我弄好了。去睡吧，許兄。」

「好。」許玉堂接過床單時順便往她屋裡看了眼，也沒多問，便回去睡了。

●○●

第二天一大早，穆瀾去找應明借用他的身分木牌，趁著午飯時人少，去了御書樓。

她將三本書還了回去。

白天光線好，穆瀾站在那面放雜書的書架旁仔細觀察，發現昨天放書的地方正是最高一格書架的中間位置。如果陳瀚方是盯著這面書架拿書，不出意外的話，還有一天，這壁書將被他翻閱完。

如果今天晚上陳瀚方再次來二樓，就印證了穆瀾的想法。

二樓的雜書看完，他又會拿哪裡的書？穆瀾決定每天晚上都來看看，也許能發現更多的線索。

她圍著二樓轉了一圈，書籍太多，一時半會兒也看不出個所以然來。穆瀾出了御書樓，上完下午的背誦課後，將木牌還給應明。

接過木牌，應明欲言又止。他心裡清楚穆瀾上面有人罩著，事關自己的前程，他是一定要幫的，但是……

「應兄放心。我趁午飯時無人上去的，沒有人看到我。」

應明鬆了口氣，有點不好意思，「被其他六堂監生發現告發，可能會降等。」

想進六堂也需要考試，監生是按成績名次排位。離開一個，下面的人漸次補缺。如果應明被發現違反了六堂規矩，也許會將他從率性堂降等。可以說應明借身分木牌給穆瀾用，很冒險。

穆瀾想起應明找給自己的宿舍，心裡有數。她感激地說道：「只此一回。多謝應兄了。」

應明也有些好奇，「小穆，你究竟去二樓想找什麼書？」

「雜書啊！一樓一本雜書都沒有。」穆瀾半開玩笑地說道：「二樓有整整一壁雜書，借閱得多，書頁都舊了。六堂監生身為學生表率，傳出去不怕學弟們笑話？」

原來是想看雜書。應明瞇起了桃花眼，左右看著無人，才低聲說道：「小穆，你若想看雜書，我幫你借出來就是了。六堂監生……也能賺些零錢使使。」

穆瀾明白了。成天背四書五經、學諸子百家未免枯燥，除了休沐日，平時早晚點卯，監生們無聊之餘也喜歡看雜書打發時間。這是國子監監規不允許的，然而只要是從御書樓裡借出來的書則可以看，所以六堂監生就做起了幫人借書的買賣。

「如果借來的書弄掉了或損毀了怎麼辦？」御書樓裡的書都單獨加了一頁印有「御書樓」字樣的封皮。穆瀾想的是那位掉包兄背後的勢力不小，掉包的書封皮與印鑑做得絲毫不差。

應明以為穆瀾弄丟了借閱的書，並沒有當回事，「一般借閱都有登記，哪怕是掉了也會千方百計買一冊或抄一冊補上。普通監生也借不到古籍與珍本、孤本，想想辦法都能補上。告知管書的小吏，單獨增補封皮就行了。」

封皮原來是早印好，隨便補的。穆瀾聽了有些失望。如果可以抄一冊或買一冊補上，那麼書的祕密定不在書中。穆瀾想起了書名，「書架上的書是隨意擺放的，還是都有順序擱置的？」

「哦，是有序的。不然那麼多書，怎麼找？同一座書架也不好找。隔上一段時間，守書樓的小吏就會照著目錄將書整理成序，方便查找。」

穆瀾終於看到一線曙光。想要知道書架上有些什麼書，不用再費時地去御書樓查找，只要從管理書籍的小吏處將書目索引目錄偷出來就行了。

十年前科舉弊案，父親告訴母親的話是試題並沒有被偷走，而是有人用極巧妙的辦法讓監生知道了。十年前，會試的策論試題題目是《久安長治策》，如果她能從書目中找出這道題來，就解了父親話中的謎底；再查當年有誰能接觸到題目，又在國子監。與那八位赴春闈會試的舉監生同時有關聯，這個案子翻案不難。

夜來，穆瀾藏在御書樓外的樹上，看著頂層的光亮起，再等到燈光層層移下樓。這一次，燈光依然停在二樓。陳瀚方一如昨晚般，和守門的禁軍打過招呼後離開。

穆瀾一直等到那個黑影翻窗進入二樓，等他將書掉包後離開時，穆瀾悄悄綴上了他。

禁軍在御書樓後面建有營房，那人回營前進了樹林，再出來，已換上了禁軍服飾，背上的那摞書已不見了。

穆瀾尾隨著他，夜色雖濃，營房院門口的燈光依然映出了他的臉。

「百戶大人深夜巡視，實在辛苦。」值哨的禁軍向他行禮，嘴裡說著恭維的話。

「誰教祭酒大人隔三差五地就看書至深夜呢。」謝百戶很無奈地嘆了口氣，「瞧著樓上的燈光，本官哪裡睡得著。」

御書樓若是起火，大家都別想活命。禁軍也埋怨道：「讀書人看起書來就忘了時辰。大人不如提醒祭酒大人一聲，免得真出了意外。」

謝百戶苦笑道：「那是國子監祭酒，本官不過小小百戶罷了。」

禁軍體恤地說道：「百戶明天休沐，可以好好歇息兩天。」

遠遠聽著這番對話的穆瀾也感嘆，這位謝百戶著實辛苦。陳瀚方隔三差五看書至深夜，他只能每晚都盯著御書樓。

聽見明天謝百戶休假，穆瀾心想，無論如何，明天她都要想辦法跟著這位謝百戶。她萬分感謝無涯將方太醫調到了國子監，將許玉堂安排成她的舍友。想要請假，她只能請許玉堂幫忙，幫著她裝病。

凌晨時分，天擎院的門房被許玉堂大力拍開了，裝病的穆瀾捂著肚子虛弱地靠著他。

半夜突發腸絞痛，門房順利放行，許玉堂將穆瀾送到了醫館。

方太醫將穆瀾留下來，開了病假條。

送走許玉堂，穆瀾想了想，悄悄把自己進國子監的前因後果告訴方太醫，「如今我已經查到御書樓的書有問題。祭酒大人和謝百戶似乎也在查找父親當年留下來的線索，我只要跟著那名謝百戶，就能知道掉包書籍的人是誰。」

「怎麼會這樣？」方太醫大吃一驚，目光複雜地望著穆瀾，像是不相信地搖了搖頭，喃喃說道：「杜老兒讓妳進國子監是為了十年前的科舉弊案……」

「方爺爺，您知道那件案子？」穆瀾總覺得方太醫是知曉內情之人，這才壯著膽子將實情告知，她盼著方太醫能為自己解惑。

「當年是有件科舉弊案，唉。」方太醫嘆了口氣道：「天快亮了，妳休息一會兒吧。千萬別冒險，寧可跟丟，也不可暴露。我能為妳遮掩一天，時間長了，怕有心人前來查看，妳抓緊時間吧。」

他搖著頭離開，背影格外滄桑。

穆瀾微蹙起了眉。難道方太醫與那件案子牽涉也很深？時間不多，她把這個念頭拋到腦後，小睡了一會兒。天矇矇亮時，她悄悄離開國子監。

朝陽升起，穆瀾坐在街對面的酒肆裡，終於等到謝百戶提著個包袱悠閒地出了國子監。

謝百戶騎著馬。京中不得縱馬，穆瀾走路跟著，也不辛苦。一路上，謝百戶沒有下過馬，逕自回了家。

謝家是普通的一進四合小院，院牆不高，牆角邊種著一株小楊樹。有個二十來歲的婦人迎了謝百戶進屋，轉身進了廚房。不多久，炊煙裊裊升起。

這令穆瀾感到奇怪。像謝百戶這樣長年住在外頭，休沐才會回家的人，路上難道不買點柴米油鹽給家裡，或帶包點心給媳婦？他媳婦是否也是名探子呢？

像他們這樣的人，祕密太多。縱有家人，為了讓家人平安，最好也不住在一處。

如果謝百戶與他媳婦分頭行動，穆瀾該盯著誰呢？她在巷子口飲著大碗茶，盯著謝家緊閉的房門，不停地思索著。

這時，她突然看到旁邊巷子裡走來幾個小子，忒是眼熟。

「豆子！」穆瀾喊了一聲，扔了茶錢在桌上，急步走過去。

穆家班的小子們正拿了錢買麵，看到戴著帷帽走來的人沒認出來是誰。穆瀾掀起紗簾一角，馬上做了個噤聲的手勢，「你們怎麼來這兒了？」

豆子歡喜地撲過去抱著穆瀾的腿，仰著臉笑道：「少東家，我們出來買麵呀。你不是在讀書嗎？今天休沐嗎？」

穆瀾這才發現，從這條胡同穿過去不遠，就是穆家麵館的後院。她高興起來，吩咐幾個小子盯著謝家，快步回了穆家麵館。

看到穆瀾回來，穆胭脂高興地煮了碗麵給她，親手端進房裡，「快吃！」

她坐在炕桌旁迫不及待地問道：「妳進國子監快一個月了，有什麼發現？」

香噴噴的臊子麵頓時失去了味道。如果不是無涯安排了宿舍，如果不是許玉堂打掩護，穆瀾在國子監不會過得這樣輕鬆。可是母親第一句話關心的是案情，不是她的安危。穆瀾沒了胃口，放下筷子道：「娘，我吃過早飯了，還不餓。」

「也不早說，白浪費一碗麵。」穆胭脂說著將麵端出去，隨手給了幹活的小子讓他吃了。

穆家班的人都是雜耍出身，手腳靈活，也夠機靈，穆瀾相信那幾個小子能盯緊了謝百戶。她的時間不多，就怕有心人去醫館打探，方太醫攔不住。見母親進了屋，穆瀾顧不得計較母親的態度，將謝百戶掉包藏書的事情說了。

「這可是大事！那三個小子怎麼盯得住人？豆子才七歲呢。」穆胭脂氣得說了穆瀾幾句，旋風般的又出了門。

穆家麵館瞬間又出去十來號人。穆胭脂安排妥當回來，臉色也變好了，「娘的安排不會錯。妳要不進國子監，哪能探到這麼重要的消息。」

在母親的心中，報仇是頭等大事，她的安危並不重要。穆瀾心裡泛起陣陣苦澀，瞧著母親興奮的模樣又不忍說她。外頭有人盯著，她也能輕鬆一點兒。穆瀾扔開心裡的不舒服，正色說道：「娘，我白天溜出國子監不容易，家隔得太遠，傳消息不方便。」

「這事娘已經安排妥了。六子和得寶昨兒進了國子監外的雲來居當夥計。本想等月末妳休沐時告訴妳，正巧妳今天就回了。」穆胭脂胸有成竹地說道。

雲來居是國子監外最大的酒樓，夥計都得識文斷字，想安插兩個人進去並不容易。穆瀾笑道：「六子和得寶倒是聰明，一個月就學會讀書認字了？我記得他倆從前可是大字不識。」

穆胭脂訕訕說道：「他倆跟著周先生學了半年呢。」

這麼說來，是自己在杜家的時候，母親就已經想到要在國子監外安插眼線了。母親根本不是見到自己進了國子監，才想到賣船買下這座大雜院開麵館。穆瀾突然想起母親與老頭兒在一起煮茶的優雅，那種陌生感又一次浮上心頭。她頭一回覺得母親心思縝密，淡淡說道：「娘離開揚州來京城，就打算解散穆家班了？」

「是。」穆胭脂既然開了口，就沒打算再瞞她了，「娘等了十年，等到妳跟著杜先生學文進國子監，就一定要把妳爹的案子查個水落石出。」

穆瀾似笑非笑地望著她道：「娘還有什麼安排，還是一塊說了吧。」

「臭小子！」穆胭脂最看不得穆瀾這樣笑，惱羞成怒地說道：「娘又不是成心瞞妳，想著妳在國子監不容易，不想讓妳分心罷了。有什麼事，妳去雲來居找他倆也方便不是。」

「知道了。」穆瀾下了炕道：「我是溜出來的，得回去了。跟著謝百戶夫妻倆有什麼結果，娘叫人告訴我一聲。」

「好。」穆胭脂送她出了門，低聲說道：「陳瀚方找的東西可能與妳爹案子有關，妳盯緊一點兒。娘也會找人盯著他。」

穆瀾應了聲，見李教頭已經替自己租了匹馬，也沒客氣，騎馬往國子監趕。

這時，紀典簿正在醫館和方太醫聊天。

穆瀾半夜生病，許玉堂敲開了天擎院的門，送她去醫館，譚弈很自然地知道了。白天穆瀾沒有來上課，許玉堂拿著方太醫開的假條替她請了假。譚弈總覺得奇怪，但凡許玉堂和穆瀾有關的事，他都上心。一下課，他就去找了紀典簿來醫館探問虛實。

紀典簿原沒當回事，到了醫館，還沒開口，方太醫一看天色，先邀紀典簿一起用午飯，吃過了飯，又請到房間吃茶。紀典簿就覺得不對勁了，他與方太醫並不熟，方太醫雖然從太醫院下放到國子監，但品階比他高，犯不著對自己如此熱情。

他當即說道：「穆瀾是我分管的學生，他突發腸絞痛，我去看看他。」

「吃完茶再去吧。」方太醫愁死了。他原想著好歹能拖上一天，穆瀾晚上總會回來，沒想到才過半天，紀典簿就來了。

紀典簿端起茶水一飲而盡，「下官是粗人，吃茶素來如牛嚼牡丹。」

他起了身，方太醫只得跟著起身。

醫館不大，進了後院就是病房。進了院子，方太醫一時半會兒想不出穆瀾不在的理由，急得額頭見汗。

紀典簿越發覺得古怪，快走幾步推開廂房的門。裡面沒有人，他的眼神冷了下來，「人呢？」

「啊？」方太醫趕緊說道：「不是這間。」

「他在哪間房？」

後院一溜有十來間房，方太醫裝起了糊塗，「老夫診治後叫人送她進後院觀察，叫人一問方知。」

紀典簿懶得再等，迅速地查看完，轉過身道：「他人在何處？」

方太醫只得裝出滿臉驚奇，「她明明疼得昏迷不醒。人去哪兒了？」

紀典簿冷笑起來。這一次，穆瀾還想逃過懲罰？

「方太醫！紀典簿也在啊。」穆瀾從屋後恭房捂著肚子虛弱地出來了。

方太醫大喜，斥道：「妳去哪兒了？」

穆瀾苦著臉道：「學生大概是吃錯東西受了寒，拉肚子……」

「回去躺著，老夫再為妳把把脈。」方太醫吩咐著，得意地鬍子都翹了起來，「紀典簿還有什麼事？」

「好好休息，莫要耽擱了功課。」紀典簿看不出破綻，又覺得方太醫的神色可疑，只得鬱悶地走了。

譚弈不會這樣想。在數年跟著義父生活的日子裡，他學會了一點：永遠不要以為生活裡發生的各種事情都是遇了巧。

穆瀾是否是真的病倒？如果是假，她上午絕不會在醫館。她去了哪裡？譚弈迅速和東廠取得聯繫，國子監外加派了眼線。

譚弈相信，就算這一次抓不到把柄，盯死了穆瀾和許玉堂，也能讓這兩人將來的行蹤悉數被自己掌握。

他如此緊張，除了要和許玉堂打擂臺，拉攏有才之人為東廠效力，更主要的是為了眼前的這紙告示。

教室外的牆上新貼出一張告示。

開學一個月後，隨著監生畢業離開，六堂將從新監生中招選人員。

率性堂是六堂之首，在監生中威望最高，擁有最大的權力與便利。譚弈絕不能讓許玉堂和穆瀾考進率性堂。

新、老監生們成績好的，均有意報名。

甲一班落榜舉子居多，譚弈打的主意是，自己人最好全考進六堂，再分到各班去。新進監生還敢不聽自己的話嗎？

舉監生們占據的優勢顯而易見，哪怕會試落榜，都有舉人的功名，成績能甩蔭監生、貢監生和例監生幾條大街。

自綠音閣事件後，蔭監生們和譚弈那群舉監生就結了仇。舉監生們一臉六堂監生非我莫屬的神色，瞥來的目光彷彿在說：什麼狗屁貴公子，將來見了老子要行禮，被老子管得死死的！

被一群窮舉子騎到頭上施威？

奇恥大辱！

蔭監生們感覺像一腳踩進牛屎裡，說不出的噁心難受。

靳擇海咬著小牙道：「讓他們來管咱們，還不如退學呢！」

林一鳴就在這時跳了出來，笑得滿面桃花樣，大聲恭維起來，「譚兄和甲一班的同窗定能進六堂。將來有什麼事，可得給兄弟兩分薄面。」

這個叛徒！

佞臣！

氣得靳擇海脫口罵道：「狗崽子！馬屁精！」

罵林一鳴是馬屁精，眾人都覺得有理。但譚弈是誰？東廠督主譚誠的乾兒子！這不是罵譚誠是老狗嗎？

眾人都望向了譚弈。

譚弈走到靳擇海面前，低頭望著個子只到自己肩膀的靳擇海，冷冷說道：「你罵誰呢？」

靳擇海挺直了背，輕蔑地說道：「我罵狗、崽、子！還有人犯賤站出來承認，啊呸！」

譚弈一拳就打過去。

許玉堂攔之不及，眼睜睜看著靳擇海被揍在地上。他大喊一聲：「譚弈，你犯監規打架！」

「辱人父母，如辱自身！」譚弈很感謝靳擇海給了自己一個當眾展示形象的機會，大喝一聲，腿朝著倒在地上的靳擇海踹下去。

監生們嚇得紛紛後退。

眼看譚弈這一腳踹得實在，靳擇海非吐血斷骨不可，穆瀾把靳擇海拉開了。

譚弈的腳落了空，也知道不能再過火了。他住了手，冷冷看著多事的穆瀾，話卻是說給眾人聽的，「在下兩歲時就被義父收養，義父一手將我養大，教我讀書明理。父輩們行事，為人子女不便置喙。譚某只知道養恩如山，聽人辱及義父，明知犯了監規也絕不能當沒聽見。打了靳小侯爺，回頭譚某自去繩愆廳領罰便是。」

一席話說得慷慨激昂，一些因他義父身分對譚弈頗有微言的舉子也點頭稱是。如果譚弈充耳不聞，當起了縮頭烏龜，才真讓人瞧不起了。

靳擇海何時挨打不還手過？他剛掙脫穆瀾的手，又被趕過來的許玉堂死死拉住，氣得臉紅脖子粗，指著林一鳴和追隨譚弈的監生罵道：「東廠無惡不作！一群走狗！」

「東廠是皇上欽設監察百官之所。我義父得皇上信任，擔任東廠督主。東廠行事乃奉旨所為，靳小侯爺是對皇上設東廠有所不滿？」譚弈當即反駁道。

許玉堂一把將靳擇海拉到身後，斯斯文文地說道：「公道自在人心。東廠口碑差，難道不是行事的方式有問題？譚兄就不必拿話做套了。」

靳擇海還要叫嚷，穆瀾低聲勸道：「小侯爺，現在逞口舌之快有什麼意思？現在最重要的是咱們班的人能考進六堂，別教譚弈那幫人騎到頭上來。」

對啊，罵譚弈又如何。打回來……還打不過他，白去繩愆廳挨頓板子。靳擇海能屈能伸，叫道：「表哥，和他廢話什麼，咱們報名去！」

一句話就勸得靳擇海轉了性子，許玉堂朝穆瀾讚許地笑了笑，「六堂監生又不是非舉子才錄。告示上寫得明白，考試以成績優劣從上往下錄取，未錄取者也有了候補資格。能報名的都報名去。」

甲三班以蔭監生為主。例監生寧可奉迎貴胄公子，也不願去捧窮舉子的臭腳，有錢得使在刀刃上不是？巴結講究風骨的窮舉子，沒準還會碰得滿鼻子灰呢，能得個什麼好？這一刻，他們倒是也巴不得自己班裡出兩個六堂監生。

許玉堂一吆喝，甲三班的人紛紛響應著離開了。

留在譚弈身邊的只有林一鳴，他翻了個白眼道：「這是嫉妒！有用嗎？報了名還不是考不上！難道他們比舉子成績更好？」

譚弈被他的話逗得一笑。他察覺到雖然自己站出來顯示了孝道與血性的一面，仍然有很多舉子離自己遠了。

東廠要的是忠心之人，他再三告誡自己這點，把那些突然對自己敬而遠之的舉監生記下來。等他有了權，再一一收拾。

離了教室，許玉堂正色對穆瀾道：「我是要盡全力考率性堂的。小穆，我看咱們班能進六堂的人少，你可不能再藏拙了。」

將甲三班一通分析後，許玉堂覺得最有把握的人選是穆瀾。

「我盡力。」穆瀾知曉輕重，但她心裡想的人選是林一川。如果自己進了六堂，權力與便利有了，也會成為監生們盯著的目標，不利於她單獨行動。

方太醫開了一個月的假給林一川，他回家養傷已有半月，一直沒有消息傳來。月中休沐日，林一鳴沒有回去，看起來也不知道情況。

穆瀾尋思著六堂招考這件事對林一川有好處。

轉眼到了月末休沐這天，穆瀾去了林家。

「我家大公子在養傷，一律不見外客。這是燕管事親口吩咐的。」

林一川上次中毒病好後，將宅子狠狠整治了番。先前那位請穆瀾在門房用茶的管家已經悽慘地被攆回揚州老家，新來的管家很客氣。

穆瀾心裡有數。林一川裝著受傷嚴重，如果不露面不見自己，定是趁機辦事去了。穆瀾也懶得問緣由，直接告辭，託管家轉告六堂招考的事情，「已經替大公子報過名了。五月十三考試，那時大公子的傷應該大好了。」

她是一早離開的，時間尚早，穆瀾牽掛著核桃，騎馬去了皇城。

第三十五章　月美人

高大的紅牆、黃色的琉璃瓦，紅黃二色映襯下的皇城尊貴威嚴。

秦剛默不作聲地帶著一隊禁軍行走在宮牆之下，偶爾回頭，能看到換上禁軍服飾、清俊帥氣的穆瀾。她神態自若，絲毫沒有第一次踏進皇宮的忐忑不安，眼神清正平和，似乎眼前的一切對她來說都是平常。

這小子！

秦剛心裡有點不平衡了。

偷帶你進宮，你不緊張便罷了，你倒是表現出那麼一點點好奇也行呀。

見穆瀾終於拿著錦衣衛的牌子找上門來，秦剛很想顯擺一番，結果那些引誘的話硬生生被穆瀾平靜的神色堵了回去。

一個雜耍班出身的小子，不就拜了江南鬼才杜之仙為師嘛。杜之仙活著，隱居十年，如果不是皇上想拜他為師，他早就淡出人們的視線了。如今杜之仙死了，更不能靠那張老臉四處替穆瀾刷好感。除了一個關門弟子的身分，秦剛硬是沒想通穆瀾這份鎮定從何而來。

過了乾清門，秦剛散了禁軍，如往常一樣只帶了四個貼身護衛進去——另外三個禁軍是他的人。秦剛找了處無人之地就說開了，「穆公子這份鎮定讓秦某好生佩服！」

鎮定？太鎮定就是異常！穆瀾眨了眨眼，彷彿腿軟，往牆邊一靠，伸住了牆苦笑道：「秦統領，在下腿都嚇軟了。一路行來，感覺人人都在盯著我似的。唉！」

噗！秦剛笑出了聲。這才是個正常人嘛。他大力地拍打著穆瀾的肩道：「進了乾清門就是秦某的地盤了。甭怕！」

「多謝多謝！」

穆瀾這時眼神也活躍了，張頭望腦的樣子又讓秦剛冒汗，「別太誇張了……」

「是。」穆瀾老實地跟著。

秦剛將穆瀾帶到自己的值房，關了房門，他先前的謹慎小心不見了蹤影，笑呵呵地泡了茶給穆瀾道：「穆公子，秦某給你的腰牌是應急所用，你不會真的只想進宮來逛一逛吧？」

在靈光寺山腳下的梅村，秦剛招攬不成，送給穆瀾一面錦衣衛牌子，說遇到麻煩事可以到宮門尋他。穆瀾今天拿著牌子見秦剛，說她想進宮來看看，秦剛自然不相信這個理由。

如何解釋核桃和自己的關係，對穆瀾而言是道難題。

到現在為止，秦剛都不知道和無涯出門逛街的冰月是她所扮。

穆瀾想到了母親的心願，想到了面具師父，想到了杜之仙……她不願意核桃成為一枚廢棋，一個無辜的犧牲品。

「我有個妹妹，聽說她被送進了宮裡。」

穆瀾什麼時候有了個妹妹？難道是開春剛送進宮裡來的那批宮婢？多少嬪妃進了宮，都難見父母親人一面，何況宮裡品階低微的宮女。穆瀾想見妹妹一面，只能用腰牌找自己。

秦剛啜著茶，釋然了，「這事簡單。我尋著你妹子，找機會讓你們兄妹見上一面。」

「如果可以，我想帶她離開。」

他就知道，不是普通事，穆瀾不會用上那面腰牌。敢帶穆瀾進宮，秦剛是擔了風險的。皇上看重穆瀾，他也看重穆瀾，為了示好，這樣的風險秦剛擔得起。但隨意就把人弄出宮去，秦剛為難了，「宮女都歸掖庭管轄。宮裡自有規矩，就算皇上想放個宮女出宮，都難呢。」

方方面面的關係太複雜了，一旦被東廠注意到，他這個禁軍統領就甭想幹了。

「我知道這事讓秦統領為難。我只有這麼一個妹妹，我希望她能平平安安。」

穆瀾將那面腰牌推向秦剛，意思是她只用這一回。

讓穆瀾欠著自己一個人情，秦剛覺得暗中安排一番，也不是不可以，「需要做些安排才行。她在宮裡何處擔職？叫什麼名字？」

有秦剛幫忙，也許真的可以把核桃弄出宮，送她遠走高飛、隱姓埋名，這是穆瀾設想過的最好情況。但她心裡明白，人是東廠送進來的，秦剛未必辦得成。

「我只知道她進了宮，在什麼地方並不清楚。」穆瀾沉默了下，告訴秦剛，「她叫冰月。」

秦剛險些被茶水嗆著，「誰？」

穆瀾平靜地說道：「進宮之前，她在天香樓，叫冰月。」

冰月姑娘是穆瀾的妹妹？秦剛盯著穆瀾看了又看。兩人長得都極美，但長得不像啊！

秦剛一激靈，難道皇上是因為知曉這層關係才喜歡上了冰月姑娘？皇上愛屋及烏？皇上喜歡的究竟是哥哥還是妹妹？從皇上去天香樓的情形看，應該是妹妹。皇上怎麼會喜歡一個少年呢？

先不想那些，現在是小舅子上門討妹子。皇上好不容易動了凡心，怎麼能讓穆瀾帶走呢？不行，他得勸穆瀾打消主意。

「穆賢弟啊，你妹妹在宮裡也不錯啊，總比在天香樓好吧？」秦剛想清楚關係和立場後，苦口婆心地相勸。

諸如「你將來國子監畢業後，踏進仕途為官，在青樓的妹妹和被封為嬪妃的妹妹，能一樣嗎？前者給你家抹黑，後者給你家刷金粉」……直說得穆瀾覺得冰月進宮是祖墳冒了青煙。讓冰月出宮，就是棒打鴛鴦——不是普通的鴛鴦，是搶皇帝的女人，想讓皇帝打光棍，找死啊！

「穆賢弟且放寬心，有秦某在，你妹子在宮裡頭吃不了虧！」秦剛拍著胸脯向穆瀾保證。

穆瀾一句話就讓秦剛的笑容僵在臉上，「東廠梁信鷗送我妹子進的宮，秦統領不會不知道吧？」

「這事啊……我知道。東廠把人送進宮來，譚誠是想提醒皇上，什麼事都瞞不過他，或許他還想給皇上添堵。皇上難得喜歡一個女子，如果相信你妹妹是東廠的眼線，皇上得有多難受啊。皇上不會信的，你且放心吧。」秦剛的想法又走到了岔道上，以為穆瀾擔心皇上厭了冰月。

皇帝常去天香樓也不是辦法，上次出宮，在街上被京城的姑娘們追了兩條街，秦剛和春來都要愁死了。東廠把人送進宮來，簡直是救了他倆。能順利地讓冰月進宮，再也不用摳破頭皮想辦法替皇帝遮掩，秦剛都想對譚誠說聲謝謝了。

穆瀾想的卻是另外一件事，「既然是東廠送進宮裡的，皇上不寵愛都不行？」

「那是自然。」秦剛不經思索地說道：「皇上年輕，後宮空虛，就喜歡上你妹妹一個，能不寵著？你妹妹進宮當晚就宿在了乾清宮……」

穆瀾霍然站起，氣得臉色煞白，「他真寵幸過我妹妹了？」

「這是好事，你生什麼氣？」秦剛一拍腦袋又想岔了，「放心吧，記了檔的。皇上封了你妹妹美人，太后娘娘知道後歡喜得不行，把人叫過去瞧了，讚她人如其名，賜了個月字。有封號的美人比起尋常美人尊貴。」

「太后還賜了封號？」穆瀾的聲音高了起來。

「小聲點兒，這是宮裡！」秦剛趕緊提醒她，「皇上一直沒有立后，太后娘娘都急得不行了。聽說皇上喜歡你妹妹，趕緊讓她進了宮給了名分。太后仁慈，不計較你妹妹的身分。你該為她高興才是。」

有了品階封號，死也只能死在這宮裡頭了。想要把核桃弄出宮，除非她死。穆瀾心如刀絞。

秦剛還在叨唸，「穆賢弟，你就放寬心吧。皇上喜歡你妹子，將來你的仕途一片光明哪。你混得好，你妹子在宮裡的地位也會更加穩固……」

「秦統領，我想見我妹妹一面。」穆瀾聽不下去了。

秦剛一臉難色，「禁軍不能隨意出入後宮。穆賢弟，等有機會我再安排。皇上極寵愛你妹妹，讓她住在永和宮，離養心殿最近。」

她進宮太難，今天不見到核桃，穆瀾不打算離開。若非萬不得已，她實在不願意這樣和無涯相見。但為了核桃，她不得不見，「皇上會去見我妹妹嗎？」

皇帝要去後宮，禁軍定會跟隨，穆瀾就有機會。

這倒是個辦法。秦剛看了眼沙漏，叮囑穆瀾在房中等自己，「我去打聽下。」

過了半個時辰，秦剛就回來了，招呼穆瀾跟著自己。

兩人出了值房，正趕上無涯從乾清宮出來上了步輦。

秦剛朝無涯抱拳行禮，穆瀾毫不含糊跟著行禮。

她穿著紅黃二色的禁軍鎧甲，戴著水磨鎖子護頸頭盔。無涯根本沒想到穆瀾會扮成禁軍，連多看一眼都沒有，步輦便從兩人身邊過去了。

穆瀾默默地跟在隊伍後，望著無涯的背影，心情複雜至極。如果無涯真的寵幸了核桃，該怎麼辦？

莫名其妙的，無涯就覺得背心發燙，他隨意扭過頭往後面掃了眼。隔著一群宮婢、太監，兩人的目光在空中相觸。

只是一瞬間的目光交觸，快得穆瀾來不及低頭，於是她就不再低頭。

她的視線平視著前方——再恭謹不過。

她的目光再清冷不過——別說刺客的劍，空中飛來一隻蚊子都會被她的眼光五馬分屍。

無涯沒有回頭前，覺得背心發燙；回頭一瞥後，眼睛就被刺疼了。他蹙了蹙眉，眉心形成一道好看的淺褶，隨著他轉過臉、正襟端坐又消失了。

剎那間的情緒波動卻被春來敏銳地發現了。這是他的飯碗！做為皇帝身邊的貼身小太監，理想是乾清宮的首領大太監，春來一直牢記著素公公的八字教導：察言觀色，細緻入微。

從六歲進宮跟在無涯身邊，春來已經養成了習慣。哪怕不看無涯，都會分出一絲視線黏在無涯身上。

皇上回頭，然後蹙了下眉。春來馬上轉動腦子。什麼事讓皇上犯愁？他馬上想起剛從宮裡離開的承恩公，禮部尚書許德昭。

自從宮裡有了月美人，禮部就加快了催促皇上立后納妃的進程。皇上能不煩嗎？但這種大事輪不到春來發表意見，他的本職工作是為皇上分憂。

所以春來跟在步輦邊積極建議道：「皇上，今兒天氣好，不如請月美人移步御花園賞花？」

月美人能把鞦韆盪到令人心臟驟停的高度，霓裳飄蕩，笑聲清脆。皇上很喜歡，春來也還想再看。

「可。」無涯惜字如金。

春來興致勃勃地吩咐下去，「移駕御花園！」同時叫了個小太監去永和宮傳旨。暮春時節，御花園裡花團錦簇。高大的蒼松上架著新做的鞦韆，垂絲海棠樹下設了席，正對著一畦怒放的牡丹。

秦剛很照顧穆瀾，特意將她的崗位分到了離鞦韆最近的地方。月美人鞦韆盪得好，也怕有個意外，侍衛做好了隨時救人的準備。這個活，今天交給了穆瀾。

約莫半個時辰，宮婢、太監簇擁著核桃到了。

核桃穿著一件翠藍色緞面斜襟窄袖短襦，淡金色的襞積大襬裙。長髮悉數綰起，用頂金絲編就的冠籠了，露出春杏般的臉、天鵝般優美的頸項。

如雪的膚色、明豔的衣飾，臉上全是春天的明媚，席前那畦怒放的牡丹被她一襯都蔫了。

「臣妾見過皇上。」核桃俐落地蹲身行禮，杏眼撲閃撲閃的，好心情盡顯無遺。

這句話像雷聲碾過，穆瀾的心哆嗦了一下。

無涯竟然起了身，上前扶起核桃，溫柔地執著她的手走到鞦韆架下，「朕推妳。」

「好。」

核桃這身裝扮俐落，正是為了盪鞦韆。她踏上去，用力一蹬，鞦韆就盪了起來。

園子裡響起串串笑聲。

鞦韆架在高大的蒼松上，越盪越高。綢裙被風吹得獵獵作響，核桃的視線越過了高大的紅牆，感覺自己像鳥兒一樣自在飛翔。

穆瀾仰視著核桃，金色的裙子像刺目的陽光，令她目眩。

無涯負手站在鞦韆旁，離她不過三尺遠。他瞥了眼穆瀾，朝空中喊道：「別累著了！」

核桃低頭直笑，「我不累！」

她恨不得真有一雙翅膀，真的飛起來。

低頭說話的時候，核桃看到了穆瀾。紅黃二色甲冑勾勒出她修長的身材，鎖子頭盔下的臉英氣勃勃，臉上帶著令她迷戀不已的淺淺笑容，俊俏無比。她是眼花了吧？才會在紅牆包圍的宮裡頭看到少班主？

一陣風吹進了眼睛，核桃視線變得模糊。天空好像顛轉了，她身體陡然一輕，從鞦韆上直飛了出去。

「天哪！」春來看到核桃不知怎的竟從鞦韆上摔下來，嚇得叫出了聲。

無涯愣神間，身邊掠過一道身影。

穆瀾躍上空中，手臂舒展，輕鬆攬住核桃的腰，旋身間抓住晃蕩的鞦韆，攬著她站在鞦韆架上。

「還好還好。」春來拍著小胸脯安慰著快要蹦出口的心。

臉貼在冰涼的甲冑上，核桃如在夢中，「少班主。」

穆瀾沒有抱著她落下，任由鞦韆自在地盪來盪去。她低頭看著核桃腮邊墜著的那滴淚，微笑道：「我來看看妳過得好不好。」

這裡只有她們倆，這裡的世界清靜無人，少班主溫柔地抱著她……核桃囁嚅道：「這樣真好。」

核桃的眼睛清如溪水，臉紅撲撲的，帶著嫩桃似的嫣紅，美麗嬌憨。

目光掠過她的髮髻，穆瀾心裡說不出的滋味。

下面的宮婢、太監從驚嚇中醒來，漸漸覺得不對勁了。那名侍衛抱著月美人在鞦韆上站得也太久了吧？

春來低聲對秦剛說道：「你手下懂不懂規矩？」

人家是兄妹！秦剛睨了他一眼，心想穆瀾這是趁機在和自家妹子說話呢。他拖延了一會兒，見鞦韆漸漸低了，這才說道：「趕緊拉著鞦韆，別傷著美人了。」

這句話完美解釋了為何侍衛久久帶著月美人沒從鞦韆上下來，宮婢、太監們趕緊圍住鞦韆。

穆瀾帶著核桃輕輕跳下，鬆開了手，沉默地退到一旁。

核桃正看向她，目光就被無涯的身影擋住了。他拉過她的手責備道：「以後不准妳再這樣盪鞦韆了。」

他帶著她入席，隨手拿過擰來的帕子，抬起她的臉，細心地拭著汗，「險些把朕嚇著。」

他的手指用了點兒力，不讓她的臉轉開。

核桃有點不知所措，乖乖被他擦完臉。無涯又端來了茶水哄著她，「喝口茶吧。」

就著他的手，核桃喝著茶，目光情不自禁瞟向鞦韆後，偏又被無涯擋住視線。

「瞧著這一身的汗。」無涯埋怨了句，吩咐了聲：「服侍月美人回宮沐浴。」

「我……」

「朕一會兒過來用膳。」無涯不容置疑地說道。

少班主會跟著來吧？核桃一步三回頭地被簇擁著去了。

春來喜孜孜地對秦剛道：「皇上很寵月美人呢。」

「嗯。」秦剛很高興。看到這一幕，穆瀾應該不會再想著帶妹子出宮了吧？

這時，無涯做了一件令所有人大吃一驚的事。他站上了鞦韆，「朕試試！」

皇上想盪鞦韆？他幾歲了？

春來下意識地出聲反對，「皇上……」

無涯用力一蹬，鞦韆就盪了起來。他回過頭看向穆瀾，「妳能接住月美人，想必也能讓朕毫髮無傷。」

秦剛趕緊給了穆瀾一個眼神。

憑什麼？幼稚！穆瀾翻了個白眼。

難道你還想故意摔一回？這麼多侍衛在，秦剛在，憑什麼要我接著你？

鞦韆越盪越高，春來心都緊了，「皇上！您下來吧！」

在他的認知中，皇上長到二十歲還是頭一回盪鞦韆。這事讓太后娘娘知道，定會將鞦韆劈成碎片！

風拂面而過，無涯終於明白核桃為什麼喜歡盪鞦韆。

像鳥一樣自在啊。

然後他就真的鬆了手，在一片驚呼聲中從鞦韆上跳出去。他張開了雙臂，笑容從臉上浮現。

數道身影如乳燕投林衝向無涯，春來已嚇得一跤摔在地上。

穆瀾往前踏了一步，就站著不動了。她望著躍向空中的侍衛撇了撇嘴，這麼多人衝上去，當肉墊都摔不著他。

一雙手抱住無涯。看到是秦剛後，無涯的笑容僵硬無比，想像中穆瀾抱著自己站在鞦韆上看風景的念頭瞬間化為飛灰。

無涯毫髮無傷地下了地，春來四肢著地爬了過去，抱著他的腳就哭開了，「皇上別嚇唬奴婢！」

四周嘩啦跪倒一片。

無涯目光掃向鞦韆後面的穆瀾，看著她與侍衛們一樣埋著頭單膝跪下。他扯了扯嘴角，一腳將春來踢了個趔趄，「朕試試侍衛們的身手。有秦統領在，朕會有事嗎？」

秦剛肚子裡一陣狂罵。有這樣玩的嗎？心跳都被嚇沒了。臉上不敢帶出分毫不滿，斬釘截鐵地回道：「臣等不敢有負皇上！」

侍衛們異口同聲。

除了穆瀾。

反正她埋著頭，離得遠，犯不著高呼口號。

不是叫她接著自己？無涯鬱卒地望著秦剛，擠了一個字，「賞！」

春來這會兒也不哭了，照著規矩尖聲道：「皇上賜秦統領金十兩，侍衛銀十兩。」

「謝主隆恩！」一個月的俸祿了。秦剛和侍衛們喜上眉梢，早前的怨懟之心散了個乾淨。皇上不要太高難度地「試武藝」，還是滿不錯的。

「皇上，您答應月美人去永和宮用膳。」春來小心提醒了句。耽擱這會兒工夫，就快午時了。

無涯「唔」了聲，上了步輦。

眼神悄悄瞥去，穆瀾跟在禁軍的隊伍中沒有離開，他脣角又勾起一抹笑。

進了永和宮，禁軍照例在宮門處停下來。

無涯被宮女、太監簇擁著進了宮，秦剛這才尋著空低聲對穆瀾說道：「瞧到了吧？皇上很寵你妹子。以後有機會，我再安排你們兄妹相見。」

「多謝秦統領。」穆瀾抱拳行禮。她看到了，聽到了，核桃過得很開心。穆瀾想到面具師父，想到東廠，只擔心這樣的快樂不長久，「她對宮裡不熟，還望秦統領多加照拂。」

鞭長莫及，她沒辦法照顧核桃。

「放心吧，秦某心裡有數。」東廠想給皇上提個醒，卻不會由著皇上和心愛的女人過得這般痛快。皇上寵著月美人，她就成了皇上的軟肋。秦剛心裡再明白不過。

他叫了個心腹送穆瀾出宮。

穆瀾沉默地跟著侍衛離開，沒走幾步，就聽到身後春來氣喘吁吁的聲音。

「救月美人的侍衛呢？皇上有賞！趕緊謝恩去！」

他是想解釋？穆瀾站定回頭。

春來這才看清楚穆瀾的臉，嚇得小臉發白，口吃起來，「你你你……領賞去！」

怪不得皇上今天這般奇怪！

他幽怨地橫了秦剛一眼，扯了他去一旁低聲說道：「你把穆瀾帶進宮來，怎麼不和咱家說一聲呢？」

秦剛輕笑道：「你還不知道月美人是穆公子的妹子吧？」

啊？春來驚得張開了嘴。怪不得皇上會喜歡上月美人……不對！皇上究竟喜歡的是誰啊？春來糊塗了。

穆瀾走過去，溫和有禮地說道：「公公帶路吧。」

「哎！」春來機械地應了聲，領著穆瀾進了宮門。

永和宮寬敞，見路上無人，春來小聲地說道：「穆公子，沒想到居然是您哪。月美人是您妹妹？」

「嗯。」

「哎，真沒想到啊。月美人很得皇上寵愛，您就放心吧。」

君臣有別，男女有別。皇上哪怕因為喜歡您而喜歡上了您妹子，喜歡您妹妹也比喜歡您強百倍、千倍，您可別再勾引皇上起別的心思了。

「將來還望您多照顧她。」穆瀾淡淡地說道。

春來鬆了口氣道：「您放心。皇上頭一個喜歡的女人，太后娘娘寵愛無比，每天都有賞賜送來。」

快到偏殿時，春來瞅著門口站著的那排宮婢、太監，壓低聲音又道：「調來服侍的人不知底細。」

穆瀾懂了，低著頭走到門口站定。周圍站立服侍的人雖然都略低著頭，她也能感覺到投來的視線。

「皇上，陳侍衛前來謝恩！」春來進去稟了，示意穆瀾進去。

穆瀾垂著頭進了裡間，明黃的衣襬落入眼簾。她單膝下跪，聲音清洌，「見過皇上。」

身後傳來釵環碰撞的細碎聲，一雙手扶住了穆瀾，「今天多謝妳了。皇上，賞她什麼好？」

核桃的聲音清朗乾脆，讓穆瀾為之一愣。她已經學會了說話給外面的人聽。穆瀾順勢站起，望向了核桃。

核桃杏眼裡蓄滿了淚，突然就撲進她懷裡，哽咽起來，「如果不是她，臣妾今天就沒命了呢！」

核桃撒嬌似地抱著穆瀾不肯鬆手。

「不如賜她兩道菜吧。」無涯早想好了理由。

核桃聰明地領悟了無涯的意思，戀戀不捨地抹了淚，歡喜地說道：「臣妾親自下廚。」

她離開了房間。隔著門，隱隱聽到核桃點了宮婢、太監幫忙的聲音。

春來守在門口，屋裡安靜下來。

見穆瀾始終不看自己，無涯心裡生出一股怒氣，兩步就走到她面前。

穆瀾後退了一步。

無涯往前又進了一步。

再退，就退到外面屋子了。竹簾朦朧，無法隔絕視線。穆瀾的腳跟抵住門檻，腰驟然被攬住，來不及推開，她就撞進了他懷裡。無涯用力抱緊她，低頭在她耳邊說道：「妳敢推開我，我就說妳犯上，讓人拉出去打板子！」

抿著嘴一聲不吭。

穆瀾氣結，真的去推他。

「妳在吃醋。」

他用的是陳述句，肯定的語氣。

穆瀾驀然抬起頭，目光灼灼盯著無涯，「她是我的妹妹，我的親人。」

「她是譚誠送來的。」無涯鬆開手，靜月般的眼眸裡飄著一股火，「這是對她最好的保護。」

只有寵著冰月，譚誠才不會懷疑還有另外一個冰月。

他的眼眸裡有著不被信任的憂傷。難道她不相信他嗎？

無涯猛地拉起穆瀾的手放在自己胸口，他抓得那樣緊，將她的手緊緊按在胸前。

他從來沒有問過她，為什麼會認識天香樓的冰月。為什麼冰月每次都會扮成婢女，讓她和自己幽會？她為什麼要女扮男裝進國子監。她不知道這是砍頭的大罪嗎？

他想問她的話是這樣多，見到她時，卻一句都問不出口。他真害怕觸到她的祕密，讓她從此消失無蹤。無涯凝視著她，只想讓她能感覺到自己的心。

穆瀾使了個巧勁，掌心輕拍在無涯胸口，將他推了個趔趄。話連珠炮似地冒了出來。

「對她最好的保護就是將她變成你的寵妃？人這一生，不僅僅是活著才是幸福。你喜歡她嗎？她喜歡你嗎？她願意為了你一輩子活在這重重宮牆內？僅有藉著盪鞦韆才能看到紅牆外的世界？你知道我看到她將鞦韆盪得那麼高時有多心疼難受？只有那會兒她才會覺得自己像鳥一樣。你以為她笑得開心，就過得開心嗎？」

這一掌很輕，無涯卻聽到心碎的聲音。驕傲讓他挺直了背，偏開了臉，不願再向她解釋。

屋子裡出現了難堪的靜默。

「少班主。」哽咽的聲音在門口響起，核桃端著一盤熱氣騰騰的點心，淚流滿面。

她居然沒有注意到核桃什麼時候回來。她的警覺與戒備都被拋到了九霄雲外，很容易沒命的呢。穆瀾扯了扯嘴角，笑容乍現，「不用怕。我說過，我會帶妳走。」

核桃將點心放在炕桌上，盈盈跪在穆瀾面前，「我不想走。這裡比天香樓好。」她跪在她面前輕輕地啜泣著，鴉羽似的長髮綰成了婦人的翻髻，插戴著精緻的簪釵。穆瀾想起面具師父說過的話。

「皇帝尚未立后納妃，年輕俊俏。他既傾心核桃，妳怎知核桃不會喜歡他？」

陽光從炕邊的玻璃窗透進來。無涯側著身站著，雙肩精繡的蟒龍燦爛華貴，臉龐如靜月一樣美。

能讓京城姑娘們瘋狂追著一睹風采的男子，核桃又怎能不喜歡？

她知道呢，一早就知道。那個煮茶如猗猗蘭開的無涯是美好的夢境，天香樓裡放肆地釋放情感的她是心裡極度渴望擺脫現實的自己，都是不存在的。

「少班主，對不起。」核桃的臉埋在裙裾中，連看穆瀾一眼都不敢。

穆瀾緩緩伸出手，撫摸著核桃的頭髮，「傻丫頭，妳沒什麼對不起我的，是我連累了妳。」

她轉身，抬臂，抱拳，聲音清洌如水，「請保護好她。臣告退。」

將兩人對話聽在耳中，無涯一時間心如死灰，心裡千言萬語都撬不開自己的嘴。他望著窗外，沉默著。

穆瀾走了，行走間甲冑發出細碎聲響漸行漸遠。屋裡靜默得可怕。

無涯不知站了多久，才回過頭來看向核桃，眼神疏離，「為什麼？不要告訴朕，妳，對朕一見傾心。」

為什麼讓穆瀾誤會？為什麼？

核桃跪伏在地上，想起瓏主將自己送進天香樓時說過的話。

「妳若想幫她，就進宮去。」

少班主讓她不要相信瓏主，她相信少班主。可是她還是進了宮。核桃想起了梁信鷗送自己進宮時說過的話。

「妳到天香樓之前是穆家班的人，妳叫核桃。」

「不要質疑東廠辦事的能力。自從穆瀾進京，東廠熟悉穆家班裡每一個人。」

「本官很好奇，穆瀾和妳是什麼關係？是他送妳進了天香樓？」

「皇上到天香樓，是真的喜歡妳？還是和穆瀾約定在天香樓會面？」

「妳不說沒有關係。本官會盯著妳，盯著穆瀾。」

少班主是為了她才冒險進宮。核桃知道，只要她過得不好，穆瀾拚了命都會帶走她。這裡是皇宮禁城，宮牆是那樣高，高得她邊鞦韆邊到天上，眼裡看到的都是重重紅牆與望不到盡頭的殿宇。還有東廠的人盯著，有瓏主盯著，她無處可逃。既然如此，她何必要連累少班主？

核桃抬起臉望向無涯。她已經讓少班主誤會了，她不能再讓皇上也誤會少班主。

「皇上，我本名叫核桃……」

袖中還藏著那塊青色的手帕，帕子上繡著兩枚圓滾滾的核桃。無涯怔怔地坐著，聽核桃講述著穆瀾。

怪不得那晚在天香樓，穆瀾說，他一定能選出冰月姑娘最中意的小食。他拈起一枚山核桃，成了冰月的入幕之賓。

「十年了，我才發現少班主是女子。」

無涯的思緒回到去年的端午節，她提著獅子頭奮力擠開人群，手裡的頭套撞著了他。那天她神采飛揚，叫自己瞧好了，她會奪得頭彩。

另一個穆瀾出現在無涯眼前，那樣生動活潑，那樣明媚可愛。

「十年，為了替她父親翻案，她扮了十年男人。」無涯喃喃低語著，心裡的怒與怨早已煙消雲散，只剩下一片憐惜。

「送妳進天香樓的人是誰？」

核桃搖頭，「我不知道。他戴著面具，說這樣能幫到少班主，少班主叫他瓏主。」

十年前的科舉弊案，她那酒後莫名上吊身亡的父親叫邱明堂，正七品河南道監察御史。也許，也是牽涉進那件案子的人。

無涯思索著，記住了戴面具的瓏主。他扶起核桃，從袖中拿出那條手帕遞給她，「宮裡身不由己的事情太多，我會盡力保護妳。」

他起身離開。

核桃捏著帕子，望著無涯的背影怯怯地問道：「她女扮男裝進國子監犯了砍頭的大罪，您不會治她的罪吧？」

無涯回頭，微笑道：「朕知道。朕一直在幫她。」

若非如此，他不會想盡辦法在國子監替她安排單獨的宿舍，不會將方太醫調進國子監醫館。

辦完那件事，他會想辦法讓國子監裡沒有穆瀾這個監生。

國子監裡沒有穆瀾這個監生，他希望那時宮裡會多出一個姓邱的姑娘，和他一起笑看江山。

無涯出了偏殿，春來和秦剛投來無奈的眼神。

偏殿裡的聲音終究還是傳了出來。

無涯靜靜站著，靜美如蓮的臉浮現出一抹剛毅，「殺。」

服侍核桃的宮婢有八人、太監四人，十二人垂手肅立在殿前廊下。聽到這聲「殺」字，有四人張口欲喊，兩人拔腿就跑。

秦剛長刀出鞘。

血濺落滿階。

無涯沒有閉上眼睛，眼裡沒有憐憫之意。

不過幾個眨眼的時間，偏殿前已躺下六具屍體。剩下的六名宮婢、太監癱軟地跪伏在地，嚇得瑟瑟發抖，不敢出聲求情。

「朕不是嗜殺之人。」無涯平靜地說道：「你們聽到了不該聽見的話，朕不殺你們，東廠也會找到你們。沒有人能熬過東廠的酷刑，朕會厚待你們的家人。」

「謝皇上！」

無涯朝宮外走去，身後漸至無聲。

春來緊緊跟上他，半晌才低聲說道：「皇上，動靜是否大了點兒？」

素來溫和的皇上突然一次殺了十二個人，春來腿都軟了。

「朕寵愛月美人，他們服侍不好，被朕殺了……也就殺了。」

江山如血，宮牆如血。無涯腳步堅定地前行。

第三十六章　以死求清白

雲來居是國子監外最大的酒樓，樓中掛滿了詩句。考中進士者往往都會在這裡遍邀同窗，留下墨寶。經年之後，故地重遊，又是一番感慨。樓中自掌櫃到夥計都能繪聲繪色說上一段逸聞趣事。

酒樓布置極雅致，休沐或下午無課的監生也愛來此叫壺茶，閒談消磨時光。穆瀾用錢一直很節約，今天她包了個雅間，叫了一桌席面。見到她，六子機靈地前來招呼。見左右無人，他笑嘻嘻地低聲說道：「少東家要招待客人？」

自從穆家班散了，改行開起麵館，班裡的弟兄就叫穆瀾為少東家了。

穆瀾要的是上等席面，一桌五兩銀子。

在六子看來，如非招待客人，哪用得著叫這麼好菜。

「我餓了。」

四乾（註1）、四鮮、四蜜餞、四冷葷，八葷四素，外加一鍋滋補老雞湯，再餓

註1　乾果四品。

也不至於吃這麼多。六子怔了怔，一時不知如何接話。
穆瀾微笑，「有什麼好酒？」
六子呆了。他從來沒見過少東家喝酒。
「我會喝酒，酒量還很不錯。店裡可有竹葉青？」
這是有名的汾酒。監生喜歡它的名字，雲來居常備這種酒。
六子「哎」了聲，沒過多久就拿了一瓶竹葉青來。
酒呈淺綠色，盛在白瓷酒盞中，像一汪春水。
他看著穆瀾眼皮都不眨，一飲而盡，這才信了她會喝酒的話。六子踟躕了下道：「少東家。家裡來了消息，這幾天一直等您來。」
是指穆家班的人跟蹤謝百戶夫婦倆的事。穆瀾失笑。她今天這是怎麼了？怎麼把這麼重要的事都忘了？
「謝百戶一直待在家裡沒有出門。他媳婦提著籃子出去一趟，買了肉菜，扯了塊布就回家了。查了幾天，發現布莊的東家與首輔大人府中一位管事是親家。」
當朝內閣首輔胡牧山？當初和老頭兒說起父親的案子，老頭兒提到了幾個人。陳瀚方、許德昭、胡牧山、譚誠。
胡牧山曾經屈尊到穆家麵館吃麵，又替譚誠邀她進府賞花，像一位內閣首輔做的事嗎？穆瀾失笑。
十年前一樁科舉弊案，像蛛網，盤踞在網中的那隻捕蟲的蛛究竟是誰？或者是幾隻蛛共同結成了一張網？

有人跳出來終究是好事。發現了一個半夜拆書釘書的國子監祭酒，又順藤摸瓜找到一個偷書掉包的內閣首輔。

十年前，擢升禮部尚書的承恩公許德昭是否是知情人？藉機打壓異黨的東廠督主譚誠在那件案子裡又扮演了什麼角色？

還有老頭兒。十年前老頭兒嘔血抱病，辭官歸隱。面具師父又是案中哪家的冤主？

穆瀾腦中冒出一堆紛亂的問題，她需要清靜，「六子，你忙去吧，我自己待會兒。」

門吱呀關上，給穆瀾隔出了一個獨立的空間。菜擺了滿桌，琳琅滿目。她有點苦惱地蹙緊了眉，「明明沒有吃午飯，想像能吃掉一頭豬，怎麼又沒了胃口？難道是餓過頭了？」

好不容易當了回財主，不吃她會心疼死。穆瀾一口菜、一口酒，吃相斯文。一瓶酒喝完，面前的菜被她夾了一圈，還保持著良好的品相。

她又叫了一瓶酒，飲著飲著，她發現自己怎麼都不會醉似的，腦袋越發清明。

太陽偏西，落在不遠處國子監集賢門上。

穆瀾撐著臉，越看越覺得和宮裡頭的門相似。她拿著筷頭在桌上寫畫著。

掉包換書的人如果是胡牧山，那麼她想弄明白的是，陳瀚方為什麼要拆書釘書。謝百戶在國子監待的時間不會短，他什麼時候進國子監，就能知道胡牧山是什麼時候盯上陳瀚方。

「時間。」

穆瀾清楚記得，當初應明帶自己逛國子監時曾經說過，國之典藏悉數歸於御書樓，所以皇帝下令讓禁軍看守。無涯親政不過兩年，這個問題還得問無涯。

想著這個問題，無涯的身影和壓抑了一天的酸澀咕嚕冒了出來。剎那間，穆瀾就醉了，腦袋開始昏沉。

她不要去想他，不要去想核桃和他。

他為什麼不能繼續裝著不認識她呢？他怎麼可以讓她摸著他的心，然後寵幸著核桃，還說是對核桃最好的保護？

那些肆意釋放的情感原只屬於夢境，她只愛與她幽會的無涯，高貴不沾塵埃、如猗猗蘭開的公子無涯。不是宮中的他，不是將來會有三宮六院的世嘉帝。

穆瀾舉杯飲盡，一口氣不順，辣得直咳嗽。她伸手摸了摸眼角，輕輕搓去手指沾著的溼潤。

她盯著滿桌酒菜，恨不得來一群人，熱熱鬧鬧的，好沖淡心裡的這份難受。

就在這時，她看到一個熟人朝雲來居走來。

穆瀾跳起來，從窗戶探出身子，大笑著招手，「侯兄！來吃飯啊？我請你啊！」

侯慶之愕然張大嘴巴，仰頭看向穆瀾。

她的笑容太過眩目，在夕落的時候像一束光照亮了侯慶之。他從來不知道人笑起來可以這樣燦爛，彷彿能融化世間一切陰霾。

侯慶之上了樓，看到滿桌酒菜，眼睛陡然一亮。不等穆瀾開口，他拿起酒壺先乾了三杯，「痛快！」

穆瀾大笑。

侯慶之一點兒也不客氣，大口吃肉，大口喝酒。他長得胖，面相憨厚，說話直接，「我爹嫌我吃得多，長得太肥，將來有礙仕途，能吃三碗只給一碗，餓得我喝墨水。我娘心疼我，半夜等我爹睡熟了，偷偷送肉給我。總說兒啊，能吃是福，做不得官，做個有福之人也罷。」

他舉起手中的八寶鴨腿朝南說道：「娘，您愛吃這個，兒子都記得呢！兒子幫您吃！」說完大口啃之。

穆瀾笑得將另一隻鴨腿撕下，送到他面前碟中，一本正經地說道：「小弟孝敬伯母的。」

侯慶之眼中已經淚花閃現，吶吶說道：「小穆，你不嫌我瘋癲？」

「你娘真好。我娘親……只會督促我讀書學藝。來，飲酒！」穆瀾真心羨慕。

兩人只是相識，做過一天室友。但不論蘇沐還是林一川有事，侯慶之話不多，也一路相陪。沒想到今天偶遇，穆瀾發現侯慶之是極有趣的人。

簡單未嘗是一種幸福，快樂會傳染。侯慶之讓穆瀾胃口大開，兩人喝酒吃菜，好不痛快。點燈時分，酒飲得多了，侯慶之說話更為隨意。

「小穆，聽林一鳴說，你會畫符捉妖？」

穆瀾笑得不行，見他認真，半開玩笑道：「林一鳴想捉隻狐狸精，老侯你也想有此豔遇？」

「不不不。」侯慶之連連擺手，卻連人帶凳子移到穆瀾面前，分外緊張，「小穆，聽說杜之仙杜先生擅相面之術，你學到了幾成？」

相面？穆瀾睨著他，隨口就來，「老侯，你有心事纏身哪。」

這本是相面術中最簡單的察言觀色，輔以旁敲側擊，普通人極容易被詐出實情。

侯慶之神色更為急切，「可有破解之法？」

穆瀾笑道：「天生萬物互相剋之。老侯，你且說來聽聽。」

侯慶之踟躕半晌，卻又改了主意，「你且再看看，我是否是那短命之人？」

「侯兄天庭飽滿，下頜方圓，耳厚脣豐，此乃長壽福相。」穆瀾斟酌著話，往好的方面說。

「哈，福相！」侯慶之哈哈大笑，酒勁直衝入腦，將當初的事坦白說開，「我爹嚴苛，我娘心慈。我家為我捐銀入監，臨行時我娘把私房都給了我。我怕成績不好，就想請應明做槍手。小穆，虧得你提醒應明，否則我和他都慘了。我還算有福之人吧。」

應明把那件事告訴了侯慶之？他究竟有什麼心事，又不肯說出來？穆瀾順著他的話道：「不過一個入學試，侯兄不也考上了？」

「考上又如何？」侯慶之藉著酒勁突然拉開衣襟，眼淚湧了出來，「我這有福之人為何不能佑我家人？」

淡青色的監生袍服下竟穿著件麻衣。穆瀾悚然一驚。侯慶之在為誰守孝？孝期他卻吃喝痛快，不合常理啊。

「老侯，這是怎麼回事？說不得小弟能想想辦法替你化解厄難。」

誰都幫不了他。侯慶之望向暮色裡的集賢門，心情黯然。回國子監前想飽食一餐，能遇到穆瀾，也許正是天意。他打定主意後道：「小穆，多謝你這餐酒飯。你是杜先生的關門弟子，奉旨入學，前程似錦。將來……切莫忘了與我老侯還有一餐之誼。這個送你。」

侯慶之從懷中拿出一隻玉貔貅塞進穆瀾手中，不等她推辭，搖搖晃晃起身道：「為兄先行一步。」

「老侯！」穆瀾叫了他一聲。

侯慶之彷彿未聽見，逕自去了。

穆瀾坐在窗邊望著他蹣跚走向國子監。手中貔貅溫潤可愛，她晃了晃有點重的腦袋，本意是想清閒一點兒，沒想到又添了一樁費解之事。

見天色不早，穆瀾結了帳，與六子約定好，如有緊急事，就將這間雅室窗臺上擺的花撤下一盆，她一見便知。

才回到天擊院，就聽到林一鳴興奮的聲音。

「不得了，有人闖進御書樓，要跳樓！」

此時尚未宵禁，學生們紛紛從房中跑出。穆瀾腳步停了停，沒來由地想到了侯慶之，她跟著人群奔向御書樓。

御書樓中燈火通明，院子裡燈籠、火把星星點點。禁軍封了大門，學生們悉數被攔在院外。穆瀾見天黑人多，直接爬上樹，居高臨下一看，院中站滿了國子監的官員，還有東廠番子。

「蒼天無眼！害我外祖父只得以死作證，一頭撞死在金殿上！」

聲音遠遠隨風飄來，學生們一片譁然。

五層飛簷上站著一個身穿麻衣的人，手中拿著一把菜刀壓在脖子上迎風大喊：「我父乃淮安知府侯繼祖！我爹未貪一兩河工銀！賊子偷換庫銀，破壞河堤，想讓我爹背黑鍋！東廠閹狗休想用我威逼我爹認罪！我侯慶之寧死！」

梁信鷗站在院子裡咬牙切齒。東廠一直盯著侯慶之，沒有提前動他。是誰走漏了風聲？讓這二貨提前知曉，爬上了御書樓飛簷。

「大人，只要他敢跳，就一定能接住他。」一名番子低聲說道。

「蠢貨！他是想跳樓嗎？」梁信鷗臉上百年不變的笑容消失殆盡，張口便罵。侯慶之分明是想把事情鬧大，然後橫刀自盡。

「譚誠閹狗，你不得好死！」

五樓窗戶出現的東廠番子不敢靠近，聽到侯慶之大罵，急得不行。

國子監祭酒陳瀚方探出了窗戶，聲音沉穩，「侯慶之！你是我國子監的學生，本官自會為你作主！你放下手中的刀，莫要白丟了自己的性命！」

樹上的穆瀾握住那隻貔貅苦笑不已。侯慶之將此物給了她，還說盼她將來莫要忘了一餐之誼。他也太看得起她了，她現在只是一介白身，怎麼可能查得了他家的案子。該怎樣才能勸得侯慶之打消自盡的念頭？穆瀾心急如焚。

這時侯慶之突然大笑，「我侯慶之不懼死！」

乾淨俐落地一抹脖子，人如紙鳶般從飛簷上栽了下去。梁信鷗的身影飛迎而上，在半空中撈住侯慶之，落在二樓，旋身落地。

學生們失聲驚呼。

穆瀾心一沉，捏緊了手裡的玉貔貅。

血染了梁信鷗一身，他放下侯慶之，見脖子上的傷猙獰外翻，血流如注，已然無救，頓時臉色難看至極。

穆瀾看著侯慶之躺在院內地上，知道回天乏術，難過起來。她下了樹，想著侯慶之舉鴨腿敬他母親，此時方明白，侯慶之已心存死志，去雲來居分明是想吃最後一餐飽飯。

她搖晃著有點沉重的腦袋，心裡閃過一個念頭，四處找尋應明。

應明連當初自己提醒他莫當槍手之事都告訴了侯慶之，兩人關係深厚，東廠少不得要找上應明。

也是她運氣好，應明就站在御書樓門口，已哭得不行。穆瀾擠開人群，扯了應明就走。

應明泣不成聲，還想掙扎著回去見侯慶之。穆瀾使勁掐了他一把，低聲道：

「東廠會來找你！」

一句話將應明嚇醒了，踉蹌著被穆瀾拉走了。

時間緊迫，穆瀾把他拉出人群只問了一句話，「侯慶之在哪家錢莊存錢？」

「通海錢莊。」

這是京城四大錢莊之一。穆瀾還想再問，突然看到有東廠番子出來四下尋人，她匆匆說道：「你什麼都不知道。熬過就好。」說罷扔下應明就走了。

應明暈暈沉沉，只知道傻乎乎地望著穆瀾的背影。

「淮安府監生應明？」

「啊。」

應明機械地回頭，看到兩名東廠番子站在自己面前。

「跟我們走。莫要緊張害怕，問個話而已。」兩名番子扯著應明走了。

穆瀾從樹後出來，輕嘆了口氣。

「小穆！我找妳好久。」

穆瀾回過頭，看到林一川和謝勝連袂而來。

近一個月未見，林一川黑了不少。看到站在樹下的穆瀾，他彷彿察覺到什麼，大步走到她面前，鼻子吸了吸，皺眉道：「妳喝了多少酒？」

「今天休沐……」穆瀾不知道該怎麼回答。

穆瀾不對勁，是因為侯慶之？林一川攬著她的肩道：「別難過了，侯慶之把事情鬧這麼大，就不可能不了了之。」

「對！」謝勝跟過來憤憤說道：「侯慶之為求個清白，不惜鬧出這等動靜，我們不能讓他白死了。」

他聲音大，一語激起千層浪。四周的學生頓時跟著吼了起來，「侯家的案子一定要查個水落石出！」

也許，這就是侯慶之以死求來的吧。穆瀾黯然。

咦？今天她怎麼沒有把自己的手摔開了？林一川很是愉快地搭著她的肩，偷瞥著穆瀾清美的側臉，忍不住低頭問她，「小穆，想不想我？」

穆瀾回過神，輕輕拍開他的爪子，抱著胳膊上下打量著他，揶揄道：「大公子氣色不錯，八十大板才一個月就全好啦？」

話音才落，林一川的腦袋就耷拉在她肩頭，一手摸著臀部，咳聲嘆氣，「不過是剛能下床走路罷了。剛才急著找妳，扯得疼呢。」

哄鬼吧！穆瀾一巴掌將他的臉推開。

林一川滿臉哀怨。

謝勝突然說道：「林兄，你走路扯著傷口疼，我背你回去吧。」

他生得黑壯，一臉認真。林一川哭笑不得，心裡卻有些感動，「謝勝，我總算知道什麼叫同窗了！」

誰知謝勝認認真真地說道：「我們宿舍死了兩個，就剩下我和你了。我比你壯實，理應多照顧你。」

「你什麼意思？本公子會是短命相？」林一川氣得暴跳如雷，追著謝勝開打。

穆瀾上前一步攔在他和謝勝之間，「大公子生龍活虎的，傷全好了？」

謝勝嘀咕道：「邪門了這是，怎麼盡是我們宿舍出事？該不會是你硬搬進來壞了風水吧？」

「子不語怪力亂神！」林一川又動上了心思，「小穆，妳不是會驅邪捉鬼嗎？畫幾道符唄，省得謝小將軍心慌害怕！」

「別鬧了。侯慶之被抬出來了。」穆瀾眼尖，看到侯慶之被一幅床單蓋著抬了出來。

三人擠上前，見著了老熟人梁信鷗。東廠番子徑直將侯慶之抬走。梁信鷗與繩愆廳的官員聊了幾句，似笑非笑地望過來，「真是巧啊。林一川、謝勝，你倆與侯慶之同屋，就由你倆帶路吧。」

穆瀾遲疑了下，也跟過去。

到了玄鶴院宿舍，梁信鷗親自動手，將侯慶之所有物品悉數打包帶走。得了閒，這才笑咪咪地問林一川，「大公子身體不錯，挨了八十板子恢復得很快嘛。」

「比不得譚弈兄啊，打完就沒事了。」林一川也笑。

林家終究是歸了東廠，少年人還有稜角、怨氣，梁信鷗十分理解。只不過，他看好林一川。現在與他結個善緣，將來總有用得上的地方。誰會嫌銀子多呢？他拍了拍林一川的肩道：「這一個月你不在也好，侯慶之倒與你沒什麼瓜葛。」

林一川順竿往上爬，把他請到一旁低聲問道：「梁大檔頭，侯慶之父母獲罪，他為何如此偏激尋了短？我看你方才似在找尋什麼東西？」

「侯慶之他爹失了庫銀，隱瞞不報。籌銀修了河堤便罷了，河堤垮了，想把屎盆子扣東廠頭上。督主怒了，接下了押送侯繼祖的事。東廠得把這案子查個水落石出。你與侯慶之同屋，多盯著點兒謝勝。若有所發現，儘管來找我。」梁信鷗悄悄透了個底給林一川，他想了想又道：「大公子，莫要與阿弈置氣，都是一家人嘛。」

「這得看譚弈兄是否願意不為難在下了，他倒是對我堂弟不錯。」

梁信鷗看著林一川臉上那抹沒有掩飾的譏諷嘲笑，心想挑起林家兩房爭產，林一川哪能沒有點兒怨氣。他意味深長地說道：「你對督主忠心，誰敢難為你？」說罷帶著人走了。

謝勝和穆瀾看著兩人在書架旁嘀咕半天，以穆瀾的耳力也沒聽清楚說了些什麼。謝勝卻見不得林一川對梁信鷗的態度，見他直送梁信鷗到院門口才回轉，擦著鐵槍就道：「我看這間屋子犯煞，林兄家境好，不如搬離吧！」省得礙眼！

林一川怔了怔，掩了房門道：「謝勝你就是太傻了！」

「誰傻呢！」謝勝心裡憋得慌，提槍就站了起來。

「他是去套消息了。」穆瀾幫林一川解釋了句。

林一川大笑，「還是小穆知我。」說著將從梁信鷗處聽到的消息說了，「東廠說這事不是他們幹的，你們信嗎？」

「除了東廠，誰還有那能耐掉換庫銀，再壞了河堤讓侯知府頂罪？」謝勝對東廠素來沒有好感。

穆瀾卻覺得不對勁了，「如果東廠想要侵吞河工銀，已經得手，為何還要毀壞河堤？庫銀入庫，侯慶之他爹渾身是嘴都說不清楚，只得暗中變賣家產，籌銀修好河堤，吃個啞巴虧。直到河堤毀了，大水淹了山陽縣，事情才沒能掩住。倒像是有人故意想把這件事捅出來似的。」

侯慶之的外祖父為替女婿申辯，說出實情後，一頭撞死在殿上。他外祖母抬了棺到大理寺坐等女兒、女婿被押解回京。她生怕唯一的外孫有個意外，不叫人去國子監告訴侯慶之。哪曉得今天侯慶之休沐，去外祖家，這才知道家破人亡，一時間氣血上湧，乾脆轟轟烈烈地站在御書樓頂上抹脖子自盡，把事情鬧大。

聽了穆瀾的分析，林一川和謝勝都同樣的表情：侯慶之該不會白死了吧？

侯慶之回國子監前，想再飽食一餐，偏又遇到了穆瀾。

荷包裡的那隻玉貔貅隱隱發燙，底部是個印章，穆瀾因此想到了錢莊存放的東西。她沒有告訴林一川和謝勝，藉口快宵禁了告辭離開。

林一川不容她推辭，送她回天擊院。

穆瀾一直以為林一川有話想單獨對自己說，哪知走到了天擊院門口，林一川也沒有開口。她進了院子回頭，林一川還站在門口。燈籠的光半明半暗，將他的五官勾勒得分明。他微微望著穆瀾笑著，那雙眼眸中有著穆瀾看不懂的東西。

隔了一個月，穆瀾總覺得林一川變了。從前像出鞘的劍，如今，有了藏鋒的感覺。

她只是拱了拱手，轉身離去。

夜色裡，穆瀾的身影顯得有些孤寂。林一川喃喃說道：「小穆，妳好像又多了些我不知道的祕密。」

他也覺得穆瀾變了。

穆瀾喝了很多酒，滿身的酒氣。她和誰一起喝的酒？卻不見她露出燦爛的笑容。在林一川的經歷中，逢場作戲，赴宴請客會飲酒，高興時會飲酒，還有就是犯愁的時候。

林一川想都沒想，就把穆瀾飲酒歸到了第三種情況。

「看來，我真是離開得久了。」林一川摸了摸胸口，厚厚的綳帶裹著傷。他想起謝勝的話，如果玄鶴院宿舍真有咒怨，沒準下一個有危險的人，還真是自己。

謝勝心寬，只要抱著他的鐵槍，就能酣然入睡。

林一川聽著雷鳴般的鼾聲，久不成眠。

自穆瀾先換到天擊院，緊接著蘇沐也搬離，宿舍裡只有謝勝、林一川和侯慶之。入學禮當天，蘇沐被花匠老岳殺了。上課第一天，林一川挨了八十大板，休了一個月的假。一個月後，侯慶之抹脖子跳御書樓自盡。

林一川躺在床上，望著另兩張空空的床板想，謝勝說得沒錯，玄鶴院丙十六號房像中了怨咒，住進這間房的人總會被捲入各種危險之中。

這一個月的經歷驚心動魄，他和丁鈴幾乎是九死一生。

他摸著胸口的傷有點驕傲，比起動彈不得的丁鈴，自己運氣不錯。

如果當初他認了命，老老實實投了東廠，譚弈也不會買通紀典簿，讓他挨了八十板。他就不會接了丁鈴送來的錦衣衛腰牌，就不會跟著丁鈴去山西。

林一川翻了個身，眼裡絲毫沒有半點睡意。

夜深人靜，他禁不住又將那件案子從頭到尾梳理一遍。

最初，是他邀穆瀾踏春，去了靈光寺。聽到蘇沐喊殺人，兩人趕了過去。他瞥見凶手一晃而逝的身影，獨自去追，卻被凶手穿著僧衣混進了僧眾中，跟丟了。

進了國子監，報到當天和謝勝進樹林比武，想和他換宿舍，意外救下被凶手吊在樹上的蘇沐。他和驚惶的蘇沐換了宿舍，但兩天後入學禮，蘇沐仍然被砸死。

他和穆瀾畫圖找線索，發現了天擎院的花匠老岳。老岳無路可逃，在丁鈴面前自盡。

丁鈴覺得丟臉，發狠想要查出老嫗的身世。

老嫗姓于，錦衣衛將幾十年前的舊戶籍翻找出來，發現梅于氏是山西運城人，來京城投親嫁到了梅村落了戶。

十八年前，梅于氏得了健忘症。她娘家姪兒給了靈光寺一大筆錢，從此梅于氏就住在靈光寺的禪房裡，直到那天被人抹喉殺死。

殺死梅于氏的人也是花匠老岳，他藏在花盆中的帕子上繡著一枝紅梅。

丁鈴邀林一川同去山西梅于氏的老家，兩人二十多天前悄悄離開京城。

天還沒大亮，城門剛開，林一川就出了城。

丁鈴在十里長亭等他。

朝陽乍現，丁鈴騎著一匹瘦小如驢的黃驃馬，穿著件褐色布衣，染黃了臉，貼著兩撇小鬍子，翹首以盼。

城門方向駛來一行壯觀的隊伍，大約七、八十名穿著棗色武士服的鏢師護衛著二十幾輛裝滿貨的馬車到了十里長亭。隊伍中有兩輛平頭黑漆馬車，趕車的漢子同樣身穿武士服。當頭的一輛馬車車轅上坐著一個機靈的小廝。

一看就是支大商隊。

丁鈴沒有搭理，只看了看天色，心想林一川該不會遲到吧？

商隊在長亭處的官道上停下來，丁鈴詫異地望過去。

小廝從車轅上跳下來，將矮凳搭好，伸手掀起車簾。

丁鈴嘴角一抽。

林一川穿著一件白色銀絲繡邊的箭袖長袍，頭戴玉冠，丰神俊逸地出來了。官道離長亭還有一小段路，他站在車上沒有下來，朝丁鈴招了招手。

「你大爺的！」丁鈴只得騎著馬趕過去。

林一川險些笑倒，「你這打扮像極了山裡缺媳婦的猥瑣老頭子。哈哈哈哈……」

「笑個屁呀！」丁鈴想隱人耳目出城，林一川騷包得唯恐沒人瞧見似的，氣得他指著眼前的商隊點了又點，壓低聲音道：「不是給你說了悄悄出城？」

「讓本公子騎著劣馬，學你扮成差錢的老摳兒？吃頓飯還要裝著心疼數銅板？本公子和你一樣嗎？再怎麼打扮，那也是鶴立雞群。」

丁鈴被噎得半晌說不出話來。林一川比他高半個頭，長相俊美至極。染黃了皮膚，貼上鬍子，那雙比尋常人眸色更深的眼眸太深邃，長年富養的氣質也難以掩飾。他憋了半天才道：「本官可以委屈扮成你的小廝。」

「唉，我說丁大人，我找的這家商隊長年走這條道運貨，沒有人懷疑好不好？跟著商隊走，沿途不用你使假路引。商隊熟悉路，沿途早就打點好了。你藏在馬車裡不露面，想隱人耳目再好不過。」林一川笑著就進了馬車裡，「你想騎馬跟著吃土，本公子不攔你。」

「我去！有馬車不坐，騎馬吃塵土，當我是傻子呢！」丁鈴想都沒想就下了馬，順手將小鬍子撕了，一頭鑽進了馬車。

商隊一路向西，丁鈴漸漸看出了苗頭，「林大公子，林大少爺，敢情你是跟著本官去查案，順便打理你家的生意啊？」

林一川才打發走商隊的管事，伸了個懶腰道：「一舉兩得，有什麼不對？」

丁鈴冷笑道：「太不對了！你當本官是瞎子？林家生意重在內廷供奉，大都走運河船運。你這趟送的是什麼貨？車輪壓道的車轍印這麼深？往山西運絲綢、茶葉、瓷器也沒有這麼重！」

「差點忘了丁大人是出了名的心細如髮。」林一川笑得像狐狸，「實話告訴你吧，這是通海錢莊的商隊。」

山西人是出了名的有錢老摳兒，京城四大錢莊有三家都是山西人開的。丁鈴驀然反應過來，「這麼多的鏢行護衛，送的是金銀？」

「嗯。」

二十幾輛馬車全裝的是金銀！丁鈴嘶嘶吸著涼氣，看林一川眼神都變了，「林家和通海錢莊……」

「不怕讓丁大人知道，林家入了通海錢莊六成股，錦衣衛好像也有一成乾股，丁大人去歲還得了一千兩銀子呢，不然指揮使大人也不會保我林一川不挨那八十大板。」林一川大笑，「這一路上萬一遇到不長眼睛的，還要借丁大人的面子使使。」

敢情把自己當成護身符使了？丁鈴憋屈得不行，「你是我的下屬。這次去查案，老子說了算！」

「指揮使大人可不是這樣說的。這趟兩件事，一是查案，二是將金銀送回銀庫。查案聽丁大人的，行程安排聽我的。」

想讓自己做他的下屬，作夢吧！

東廠想綁林家上船，林家左右都是塊被人垂涎的肉。不過，想給誰吃，得看本公子的心情。

林一川微笑著望著丁鈴。

以為收了個屬下，結果招來個架子挺大的大爺！丁鈴氣結。

十天後，商隊順利到了山西。

林一川這才和丁鈴悄悄離了商隊，去了運城。

第三十七章　江湖不遠，廟堂不近

運城臨黃河，因鹽運發達而得了個「運」字為名。鹽商聚集，城不大，卻異常繁華，是傳說中上古三帝的都城，城附近最高的山是舜王坪。

丁鈴找的是錦衣衛當地的探子，將城中姓于的人家篩了個遍，確定梅于氏不是城裡人，這才開始挨著查周邊的村落。

舜王坪裡有個于家寨，族譜最早能查到春秋時期。據說運城于氏追溯先祖，大都來自于家寨。

丁鈴並不看好于家寨。梅于氏是去京城投親，嫁到了梅村落了戶。如果她是于家寨的人，族人聚居，不至於讓她孤身遠去千里之外的京城。

林一川反倒勸他說，城中查不到梅于氏，山中又有于家寨，總不能不去看看？

兩人合計了下，決定藉著賞景的名由，去村裡打尖借宿，打探消息。

山上春景如畫，山道細如羊腸極為難行。丁鈴和林一川扮成了前來訪古尋景的書生，找了個熟悉舜王坪的嚮導帶路。兩人棄馬上山，已經走了大半天了。

「兩位公子，翻過這座山坳就是于家寨了。于家寨建了千年，因在山中，少受戰火紛擾，本身就是一景。」嚮導也姓于，說起自家山寨，極為驕傲。

林一川笑著套他的話，「山清水秀、地傑人靈，于家寨走出去不少人物吧？」

「公子說得對極了。于家寨姑娘貌美，先帝爺在的時候，還有位姑娘過了採選進了宮。」

聽到宮裡採選這話，丁鈴和林一川立馬來了精神。兩人一直想不通花匠老岳殺梅于氏的動機，能和宮裡扯上關係，什麼動機都存在著可能。

丁鈴就好奇地問道：「那位通過採選進宮的姑娘叫什麼名字？可有她的消息？」

「叫于紅梅，聽說年輕時生得格外水靈。家裡太窮，被寡居的姑姑養大。進宮也是條路子，就去了。別家心疼女兒，哪肯送進宮去。」

這個名字讓丁鈴和林一川興奮了。這就叫踏破鐵鞋無覓處，得來全不費工夫。如果不出意外，梅于氏極可能就是那位于紅梅的姑姑，那塊繡著梅花的帕子很明顯是梅于氏思念姪女時繡的。

當著嚮導的面，兩人沒有交流，跟著他到了于家寨。

山道口豎著一座磚雕的門樓，雕刻精美，氣勢恢弘。過了門樓往前，是一條長長的斜道，站在路邊往下看，建在山坳中的于家寨盡收眼底，繁華如一個大鎮。

嚮導將兩人帶到了族長家借宿。

族長家是一座合圍的磚木大宅，從下院到上院沿著山坡修建，屋舍櫛比鱗次，頗為壯觀氣派。

聽說是京城來遊歷的書生，族長格外熱情，當即清掃了兩間客房，安排兩人住下，整治酒席款待，還特意叫了府裡一個機靈的小廝給兩人當嚮導。

在寨中遊了半天，丁鈴和林一川覺得時機成熟了。丁鈴就作「恍然」樣，想起了故人，「我認識一位太太，她姪女叫于紅梅，先帝爺在位時採選進了宮。你知道那家人嗎？我們想去她家瞧瞧。」

小廝遲疑了下，為難地說道：「天色晚了，于十七叔爺的家在寨子邊上。族長晚上設宴，吩咐我得準時帶你們回去呢。」

「行，那先回吧。明天我們再去他家。」

一切都極自然，丁鈴和林一川都沒看出絲毫破綻。

于家寨在山中，來了外客，晚宴極為豐盛。寨子裡有頭臉有名望的人都出席了，林一川自幼跟在父親身邊和商賈們打交道，應酬之術爐火純青。丁鈴性子也不沉悶，席間言談風趣，賓主皆歡。

于家寨眾人熱情敬酒，好話一堆。林一川在酒席上應付自如，裝酒醉一點兒問題都沒有。丁鈴高興找到了梅于氏，還知道了那條帕子的由來，被人左一句、右一句恭維著，丁鈴愛面子，酒來杯乾，豪爽痛快。

林一川裝醉酒，也就是趴在桌子上裝睡，臉枕在胳膊上，尋了個空睜開眼睛低聲諷刺丁鈴，「不知道的還以為是姑爺上門了。你能矜持一點兒嗎？能不把自個兒誇成神仙嗎？」

丁鈴喝得滿面通紅，小眼睛浮起一片迷濛之色，撐著下巴端著酒杯睥睨著林一川道：「怎麼，見人家喜歡我，不敬你酒心裡不舒服？山寨裡的人就是樸實啊，一眼就能分出誰是主賓，誰是下屬。」

硬把林一川氣得閉上眼睛繼續裝醉。耳邊又響起了族長熱情的聲音。

「丁舉人，老朽先替寨子裡的讀書郎謝你指點了！」

「小事一樁！往後去了京城只管來找我，我家先生的門師是江南鬼才杜之仙！」

丁鈴這句牛皮讓林一川忍笑忍得肩頭直聳。

與族長飲完酒，丁鈴踢了他一腳道：「你裝就裝得像點兒，得了羊癲瘋似的！」

林一川眼睛睜開一道縫，聲音輕快，「小穆叫我一聲大哥。她是杜之仙的正牌關門弟子，你該我叫一聲叔吧？」

「去你大爺的！」丁鈴當場怔住，低罵了聲，突然往他身上倒去。他用胳膊用力使勁壓著林一川的臉，嘴裡衝著于家寨的人呵呵，「不勝酒力，不勝酒力……」

林一川不想飲醉，一時不敢掙扎，差點被丁鈴捂死，直到于家寨的人又湧上來纏著丁鈴灌酒。

最後林一川被人扶了回房。丁鈴別看個子瘦，沉得像豬，來了兩個壯漢將他抬了回去。

兩人房間相鄰。于家寨的人一走，林一川就睜開眼睛。

族長家的客房是背靠土層打出來的窯洞，裡面的土炕太硬，門窗太小，顯得有點悶。林一川睡習慣了床，不太適應。

既然了無睡意，他乾脆起身出去了。

隔壁房間傳來丁鈴起伏有節奏的呼嚕聲，林一川啞然失笑。

宴至深夜，今晚無月，天空一片慘淡的星光，座落在山林中的于家寨燈火漸次熄滅。

林一川躍上房頂，平整的房頂正鋪著去年收下來的乾麥秸，他躺在上面，覺得軟軟的很舒服。

山的春來遲，風有點涼，卻不凍人。林一川雙手枕在腦後想起了穆瀾。

他也不明白，自己從什麼時候起被穆瀾吸引了。她第一次穿女裝在竹林中現身救他時，他只是覺得這個姑娘有點漂亮、有點冷傲，然後總被她擠對，總不服氣。越不服氣越想靠近她，越想讓她讚自己一聲，不知不覺就受她影響，被她誘惑著深陷泥沼。

「就是犯賤唄。」林一川嘆了口氣。

那又怎樣？反正他就是喜歡她，恨不得時時刻刻和她黏在一起。知道她是姑娘，卻喜歡看她各種掩飾，自己偷著樂。

如果在揚州，說聲林家大公子要娶媳婦，媒婆能把林家老宅那根陰沉木做的門檻踏斷。

他又嘆了口氣。除了身分不同，他哪裡比不上無涯那種小白臉？

胡思亂想著，他看到族長派來的小廝提著食盒過來了。

小廝聽到丁鈴的鼾聲，走到林一川房間外，輕聲喊了他兩聲：「林公子可睡著了？小人送醒酒湯來了。」

人都醒了，還喝酸不拉嘰的醒酒湯做什麼？林一川沒有理睬，心想沒有聽到回答，小廝就會離開。

小廝又問了一遍，等了會兒沒有聽到聲音，他從懷裡拿出一根木棍別在房門的門栓上。

林一川沒看到他的動作，卻看到小廝走到丁鈴門口，問也沒問，在門口站了會兒才離開。

他覺得奇怪，等小廝走後，林一川跳下房頂，看到門口別著的木棍，「嘶」的吸起了涼氣。

他動作迅速地進屋，背了行李出來，依樣別好了門，再進了丁鈴的房間，硬是叫不醒他。林一川無奈，背起丁鈴，原樣別了房門，悄悄離開族長家。

半個時辰後，他看到寨子裡那團耀眼的火光。

「還澆了油，生怕燒不成灰？」林一川喃喃說了句，背著丁鈴進了山。

藉著一點兒淒涼的星光，林一川背著丁鈴在山裡竟然找到一條山溪。

溪水從岩縫中滲出來，從壘得高低錯落的石頭中穿過，漸漸匯聚在一起。星光再淡，映照下的溪水像雪花銀在閃光。

「真好。」林一川走到溪邊時，發出一聲滿足的感嘆。

水光反射在他臉上，他的脣角上揚，笑了，然後一個過肩摔。

「撲通！」

丁鈴被他摔進了山溪裡。

林一川生平第一次罵了娘，「丁鈴，你他媽就是頭豬！」

回答他的是一聲鼻音粗重的鼾聲。

這樣還能睡？

「哈！」林一川望天哈了聲，一時惡向膽邊生，彎腰拎起丁鈴一巴掌就呼到他臉上。

脆脆的巴掌聲後，丁鈴臉上浮出一道潮紅。他嘟囔了句什麼，像是覺得不舒服，臉靠在石頭上，繼續呼呼睡。

這樣都不醒？林一川氣笑了，腳尖一勾，將丁鈴踢到水裡。看著他仰天躺著，任溪水沖刷。

「你行！」林一川抄抱著胳膊喃喃說道：「是人就有長處。丁大人如此也能睡得香甜，在下不服不行啊。」

他從行李中拿出一件衣裳鋪在地上，選了個舒服的姿勢躺著睡了。他合上眼睛又氣不過，側過身望著丁鈴，「你能不能告訴我，你是怎麼活到現在的？」

鼾聲依舊。

春天山中的溪水清涼無比，丁鈴彷彿睡在自家床上似的。

「我有點後悔接了錦衣衛的腰牌了。錦衣五秀？該改名為錦衣五豬才對。丁大人，跟著你混，我真怕自己死得不能再難看了！」林一川咬牙切齒。

他真的倦了，懶得再罵，合目睡了。

沒過兩個時辰，山林中響起了啾啾的鳥叫聲。

丁鈴作了個極長的夢，夢裡自己在湖水中游著，怎麼也到不了岸。全身的血液都凍得凝固了，他奮力地掙扎著……一口溪水驀然灌入口鼻，嗆得他一下子咳嗽起來，人驟然清醒。

嘩啦啦的水聲響起。

林一川躺著沒動，睜開了眼皮，看著丁鈴姿勢優美地從水中躍到半空，只冷笑了一聲。

「操！」丁鈴爆了句粗口，站在岸邊，打了個噴嚏，抱著雙臂直哆嗦。他看到了躺在衣裳上睜眼看著自己的林一川，勃然大怒，「你就這樣看著……阿嚏！」

林一川懶得理他，起身拂掉身上的草葉走進了旁邊林子。

「你大爺的！林一川！」丁鈴跳腳大罵，小眼睛迅速掃過地上鋪著的衣裳和行李，有著多年刑捕經驗的他很快明白昨日在于家寨發生了什麼。他邊脫衣裳邊罵，「林一川你夠狠！將爺扔水裡泡一晚！」

氣勢卻弱了幾分。

他換上乾淨衣裳吸了吸鼻子，看到林一川抱著一堆柴回來，手裡的樹枝上串著兩隻鳥。

將柴火扔在地上，林一川從行李中拿出火鐮、火石，好一陣子才升起火堆。

丁鈴氣得手指快要戳到他臉上，「林一川！」

樹枝串著的鳥遞到他面前，林一川面無表情地說道：「本公子連雞都沒打理過。」

丁鈴吞了吞口水，昨日飲酒過度根本沒吃多少，肚子裡的饞蟲早就被勾起了。他悻悻說道：「你給老子等著！不說清楚你死定了！」

香氣漸漸散開，兩隻鳥開膛拔毛不過拳頭大小。丁鈴烤好鳥，斜睨著一言不發的林一川道：「脾氣還挺大！」

「不及丁大人本事啊！沒被人烤成豬真是本事！」

丁鈴心裡有數了，將鳥遞給他，氣定神閒，「你昨晚沒有辜負本官的信任啊，不錯不錯！」

接過烤好的鳥，林一川撕下細細的鳥腿嚼著，心想果然臉皮厚，「丁大人該不會使了招引蛇出洞吧？呵呵。」

「聰明！」丁鈴一拍大腿，啃了口鳥肉，燙得直吹氣，「本官早就看出來宴無好宴，以身作餌。不如此，怎能讓于家寨以為咱們醉得睡死，敢半夜放火？大公子難道就沒看出本官拚命飲酒的深意？」

厚顏無恥！在溪水裡泡了一晚上，還敢說自己以身作餌，要不要臉啊？林一川真是聽不下去了，「嗯，你神機妙算？你悉心布局？要不是本公子，你早成烤豬了！得得，您是錦衣五秀嘛，本公子真體會不到丁神捕醉到讓別人當豬宰的深意！」

丁鈴用一種很不屑的眼神看著他道：「我們是搭檔，是夥伴，我以性命相託，你還有怨氣？你說，他們不灌醉咱們，敢動手？不動手，咱們能發現于家寨有問題？」

林一川吃完了烏，在溪邊洗淨手，故意哆嗦了下，「這水真涼啊！丁大人泡冷水裡還能睡得香甜，難不成是在練某種神功？」

老子都快被凍死了！丁鈴終於繃不住了，跳起來罵道：「本官捨身飼虎，將性命交付於你，你就將我扔水裡泡一晚上？林一川，你有良心沒有啊？」

「我，林一川，救了你一命！跟我提良心？」林一川一字一句地說道。

「我們是搭檔嘛！」丁鈴走到林一川面前，很是欣慰地看著他道：「知道搭檔是什麼意思？就是敢把後背露給他的人。本官這是以身作則嘛。」

「多謝丁大人的信任。不過，你聽沒聽過一句話？奸商奸商，無奸不商。在下真擔心丁大人看錯了人呢！」

丁鈴舒展了下身體，「事實證明，林大公子是值得本官信任滴！將來大公子也可以如此信任本官嘛！」

我信任你？我怕命不長！林一川翻了個白眼。

「好了好了，本官知道昨晚讓大公子委屈了。這麼著吧，咱們回于家寨看戲去！」

黑的就這樣被他說成白的了？見識過丁鈴的不要臉，林一川只是冷笑，「于家寨敢動手放火，丁大人有沒有想過，他們為什麼想要置我們於死地？」

「還用說嗎？昨天咱們問到了于紅梅和梅于氏。」丁鈴的小眼睛亮晶晶的，格外有神，「有人不想提起于紅梅這個名字，連同痴呆的梅于氏都下了殺手。不把他們逼出來，我們上哪兒找線索？」他撿起一塊石頭扔進溪水中，「一石激起千層浪。

于家寨不把來龍去脈交代清楚，本官就讓他們知道錦衣衛三個字的分量。」

「嘖嘖，大人官威積厚，在下拭目以待。」林一川眼珠轉了轉道：「要不，大人隻身前往，在下在外接應？」

區區一群山裡的鄉巴佬，還能起什麼么蛾子？用得著接應？丁鈴隨口道：「行啊，咱們以煙火為號！」

林一川帶出的行李，裡面有這玩意。

兩人說定，朝著于家寨去了。

林一川和丁鈴從山林中返回于家寨時，太陽剛升到空中，還不到午時，山坳裡飄蕩著一縷縷青煙。

丁鈴望著下方的于家寨喃喃說道：「看來用不著煙火為號了。」

昨天兩人眼中繁華如鎮的于家寨現在滿目瘡痍，被燒成了一片白地。

「怪不得……」林一川震撼地望著眼前的景象。半天之中就將一座繁華如鎮的山寨毀滅，幕後動手的人擁有何等力量，他心裡升起了陣陣寒意。

丁鈴轉頭看他，「怪不得什麼？」

林一川想起背著丁鈴遁入山林後回頭那一望，沖天的火光，眩目耀眼。他當時還在想，定是澆了油，才有那樣的火勢。如果他和丁鈴遲走一步，是否就會遇到前來毀滅于家寨的人？想到這裡，他不免有些慶幸。

「想引條蛇，沒想到引來一群狼。」丁鈴嘆了口氣道：「是我把這件案子想得簡單了。以為只會來幾個刺客，能讓咱們順藤摸瓜查到幕後主使之人。」

對方卻直接毀了一整個山寨。

「走吧，下去看看。」丁鈴率先朝于家寨走去。

兩人先到了族長家。

曾經住過的客房被燒得像是兩隻黑漆漆的眼睛，丁鈴在門口牆根蹲下，拿出一柄小刀刮了層土下來，「澆過油。」

族長一家幾十口被燒得面目全非。

林一川看著丁鈴像狗一樣東刨西看。丁鈴仔細查過屍體後道：「有刀傷。這裡也澆過油，和客房的油不是同一種。」

「我背著你上山後，回頭看了一眼。」林一川仔細回憶道：「夜裡很安靜，只有火光。」

意味著于家寨的人大都死於睡夢中。

整個寨子有一百多戶人家，除非同時動手，否則不會這樣安靜。

「咱們捅破了天呢。」丁鈴喃喃說道：「能這麼迅速地毀滅于家寨，至少出動了二百人以上。」

這麼多人？林一川有點疑惑，「小小運城能有這麼大的江湖勢力？」

丁鈴咬牙道：「是訓練有素的軍隊。」

他沉著臉道：「我們在運城衙門裡查于氏的戶籍時，就已經暴露了。我當時想對方只會想著殺我們滅口，沒想到對方這般大手筆，毀了整座于家寨。」

林一川真好奇了，「你醉死如豬，就這麼放心我？」

丁鈴笑了。

他的笑容中透著一股古怪。林一川揚了揚眉。

丁鈴拍了拍林一川的肩道：「大公子平時動手的機會少，但單論武功，東廠武力最強的玉鷹李玉隼也足以當你的對手。本官名聲在外，只有真醉，對方才會放鬆警惕。有大公子在，我有什麼不放心的？」

感覺丁鈴像是知道自己的底細一般。林一川心裡分外詫異，眼神閃了閃，打了個哈哈，「本公子不過習武防身，又不曾與人比試過，丁大人過譽了。」

丁鈴只是一笑，沒有和他繼續說下去，望著山寨中的某處道：「去梅于氏家裡看看。」

「丁大人不負神捕之名。」林一川和他並肩出了族長家，笑著拍他馬屁，「在下和大人形影不離，卻不知大人何時打聽到梅于氏的家。」

丁鈴果然又恢復了不要臉的賴皮樣，「我是什麼人？」

「錦衣五秀，心細如髮的心秀神捕嘛！」

「跟著本官好好學吧！」

梅于氏家離族長家並不遠，院子建在半山坡上，一眼就能望到底。林一川似有些明白，輕嘆道：「原來你醉死，不是假的。」

昨天那小廝說，梅于氏家在寨子邊上，趕時間赴晚宴，就不帶他們去了。丁鈴打聽出梅于氏家的具體位置，就起了疑心。

「出恭的時候，本官打聽到的。于家寨裡總有一些還有良心的人。」丁鈴直接為林一川解了惑，小眼睛閃爍著冷意。

「本官還打聽到于紅梅當年漂亮水靈，卻不願意嫁給族長太太的娘家憨姪子，所以寧願參加採選進宮。于十七那一房僅剩下寡居回娘家的梅于氏和一個獨孫女，得罪了族長太太，梅于氏自然待不下去，所以在于紅梅採選進宮之後，她離開于家寨去了京城，後來就嫁到了梅村落籍。」

「本官犯了個錯，打聽消息時說認得梅于氏，稱她為太太。梅于氏離開幾十年，族長以為咱們是梅于氏派來報仇的，所以想先下手為強。反正于家寨在山裡，消息封鎖，遠在千里外的梅于氏姑姪就無法知曉消息。」

林一川恍然大悟。只是沒想到真正想掐死線索與消息的人，將整個山寨都毀了。

說話間，兩人上了山坡。

梅于氏離家幾十年，小院早已破敗不堪，四周野草、荊棘長得有一人來高。門窗早沒了，只剩下空蕩蕩的土牆。

丁鈴只是想來看一眼而已，他停住腳步，朝林一川眨了眨眼睛，「應該沒什麼線索……」

話音才落，他和林一川同時轉身就跑。

弩箭破空的嗖嗖聲緊隨而至。

「叮噹！」清脆的金鈴聲響起。

金鈴在丁鈴手中揮舞，陽光映射，他身後像生出了一道金色的光環。噹噹聲不絕於耳，將射來的箭矢擊落。

「真看得起老子，埋伏了這麼多人！」丁鈴破口大罵，邊打邊跑，偷空看向林一川。

林一川手裡不知從哪兒抽出一把劍來，劍光如水銀流淌，將全身護得嚴嚴實實。

他譏諷道：「我看你就長了張嘲諷臉，回回引蛇出洞引來的都是一群狼！你下次能把刺客的人數想多一點兒嗎？」

整個于家寨被燒得不成樣子，梅于氏的家雖然殘破，卻沒有被燒，兩人早起了疑心。丁鈴還想著生擒刺客，沒想到上了山坡，林一川背在身後的手就衝丁鈴翻了兩次巴掌。對方埋伏在此的人少說也有二十。

不跑還能怎樣？

野草與殘壁後面躍出的黑衣人功夫都不弱，任憑丁鈴以輕功見長，林一川功夫不弱，也沒能將黑衣人甩掉。

這場追殺從運城到京城，再無斷絕。

看到京城城牆時，丁鈴趴在林一川背上回頭咳著血大笑，「狗雜種們來呀！咱們京城再戰！」

身後的人影停住腳步，丁鈴放心地昏倒過去。

林一川最重的傷在胸口，差點被人剖了腹。

林一川摸著胸口的傷想，窗口會不會跳進來一個人，如花匠老岳一樣的殺手？如果真被殺死，謝勝這輩子估計都會信了鬼神，玄鶴院這間宿舍會成為國子監有名的不祥之地。

他睜眼到天明，看到謝勝準時一個鯉魚打挺起床，林一川懊惱不已。丁鈴回到京城，除非對方把錦衣衛悉數滅了，不然知道的人已經太多了，殺自己做什麼？毀滅了于家寨，也掩不住梅于氏姑姪倆的祕密了。為何要殺梅于氏滅口的祕密，線索在宮裡。

●○●

貼梗海棠密密的花簇將枝條染成了紫紅色的珊瑚枝，梅青指點著小宮女剪下形狀顏色最好的放進花籃，親手提了回去。

許太后趿著軟底金縷繡鞋，披著晨褸走到桌旁。看著籃子裡還沾著露水的花枝，她慵懶地笑，「尋個龍泉窯的白瓷高頸瓶來，配著這海棠才精神。」

梅青笑著吩咐小太監去拿了花瓶過來，往裡面注了些水道：「娘娘，包粽子的餡料都已經備好了。」

「皇上從前愛吃紅豆餡的，不知為何，今年問他，他說江南嘉興的鮮肉粽出了名的味美，他想嘗嘗。」許太后在錦杌上坐了，拿了剪子修剪著，眼裡有幾分思念，「皇上出宮去什剎海了吧？」

梅青恭謹地答道：「今年的瓊林宴設在什剎海，皇上召了今年會試中榜的進士看賽舸，這時辰應該已經出宮門了。」

「端午節的什剎海熱鬧得很，做姑娘時，本宮也常去的。岸邊搭著一眼望不到邊的帳篷，江邊有雜耍班獻藝，空地上有玩蹴鞠的，賣粽子、賣豆汁、畫糖人、煮餛飩的……回回本宮都把荷包裡的碎銀子花個乾淨。」許太后想起年輕未出嫁的時光，柔軟地笑著，「本宮總要纏著兄長，入夜後放過花燈才肯回家。」

梅青抿嘴笑著，「娘娘如果不去放花燈，怎能遇到先帝？」

「大膽！」許太后斥了她一句，卻並無怪罪之意。她細緻插著花，眉間、眼底染滿了風情，「本宮那時年幼，可不知道他就是皇帝。見他站在江邊，手裡沒有花燈，便好心分了他一盞，哪曉得他將那盞燈留了那麼多年。」

也許是想到先帝，許太后的眼神黯了，「妳去吩咐尚工局，今晚也備些花燈。咱們去不了什剎海，在宮裡頭玩一玩吧。」

「是。」梅青應了聲，興致勃勃地去了。

貼梗海棠疏落有致地插在白瓷瓶中，殿內多了幾分春意。許太后欣賞著細密貼著花枝怒放的花朵，染著丹蔻的指甲輕輕從上面刮過，「和丹桂一樣，花長得小氣，顏色還算喜慶。」

這時小太監急步從殿外行來，躬著身稟道：「娘娘，譚公公來了。」

用早膳的時間，譚誠這麼早來做什麼？許太后有點吃驚，指甲微微用力，刮下了幾朵米粒大的花。她衝指甲吹了口氣，將花朵彈掉，吩咐道：「梳妝吧。」

她換了紫紅色對襟大袖衣，梳了高髻，滿意地打量著鏡中雍容華貴的自己，緩步去了前殿。

譚誠並未落坐，背負著雙手站在殿中。聽到環珮叮噹，他微笑望向盛妝行來的許太后，抬臂躬身，「娘娘安好。」

「公公難得這麼早來，可有急事？」許太后登了鳳座，沒有掩飾臉上的好奇。

「今天端午，老奴給太后娘娘送節禮。」

「本宮今天要裹些粽子，回頭給公公送一籃嘗嘗。」

朝陽穿過殿門，投下一片溫暖的色調。殿堂太大，服侍的人悉數退到門外，許太后和譚誠坐在空曠的殿中，極溫和地聊起了家常。

「皇上親政以來第一次有了天子門生。今天什剎海辦瓊林宴，極為熱鬧。」譚誠微笑著感嘆，「光陰似箭，老奴記得當年跟在先帝身邊侍候，在什剎海遇到了娘娘。」

提起皇帝與往事，許太后眉間舒展，有些感慨，「一轉眼咱們都老了。」

「娘娘可不顯老，哪像老奴和素成，雙鬢都白了。」譚誠笑道：「宮裡頭像老奴一樣見過娘娘二十年容顏不改的老人不多了。」

許太后輕撫著鴉青的鬢角打趣道：「譚公公操心事太多。照本宮看，那些瑣碎小事讓下面的人去辦就是，您也該享享清福了。」

「皇上年輕，總有些官員仗著是先帝老臣，跋扈囂張，老奴不敢懈怠。」譚誠恭謹地回道。

譚誠不可能放棄手中的權力。許太后不過言語上說了兩句，心知無用，就轉過了話題，「哀家令禮部選送適齡大家閨秀進宮待選，會試過後，皇上就該冊立皇后，綿延子嗣為重。公公以為呢？」

「太后聖明。宮裡既然添了月美人，中宮虛懸太久，朝政不穩。」

「公公可有皇后人選？」

許太后試探著譚誠。

譚誠輕描淡寫地說道：「禮部自有章程。選送的閨秀總能挑出令太后娘娘可心的皇后。」

這麼說來，譚誠不打算插手皇上立后？他一早來究竟是為了什麼？許太后沒有接話。

太后並不相信他不插手立后。譚誠笑了笑道：「先帝過世十年了，宮裡一直沒有採選過，老奴以為皇上今年立后納妃，明年可從民間採選適齡女子以充後宮。」

許太后輕舒了口氣。

這是一次交換。皇后的人選譚誠不插手，但嬪妃中一定會有譚誠送來的姑娘。許家能定中宮皇后，許太后很滿意。她笑著點頭，「譚公公所言極是。宮裡進批新人，到了年紀的宮人該放出宮去，以免有傷天和。」

「娘娘可得好好甄選，這是善舉。」譚誠說罷起身告退。

許太后微笑著望著他走出殿門，思忖著譚誠的真實來意。

走出宮門，譚誠回頭看了眼，淡淡說道：「可惜妳兒子未必願意娶妳定的皇后。」

譚誠走了一截，停下腳步問身邊跟著的梁信鷗，「你最近一直在查丁鈴被人一路追殺至京城身受重傷的事？」

「是，屬下查到現在，尚不知道追殺他的人是誰。」梁信鷗心裡充滿憤怒，這天底下還有他查不出來的事。他猶豫了下道：「該不會是珍瓏……」

「有人想找錦衣衛的麻煩，東廠不必摻和進去。」

當初刺客珍瓏連殺東廠七人，錦衣衛在旁邊看熱鬧看得高興。如今有人要殺錦衣衛的人，東廠不看笑話，還去幫錦衣衛查找殺手？

明白譚誠意思後，冷汗從梁信鷗後背沁了出來。他對丁鈴太過關注了，「屬下險被私仇蒙了心智，謝督主提醒。」

譚誠溫和地說道：「侯繼祖夫婦已在押解回京路上，其子侯慶之抹脖子跳御書樓，滿朝官員和國子監那些儒生都盯著這件事不放。咱家在金殿上接下押送侯繼祖的事，出了閃失，東廠就被人看笑話了。」

梁信鷗趕緊答道：「屬上早已令人盯緊了錦衣衛，另已派人去淮安府調查庫銀調包、河堤垮塌的線索。」

「三十萬兩河工銀入了庫才發現被調包，做這件事的人勢力不小。見侯繼祖自己籌銀修了堤，就毀了河堤將事情捅破。有人嫌東廠和錦衣衛最近相處得太融洽了。」

「督主是懷疑有人故意挑起錦衣衛和東廠相鬥？」

譚誠淡淡說道：「不是懷疑，是肯定。只是咱家一時還拿不準這人是誰。侯慶之將事情扣在東廠頭上，有那勇氣抹脖子跳樓自盡，把事情鬧大。國子監休沐那天，他一定見過什麼人、聽說了什麼，才會一口咬死是東廠所為。」

梁信鷗懂了，「屬下已有了一份當天他接觸過的人名，正在一一排查。」

回到東廠衙門，譚誠進了書房，開了只抽屜，拿出一本卷宗。

卷宗裡只有薄薄的一頁紙，他提起筆，又添上了幾句。

「四月二十自京城消失。同日，丁鈴離開京城。月末，受傷背負丁鈴自西城門入京。」

譚誠合上卷宗，習慣性地開了棋盒拿出一黑一白兩枚棋子捏在手中。

當他舉棋不定時，他就會有這樣的習慣。

打壓林一川，沒有讓他生出對東廠的忠心，反而將他推向了錦衣衛。是他的決定錯了嗎？還是林一川以為可以左右逢源，借錦衣衛的手讓林家擺脫東廠？

「毀了你，東廠扶持林家二老爺做傀儡。」譚誠將黑子落在棋枰上，又拈著白子落下，「林一川，你經商的本事不弱，咱家再給你一次機會。」

且看看吧。

第三十八章　艾湯中的玄機

端午這天並非休沐日，因逢假，國子監設了半天課。

喜歡望著窗外的景致，沉浸於詩意之中的蔡博士說起了端午的由來。

從曆法說到陰陽術數，羅列諸如端五節、端陽節、重五節、天中節、夏節、五月節等等說法之後，他悠然嘆道：「諸生可知，南北端午節可有什麼不同？南北各有習俗。這個問題，當由最會玩樂的學生答之。靳擇海，你且說說北地如何過節。」

學生們哄堂大笑。

靳擇海挺直了小胸脯站起來，嚷道：「笑什麼！不會玩的讀書人叫書呆子。博士，學生此話可有道理？」

「此言有理。」蔡博士欣然點頭。

關於如何過節、如何玩樂，靳擇海成績名列前茅。得了蔡博士誇獎，靳擇海大聲說道：「北方過端午，射柳、打馬球、吃粽子、浴艾湯、驅五毒。」

「答得好。」蔡博士笑咪咪地說道：「林一鳴，老夫覺得你於玩樂一道不輸靳擇海。關於南方如何過端午，就由你來答吧。」

林一鳴滿面紅光站起來，團團揖首，喜孜孜地說道：「先生目光如炬，慧眼識才。學生的確擅長玩樂。」

他搖頭晃腦道：「南方賽龍舟、鬥百草、跳鍾馗、放花燈、繫長命縷、沐蘭湯，吃粽子、五毒餅，飲菖蒲雄黃酒。晚間花燈如海，畫舫如織。所謂北地胭脂，揚州瘦馬……」

蔡博士好奇地打斷了他的話，「只是何謂揚州瘦馬？端午揚州有賽馬慶節的活動？」

甲三班一半是蔭監生，一半是例監生，大都是會玩樂的人物。聽到蔡博士如此開問，臉上神情頓時精采萬分，忍笑忍得難受。

唯有謝勝來自北地，家世清貧，對騎馬打仗心嚮往之。見周圍同窗個個神情怪異，禁不住脫口而出，「北地胭脂馬、揚州瘦馬是什麼馬？腳力可好？」

林一鳴「噗」的大笑起來，偏裝出個正經樣道：「回先生。揚州瘦馬有七字訣，一字不符算不得精品。這七字乃瘦、小、尖、彎、香、軟、正。還得琴棋書畫擅精一種，方能在花燈遊湖時奪得青樓花魁的美譽。」

「咳咳！」蔡博士先前還撫鬚點頭，聽到後面禁不住老臉通紅，連聲咳嗽。

謝勝目瞪口呆。

教室裡瞬間爆發出一陣大笑。

林一鳴望向靳澤海，心想：先前你得了表揚，但本公子答得可比你全多了。他朝蔡博士拱手道：「學生沒答錯吧？」

蔡博士神情僵硬地點了點頭，再無心思上課，「南北皆有沐蘭湯、艾湯浴一說。接下來的課就在澡堂裡上吧。待香湯沐浴之後，老夫帶大家去什剎海親眼目睹賽舸、射柳、打馬球。」

今天不是休沐日，國子監放半天假，卻不准監生們出門。早聽說什剎海在開瓊林宴，卻去不了，蔡博士如此通達，甲三班頓時如開鍋的水，沸騰了。

穆瀾打算開溜。

蔡博士清了清嗓子嚴肅地說道：「不得有一人缺席私自離散，否則監規處置。老夫已請紀典簿隨行監督。」帶學生出遊，出了事得擔責，他不得不板起臉來。

林一川微笑地望著穆瀾，摩拳擦掌——終於有用武之地了。他矜持地等著穆瀾求自己幫忙。

學生們熱熱鬧鬧地列隊跟著蔡博士去湯池，穆瀾神情淡定走在隊伍中。

「小穆，真可惜去年端午沒見著妳走索奪彩。」

林一川盯緊了穆瀾，心想：我才不給妳開溜的機會，除非妳求我幫忙。

是啊，轉眼就一年了。穆瀾驀然想起去年端午趕著去走索，從人群中擠過撞著無涯的事。她眼神黯了黯，敷衍道：「我進了國子監，我娘散了穆家班，再不用跑江湖賣藝了。」

「也是，好好洗個澡，然後去什剎海玩。」林一川眉眼中飄過笑意，又低聲說道：「戌時妳來蓮池，我們給杜先生放燈去。」

穆瀾一怔，頓時自責不已。她感激地看著林一川，「多謝你還記得師父。」

林一川一語雙關，「我承諾過先生的事，自不會忘。」他答應過杜之仙，將來穆瀾若有難，定會保她性命。他想對穆瀾說：我一直在保護妳。

深邃的眼眸裡透出濃濃情意，可惜穆瀾想著無涯與杜之仙，盤算著如何脫身不去湯池，沒有看見。

走到湯池入口處，甲三班和甲一班遇了個正著。蔡博士與侯博士抬臂見禮後，兩位鬚髮皆白的老先生各自把頭一昂，轉向不同方向，一看彼此就不對付。

師者有事，弟子服其勞。早和譚弈那群舉監生結了仇的蔭監生們紛紛射出眼刀子，學著蔡博士樣，把頭一昂，跟著他朝另一邊走去。

五月十三，監生六堂招選考試。如果讓許玉堂、穆瀾生病，豈非省心許多？想到這裡，譚弈停住腳步。他落在隊伍後面，朝熱情望向自己的林一鳴使了個眼神。

穆瀾本就拖在後面，不巧剛好看到林一鳴和譚弈走到一旁說話。

林一川故意逗著穆瀾，「泡過藥浴，百病不生。小穆，妳是進大池還是選木桶浴啊？我記得妳不喜歡與人共浴。要不我出銀子，咱們倆泡木桶浴去？」

國子監的湯池也分大小，有同時入浴百來人的大池，也有能容幾十人和十幾人的小池，還有單獨的木桶。以往湯池吏員巴結蔭監生，都替他們單獨安排房間，給錢也可以。

「成啊，你出銀子，我包個房間單獨泡澡。」穆瀾隨口說著，心想今天湯池來了這麼多人，包下房間也不安全。

「喂，我出銀子，就咱們倆都不行？各泡各的桶，有什麼關係？」

本以為穆瀾不肯，沒想到她笑嘻嘻地說道：「好啊。」

她又在打什麼鬼主意？林一川真的給管湯池的吏員塞了銀子，要了個木桶浴的房間。

兩人進去時，正看見許玉堂和靳擇海進了隔壁房間。

房間裡並排擺著兩只木桶，林一川開始脫外袍，他慢吞吞地解著衣帶，等著看穆瀾出招，「小穆，妳怎麼還不脫衣裳？」

「藥湯還沒抬來呢，慌什麼？」穆瀾一點兒也不慌張。

正當林一川覺得納悶時，就聽到穆瀾「哎喲一聲，捂著肚子道：「肚子有點疼。」

林一川轉過身笑得肩頭直聳。還以為她的招術有多稀奇呢，只會裝肚子疼。他笑著趕緊將衣帶繫好，大聲說道：「小穆，我與妳同去茅房！」

「痛得我受不了，先走一步！」穆瀾理也不理他，捂著肚子就往外跑。

「小穆，等等我！」

牛皮糖！狗皮膏藥啊你？穆瀾暗罵了聲，腳步加快，逕自衝出了湯池。

林一川卯足了勁要盯死她，哪能容她跑掉。穆瀾又不好在大道上施展輕功，由著林一川黏著，氣呼呼地說道：「你跟著我做什麼？」

「湯池裡就有茅房，妳往哪兒走啊？」林一川明知故問，還裝出滿臉疑惑。

「大公子，你要出恭請去茅房。我肚子疼，是要去醫館看郎中。咱們倆不同道！」穆瀾見偏離了大道，四周無人，也不捂肚子了。心想，你再跟，我就揍你。

林一川揉著肚子擰眉，「哎喲，我這肚子也疼得不正常，我也去醫館看看吧。」只要不去湯池，你鐵了心要跟，就跟著吧。穆瀾看出林一川是裝的，實在氣不過，「大公子，玄鶴院洗澡不太方便吧？今天湯池特意煮了藥湯，你不去洗真可惜了。一間單獨的木桶浴要一兩銀子呢！」

說著她把臉往林一川身上湊了湊，鼻翼翕動著，「你身上真有味了！」

林一川下意識捂住了胸口。回國子監這幾天，他總會找時間溜出去，在外頭洗澡換藥，再趕回來點卯。難道穆瀾聞到他身上的藥味？不會吧？他用的金創藥如香膏一般，他還特意用香熏了衣裳。

咦？今天林一川怎麼沒有渾身發癢了？穆瀾很好奇，見他的手捂著胸擋著，越發把臉靠得更近，「是有股味啊。所謂入鮑魚之肆，久而不聞其臭。你自己聞不到對吧？我鼻子可靈了。我跟你說，你身上這股味讓我想起了我師父家的豬圈。你還記得不？家裡養了兩頭豬。你還記得當時清掃豬圈的味道吧？」

她就不信噁心不倒他，嚇不跑他。

她離他真近，低頭能看到她兩撇清葉般的眉，不停翕動的鼻翼，可愛得像條小狗。林一川這樣想著，衝動地伸開雙臂抱住她，手掌將她的臉按在胸口，「不是吧？妳再聞聞，哪有什麼臭味！」

他閉上了眼睛。他想抱她好久了。

穆瀾聽到他的心跳聲，咚咚的心跳敲擊著耳膜，讓她好不自在。她正想推開他時，感覺他胸口不對勁，她抬起了手。

她的手掌貼在他胸口，臉靠在他胸口，如同小鳥依人。林一川低下頭，偷偷親了親她的紗帽。

穆瀾驀然發力，將他推開了。她臉上掛著一絲探究的笑容，「大公子屁股挨了板子，胸口還練過鐵錘碎大石？」

林一川愣住了，眼裡掠過一絲傷心。他仰頭望著天，一切都是自己的幻想。沒有小鳥依人，沒有為他心動，她不過是察覺到他胸口裹著厚厚的繃帶。

「放心吧，我不會說出去的。」穆瀾燦爛地笑了，還很關心，「傷得重不重啊？你換藥不方便的話，我幫你搞定！」

「謝了，燕聲在外面租了房，我每天都去，點卯時回來就行了。」林一川臉上掛著笑，心裡百般不是滋味。本想看她出糗著急，怎麼到頭來又變成她幫上自己的忙了？

「有什麼需要我幫忙的，你說一聲。」

「好。」

然後兩人就站在樹林邊上陷入了沉默。

林一川想告訴穆瀾這陣子發生的事情，又有點賭氣。穆瀾可沒想著和他分享自己的祕密，他這麼上趕著說叫什麼事？

這陣子林一川出了趟門，胸口受了傷，至今未好。穆瀾想起他假裝挨板子受傷的事若非方太醫透給自己知曉，還被他瞞得死死的。林一川受錦衣衛照拂，難道是被東廠追殺？每個人都有自己的祕密。穆瀾想起了荷包裡侯慶之給的玉貔貅，跟著沉默了。

總站在這裡不說話也不是個事，兩人同時開了口。

「你肚子不疼了？」

「妳肚子不疼了？」

眼神碰撞，都知道對方是裝的，林一川和穆瀾都笑了起來。

林一川捂著胸口道：「我這樣子沒法進湯池泡澡。」

穆瀾眨了眨眼道：「我看到譚弈和林一鳴說了幾句後，林一鳴好像沒有進湯池。再過幾天就是六堂招考，我覺得譚弈或許又想使陰招，出來看看。」

甲三班最有希望考進率性堂的人是許玉堂和穆瀾，她擔心許玉堂吧？林一川自然想起了無涯，微酸地嘀咕了句，「愛屋及烏啊。」

「你說什麼？」穆瀾沒聽清楚。

林一川作沉思狀，「我在想，如果想害甲三班的人生病，在湯池裡下什麼藥管用。」

穆瀾心想，能用的藥那就太多了，「我們都不知道蔡博士的安排，也不知道譚弈他們也會去沐浴。他應該是臨時起意。」

「如果要下藥，只會從醫館裡拿。走，去醫館瞧瞧。」林一川會意。

兩人去了醫館。正巧看到林一鳴匆匆從醫館裡出來。林一川道：「我跟著他。妳去醫館看看他拿的是什麼藥，能弄到解藥最好，來個將計就計。」

穆瀾離開後，林一川綴上了林一鳴，直跟到他鑽進了湯池旁的一座假山。林一川跟進去。

光線從假山孔隙中投進來，林一川閃身躲在石頭後面，聽到林一鳴興奮地說道：「我說我喉嚨疼，果然給我開了甘草湯，煎好讓我回頭去服用。我認準了偷偷拿了一包。醫館這種藥多得很，裝了一整筐。」

譚弈輕笑著，「許玉堂對甘草過敏，煮在艾湯裡誰都發現不了。泡過藥浴，不出兩天他就會渾身起紅疹，參加不了考試，對旁人卻是無礙。走。」

兩人離開假山，進了湯池。

「還真是為了對付許玉堂。」林一川喃喃說著。想著送穆瀾去宿舍那天許玉堂高傲的態度，林一川靠著假山悠然地想，救了許玉堂，他的臉色一定很精采。

等了一會兒，林一川沒等到穆瀾回來。時間不等人，許玉堂泡了加有甘草的藥浴就遲了，他只得先進了湯池。

許玉堂正和靳擇海聊天，兩人已經脫掉外裳，等著湯池的雜役抬藥湯進來。

穆瀾聽說林一鳴喉嚨疼，來醫館開了劑甘草湯。

甘草性平、味甘，補脾益氣、止咳潤肺、緩急解毒、調和百藥。穆瀾想不通個中緣由。

方太醫將她留住了，帶了穆瀾進自己的廂房，拿出一只精巧的竹編食盒道：「妳若不來，老夫也要去尋妳。春來小公公來送了節禮，這是帶給妳的。」

穆瀾愣了愣。

方太醫暗暗嘆了口氣，背負著手出去了。

穆瀾坐在桌旁，沉默良久打開食盒。

裡面只有一紙信箋，字跡雋秀挺拔。

「戌時，銀錠橋。」

穆瀾的心頓時亂了。

見，還是不見？

湯池的廚房水氣蒸騰，藥香繞梁。雜役像搬家的螞蟻，將一桶桶煮好的藥湯傳到盡頭碩大的木斗中，再經由竹管流進湯池。

白霧般的水氣瀰漫，遮擋著視線，並不妨礙半蹲在房頂上的林一川看清楚譚弈等人的行動。送進廚房的藥包裡混進了甘草，木斗中也被扔進了一包。

「心思縝密，只要許玉堂泡澡，就會中招。」林一川自言自語著。

不讓許玉堂泡澡就行了。可是這樣豈非便宜了譚弈？他想起了還沒回來的穆瀾，一溜煙走了。

木桶浴的房間建在湯池後面，林一鳴穿著中衣，躡手躡腳地走到許玉堂和靳擇海的房間外，左右瞧著無人，用手指捅破了窗戶紙，眼睛湊近了破洞。

熱氣蒸騰的房間裡，許玉堂和靳擇海舒服地躺在木桶中，眼睛半合。林一鳴賊笑著縮回了頭，回了旁邊的房間。

「成啦，我親眼看到許玉堂泡在木桶裡，舒服得快要睡著了。」

譚弈笑了起來，脫了衣裳泡進了木桶，「許玉堂想進率性堂，門都沒有！」

一個時辰後，沐浴後的學生們精神煥發，整齊列隊，前往什剎海。

沿途引來京城的小娘子們尖叫聲不斷，香囊、荷包、鮮花雨點般投向這群朝氣勃勃的年輕學生。

「許玉郎！我看到許玉郎了！」

「那是譚公子！」

「你們看到那位小公子沒？長得好俊俏！」

「旁邊那個才叫俊俏！」

林一川伸手撈住一只砸向自己的荷包，瞬間聽到扔荷包的女子喜悅地叫了聲，臉禁不住有點紅。他偏過頭看身邊的穆瀾，穆瀾正順手將一位女子送給她的荷包掛在腰間，衝那位姑娘微笑，歡喜得那位姑娘又蹦又跳。

他又好氣又好笑，「妳不怕那位姑娘會錯意？」

穆瀾笑咪咪地說道：「謙謙君子，美人好逑。京城女子素來熱情，何不大方一點兒？咦，大公子家裡開著青樓，閱女無數，還會臉紅？」

誰閱女無數了？林一川撇了撇嘴，將荷包塞進穆瀾手中，「喜歡妳就掛著唄。」

穆瀾就真的將荷包掛在腰間，眼明手快地又撈了一只，一併繫在腰間絲絛上，開心地說道：「回頭拿到繡莊去，一只至少能賣十五文。」

她邊說邊衝旁邊的姑娘們展露燦爛的笑容，腰間漸漸掛滿了琳琅滿目的荷包。

林一川哭笑不得，「妳窮成這樣？我明明記得妳賺了我不少銀子，還不夠妳花銷？」

「我家開麵館能賺多少銀錢？二十來號人要生活，我多攢點兒給他們買點兒田。」穆瀾邊答邊推搡了他一下，「那邊幾個姑娘都看著你呢！快衝她們笑笑。」

林一川：「……」

這時，兩人聽到旁邊有姑娘輕聲嘆息，「也不知道何時才能再見到那位謫仙般的公子。」

穆瀾臉上的笑容僵了僵，眼裡升出一層唏噓。

冰月進了宮，她和無涯捅破了窗戶紙，再也回不到放下身分、地位、祕密的時候了。

瞬間低落的情緒悉數落在林一川眼中，他磨著後槽牙問她，「那位謫仙般的公子是宮裡頭的那位吧？」

穆瀾翻了個白眼，「我怎麼知道？」

妳不知道才有鬼了！林一川氣得想跳腳，又無從發作，悻悻地轉開了話題，「妳怎麼在醫館待了那麼久？妳再來遲一會兒，就整不到譚弈了。」

「配藥不需要時間？」穆瀾又翻了個白眼。

噎得林一川不知道該怎麼接話，半晌才道：「晚上妳別忘了，替杜先生放燈。」

想著無涯的相約，穆瀾深吸了一口氣道：「戌時，蓮池見。忘不了。」

相見爭如不見。
那就不見吧。
林一川露出了笑容。
學生們到什剎海時，正趕上賽舸。
遠處那座白色的大帳格外醒目，烏泱泱的官員、禁衛、太監、宮婢與新科進士們也沒能遮擋住正中那襲明黃的身影。
兩位博士帶著學生們在草地上席地而坐。
京城百姓圍擠在四周，爭相目睹瓊林宴進士們的風姿。那些目光也分出一些投在監生們的身上，讓他們挺直了腰背。
「寒窗十載，只為了這一刻的榮光啊。他們的今天就是你們的明天……」蔡博士看著學生們眼裡的豔羨，開始了新一輪的思想教育。
春來匆匆從大帳中走來，與兩位博士和隨行的紀典簿見過禮後道：「賽舸之後有馬球賽，皇上特許監生們觀賽，監生們可組兩隊進場表演。」
舉國上下皆迷馬球，學生們歡呼雀躍，朝著大帳三呼萬歲。
春來朝穆瀾瞥了一眼，笑著走了。接下來，蔡博士慢悠悠地向素來不對付的侯博士笑道：「各班自建隊伍吧。」
靳擇海朝蔭監生們擠眉弄眼，心照不宣地笑了。
甲三班的蔭監生和例監生讀書不如甲一班的舉監生，打馬球這種事，能甩甲一班幾條大街。

譚弈皺了下眉，又舒展開了。

看完賽舸後，學生們進了馬球場。

大帳後面新闢出一大片空地，禁軍們組成的人牆外站滿了看熱鬧的百姓。

薛錦煙穿著馬球服，騎著馬繞場跑了一圈，停在國子監的學生們面前。

譚弈眼神一亮，站了起來，「見過公主殿下。」

學生們跟著起身見禮。

「免禮。」薛錦煙在人群中尋找著穆瀾，瞬間和林一川打了個照面。

認出是那天林中的嬌蠻女子，林一川嗤了聲。

原來他是新進監生啊，終於找到他了。薛錦煙正想發作，突然看到林一川身邊站著的穆瀾，臉上浮起一層紅暈。她顧不得找林一川報仇，大方地和穆瀾打招呼，「穆公子，你會下場嗎？」

穆瀾望著小公主笑，「我們班隊員夠了，我不上場。」

特意和皇兄提出讓監生們打馬球，穆公子怎能不上場？薛錦煙望著已換好馬球服的許玉堂道：「許三，你讓個名額給穆公子！」

以穆瀾的身手當然可以。許玉堂笑道：「殿下有令，自當遵從。」當即讓一名蔭監生和穆瀾換衣裳。

薛錦煙滿意地拍馬去了。

學生們再次坐下。譚弈望著薛錦煙的身影，心間掠過一絲酸意。她忘記自己了！她怎麼能忘了他？他腦中全是薛錦煙對穆瀾嬌羞說話的臉，籠在袖中的手緊緊攥成了拳頭，冷冷地望向穆瀾。

敢碰他的人，他要穆瀾死。

宮裡下旨讓監生們組隊比賽，很貼心地準備了衣裳、鞠杖和馬匹。去換衣裳時，譚弈看到甲三班裡出場的人有林一鳴。

許玉堂居然肯用林一鳴？譚弈有點不解。腦中一道念頭閃過，他明白了。林一鳴學業不成，擊鞠這種事定是個中高手。

他慢悠悠地換著衣裳，面無表情看著穆瀾和林一川有說有笑。薛錦煙對穆瀾綻放的笑容裡有著異樣的嬌羞，別人沒瞧出來，他卻看明白了。那張笑臉像一枚火炭壓在他心上，燒灼著他的心。如果不是在御前，譚弈想，他現在就會提刀過去捅死穆瀾。

錦煙是他的。

誰碰誰死。

林一鳴經常感嘆自己是身在曹營心在漢，但他有什麼辦法呢？他只能無時無刻找機會向譚弈顯露自己的忠心。他不是笨蛋，林家二房想要奪產業，除了依靠東廠，還能怎樣？譚弈一個眼神讓林一鳴知趣地放慢了換衣裳的速度。

甲三班的領隊是許玉堂，出了帳篷，他掃了眼身周的人。靳擇海這幾位都是從小相熟的世家公子，擊鞠的水平他了解。穆瀾有武藝，又是公主欽點，應該沒問題。林一川不必說，富貴人家長大，擊鞠術不會差。林一鳴自告奮勇，揚言自己是江南擊鞠第一。林一川替他證明了。但是許玉堂仍然擔心林一鳴，他留在帳篷裡，該不會和譚弈商量著使壞吧？

接到他的目光，林一川望著換衣裳的帳篷懶洋洋地說道：「放心，我盯著他呢。我們班不只會拿頭籌，還會贏。」

想起湯池沐浴的事，許玉堂「嗯」了聲，和靳擇海等人先去了。

林一川笑道：「我等等一鳴。」

都知道他要警告林一鳴，穆瀾笑了笑也跟著許玉堂等人離開。

林一鳴匆匆走出帳篷時，看到林一川抱著膀子靠著棵樹衝自己笑。他眼珠一轉，「堂兄該不會是在等我吧？」

林一川兩步上前，胳膊搭在他肩上，親親熱熱地攬著他往回走，「今天你敢幫譚弈使壞，讓我們班輸球，我有一百種辦法弄死你，明白？」

「林一川，你當我林一鳴就沒有集體榮譽感？」林一鳴半點不見心虛，笑嘻嘻地說道：「得，不和你扯什麼榮譽感了。我還在甲三班唸書，我還怕全班孤立我、整我呢。我們班準贏。甲一班那群文弱書生玩這個不行。」

真的假的？林一川胳膊用了點兒力，箍得林一鳴差點喘不過氣來。他不由得服了軟，嘀咕道：「我剛才和譚兄打了個招呼閒聊兩句而已。」

林一川放開他，替他整了整衣袍，黝黑的眸子泛著冷意，「輸了，你就想想怎麼死會舒服一點兒吧！」

他的笑容和藹如親兄，拍了拍林一鳴的肩揚長而去。

望著林一川的背影，林一鳴嘴角翹了起來，「林一川，你也有判斷失誤的時候？人家還沒把輸贏放在眼裡。」

這個「人家」自然指的是譚弈。

穆瀾回到球場時，宮中的兩支球隊已在場中馳騁廝殺起來。馬蹄踏得大地震動，紅藍兩支隊伍追逐著白色的木球奮力揮桿。白色的木球在空中躍起，劃出一道弧線，進了球門。

「萬歲！萬歲！」

突然爆發出的歡呼聲嚇了穆瀾一跳。

一聲鑼響，計籌的官員激動地大喊：「皇上得了頭籌！」

四周歡聲如雷鳴一般。

無涯執桿勒馬回頭，紅色繡金線的武士服勾勒出寬肩窄腰，溫潤如月的眼眸染滿了勃勃生機，英氣迫人。

她的心禁不住狂跳起來。原來他也有如此英武的一面啊。這是穆瀾第一次看到無涯穿這麼鮮豔的衣裳，靜月般美麗的面容被大紅的武士服映襯得唇如丹朱，讓她捨不得移開眼去。

穆瀾都不知道自己衝著無涯在笑。

她的笑容如此眩目，讓無涯回頭就看見了她。她的眼神如此閃亮，他看到了她的喜歡與仰慕，一股血氣直衝頭頂。他一定要贏給她看！胯下的馬匹似感染到他的興奮，突突地打著響鼻，在開球的鑼響聲後，一聲長嘶，載著他飛馳而去。

「小穆，譚弈肯定盯死許玉堂，等會兒由妳去搶頭籌！」林一川的聲音讓穆瀾回了神。

四周的熱情感染著穆瀾，可是她很為難，「我不會擊鞠。」

林一川愣了愣，「妳說什麼？」

穆瀾攤了攤手道：「我從來沒有玩過呀。公主殿下一開口，許玉堂就應下來，我連不會兩字都沒來得及說，我肯定會拖後腿的。」

難得看到穆瀾犯愁抱怨，她不自覺撇嘴的模樣終於有了一絲十六歲小姑娘的感覺。林一川眼神柔得快要滴下水來，他哄著她道：「不會的，我去當主攻手好了。我們班個個是擊鞠高手，不差妳一個。」

「我試試吧。」穆瀾目不轉睛盯著場上臨時抱佛腳學著，「我去擋人應該可以。」

兩隊騎兵揮舞著鞠杖交織衝刺著，塵土飛揚，馬嘶聲不絕於耳。場上的吶喊聲、助威聲與馬蹄聲混在了一起，喧囂聲刺激著看客們的神經，所有人都為之瘋狂。

看席上被邀進場中的名門閨秀們目眩神馳，一雙雙美目悉數黏在年輕英俊的皇帝身上。他是這樣年輕、俊美，擁有著無上的權勢。他縱馬擊鞠時的英姿令閨秀們著了迷。聽說宮裡有了個月美人，那麼，離立后納妃就不遠了吧？

薛錦煙在藍隊，禁軍們自然讓著她，有球都往她身邊擊來，好讓她大顯身手，玩得痛快。她也是擊鞠好手，有心在穆瀾面前顯擺。被無涯奪了頭籌便罷了，誰教他是皇帝呢，可現在就不能讓著她一點兒？

眼見無涯的馬又靠了過來，球又一次被他勾走，薛錦煙火冒三丈，拍馬追上無涯道：「皇兄你已經拿了頭籌連進兩球了，說好了讓我贏的！」

「朕改主意了！朕要漂亮地贏！」無涯俐落地回絕。

改主意了？還要漂亮地贏？她成了皇兄的陪襯？薛錦煙氣得直咬牙，黏著無涯使盡全力搶球。

「贏了比賽，本宮每人賞銀百兩！」薛錦煙大聲說道。

重賞之下必有勇夫，藍隊擊鞠手打了雞血似地勇猛。

無涯卻不想抬出皇帝的身分壓著藍隊相讓。穆瀾看著他呢，他一定要贏得正大光明。

溫和如鹿的皇帝在擊鞠場上突然變成了一頭豹子，禁軍們看傻了眼。

場上的比賽因為這兩位尊貴的主上互不相讓，變得激烈無比。

無涯抓著轡頭，身體離了鞍，俯身漂亮地將球搶走，瞬間翻身坐起，用力一擊。

白色的木球又一次漂亮地進了門洞。

銅鑼哐噹地敲響。

高呼萬歲的聲音響徹了球場。

無涯仰著臉，汗水密密掛滿了額頭，如天神般俊美。

最終，藍隊只進了一球。皇帝率領的紅隊以四比一贏得了全場勝利。

看臺上的少女們瘋了似地跳起來高呼著萬歲。無涯燦爛的笑容刺激得薛錦煙將鞠杖直接扔了，拍馬就走，一張嬌俏小臉氣得通紅。

丟死人了！明明答應過只要得了頭籌就讓她贏的。還金口玉言呢！騙子！早知道輸得這麼慘，叫穆公子看自己笑話，她就不上場了。

無涯拍馬回帳，目光若有似無地往監生席裡瞥去，看到穆瀾正和一群穿藍色武士服的監生們圍在一處說話。那些傾慕的目光中沒有她的，贏了又如何？無涯垂下眼眸，先前的勝利與進球時的酣暢痛快消失殆盡。

她還在誤會他吧？

誤會是因為在意。無涯想到了這句話，臉上重新湧現出淺淺笑容。他下了馬，接過帕子擦汗。

春來邀功地笑著，「給穆公子安排的馬是那匹山茶。」

山茶有靈性，爆發力強，性子還柔馴。

她的功夫那麼好，馬術也應該不錯吧。無涯似乎已經看到穆瀾瀟灑進球的美麗畫面，他滿意地將帕子扔回盤中，氣定神閒地回了座。

第三十九章　活在謊言之中

上場的監生都是少年郎，武士服一上身，個個英姿勃發，散發著小白楊般的清新氣息，煞是整齊好看。不知是誰喊了聲許玉郎和譚公子擊鞠對戰，吸引了遊湖的小娘子們。

像是在地上撒了一把米，成群結隊的麻雀突地落在賽場四周。

那些新換上的豔麗春裳替賽場四周鑲了道繽紛色彩，小娘子們脆脆的、活潑的議論聲嘰喳響個不停。

「那位騎白馬的小公子好生俊俏！」

「那匹馬好漂亮啊！白馬藍衣，太美了！」

「天哪，我心跳好快，小公子衝我笑了！」

上場紅藍兩隊，唯有穆瀾的馬雪白不帶一絲雜毛，著實醒目。許玉堂和譚弈因著裝與眾人無異，反而不如穆瀾出彩。

禁軍臨時牽了馬過來，別人都分完了。輪到穆瀾，沒馬了。這匹馬是後來牽過來的，個頭矮小了一點兒，但長得太漂亮了，穆瀾歡喜地騎上了。

聽到議論聲，穆瀾很是得意地揚起下巴，「誰想和我換馬？騎上這匹馬，全場矚目啊，只要一百兩，有人想和我換馬不？」

許玉堂、靳擇海都以為她在開玩笑，不置可否。林一川卻知穆瀾又想趁機賺錢，忍俊不禁，「小穆，妳就不是做生意的料。這麼大聲嚷嚷，誰好意思和妳換？」

哪曉得林一鳴來了句，「我啊，我和妳換馬！」

穆瀾上下打量他一下，嘆了口氣道：「算了，這銀子我不掙了！」

林一鳴急了，「為什麼啊？」

穆瀾睨著他道：「一朵鮮花插牛糞上，慘不忍睹啊。」

眾人哈哈大笑。林一鳴氣結，盯著穆瀾想：你給我等著！

「別鬧了，記住我們的隊形。」許玉堂低聲說道：「小穆，你負責後防。我纏住譚弈，他們就輸定了！」

白色的木球被放在球場正中，鑼響聲起，兩隊人馬朝著木球飛馳而去。

幾乎所有人都在同一時間奔出，負責後防的穆瀾遲了半拍才催馬前奔，漂亮的小白馬嗖地衝了出去，她才眨了下眼已將藍隊甩出一個馬身的距離。

我去！這匹馬爆發力竟然這麼強？應該給負責進球的林一川騎才對呀。穆瀾禁不住暗暗叫苦。

藍隊的人目瞪口呆。林一川已叫了起來，「小穆，搶球！」

她第一個奔到場中木球前，對方的馬已近在眼前。箭在弦上，穆瀾盯著地上的木球，握緊鞠杖用力，鞠杖險險勾中木球的邊沿，球沒什麼力道往身後緩慢地滾了過去。她鬆了口氣，好歹沒有打空不是？她似乎摸到了怎麼用鞠杖的感覺。

球門有兩處，以進對方球門為勝。一般球隊都會自然地把球往對方的地界上打，然後想辦法進球。照理說，穆瀾搶到球後，就該帶著它往前衝，尋著機會擊向對方球門，她反而往後撥。

球恰巧滾到許玉堂的面前，他疑惑地想，難道穆瀾是想引得譚弈上鉤纏住自己？他朝林一川使了個眼神，接住球往前衝刺。

剎那間，兩隊人馬混在一起。

甲一班的主攻手緊盯著許玉堂，身邊的人去衝開許玉堂身旁人等的阻攔。對方的主攻手居然不是譚弈！甲三班的人愣了愣神，迅速擋住對方。

林一川覺得奇怪。譚弈在舉監生中武力值是最強的，他不是處處和許玉堂作對嗎？他為什麼不當主攻手？他不想搶頭籌的風光？

一騎從他眼中飛馳而去，林一川想看清楚是誰，眼前的人擋住他的視線。

木球在草地上被鞠杖撥來撥去。

許玉堂也發現了譚弈沒有擔任主攻手，他被圍堵在中間，對方黏得太死，林一川也被擠在當中脫不開身。情急之下，他看到了外圍的穆瀾，將球擊向她，「小穆！接球！」

「許三，好樣的！」譚弈微眯了眯眼睛，看著木球滾向穆瀾的方向。他狠狠用馬刺敲打著馬，馬如閃電般衝向穆瀾。

不知何時，林一鳴靠近穆瀾。

林一鳴是玩擊鞠的高手，像沒注意到穆瀾似的，拍馬去搶木球。他的半個馬身堵在穆瀾左側。

這時，譚弈的馬已經衝了過來。

兩匹馬將穆瀾夾在中間。

馬近了，譚弈側蹬俯下身體，伸出了鞠杖，看似去搶球，實則鞠杖朝著穆瀾那匹馬的腿狠狠揮下。在他的身體遮擋下，看臺上的人絕對看不到他的舉動。只要重擊馬腿，馬受驚讓她摔下來，他就能縱馬踩上去，穆瀾不死也會重傷。

「嘶嘶！」白馬如有靈性般察覺到危險，發出一聲長嘶。牠突然抬起前腿，幾乎直立起來。

場面頓時發生了轉折，譚弈一手抓著轡頭，半邊身體都探了下去。馬蹄落下，就會踩踏在他身上。

林一鳴嚇得大叫了聲：「譚兄小心！」

四周看臺響起陣陣驚呼，有人已經捂住眼睛，不敢看即將發生的慘劇。有人認出了譚弈，臉色頓時變了。看臺四周數道人影離群而出，禁軍中的高手徑直躍起衝向賽場。

馬蹄踏下只是眨眨眼皮的時間，顯然來不及了。

如果譚弈重傷或被馬踩死，會發生什麼事？重點是權傾朝野的司禮監掌印大太監、東廠督主譚誠，會怎麼看這件事。會認為是皇帝有心挑釁？會認為是朝中某些官員刻意針對？所有人都想像得到，那會是一場異常血腥的報復。

無涯霍然站起，雙眸深幽如潭。

在他看來，這場意外的重點只有一個。那就是譚弈如果被馬踩傷或踩死，譚誠要報復的人裡，穆瀾首當其衝。

這麼快，就要和東廠撕破臉了。

那又如何？不過是早晚的事。

無涯感慨著，在人們的目光注視下，坐了回去，鎮定如山。

頭頂籠罩著一片陰影，譚弈抬起頭時，看到馬揚蹄賁張的肌肉，堅實的鐵蹄像一張網罩住他。他瞳孔微縮，鬆手，落地。

然而連打滾避開都來不及了，他聽到自己急促的呼吸聲，聽到馬蹄夾雜著雷霆之勢朝自己落下。他抬起胳膊護住頭臉，閉上眼睛。

就在這剎那間，一隻手拉住他的腰帶，生生將他從馬蹄下拖了出來。

馬蹄擦著他的臉重重踏在地上，沉悶的聲響中，塵土飛濺而起。那聲響像踏在譚弈心上，令他恍惚起來。

穆瀾在馬直立而起時，已從馬背上躍起。她提起譚弈扔到他的馬上，漂亮地攀住轡頭，翻身重新上了馬。那匹馬踏下之後，意外地沒有受驚狂奔，安靜地站住了。

這幾個動作兔起鶻落般俐落，彷彿她一直坐在馬上，彷彿譚弈才騎著馬奔到她身邊，彷彿剛才什麼事情都沒有發生過。

「哇，好帥！」換過衣裳的薛錦煙看到了這一幕，崇拜得跳了起來，雙掌攏在嘴邊大喊道：「穆公子！奪頭籌！快搶球呀！」

譚弈還恍惚著，林一鳴還沒回過神，白色的木球靜靜地停在穆瀾眼前，對面紅藍兩支隊伍正拚命地奔馳而來。聽到薛錦煙的聲音，穆瀾幾乎是下意識揮了一杖。

那顆木球飛了起來，嗖地從人們的視線中飛向空中，消失不見。

滿場寂靜。

「搞什麼嘛！」薛錦煙失望地嘟起了嘴。

旁邊傳來一聲輕笑，她惱怒地轉過頭，看到無涯以拳堵著嘴，笑得渾身直顫。薛錦煙很自覺地替穆瀾辯解，「皇兄！穆公子是為了照顧那名險些被馬踩了的監生，故意不奪頭籌的。」

「哦，同窗受驚，沒有趁人之危進球，該賞！」無涯笑得更大聲了。他看出來了，穆瀾壓根就不會擊鞠。

球場上，兩隊人馬分別回隊，等著下一撥開鑼。兩馬交錯時，譚弈突然問穆瀾，「為什麼要救我？」

「你以為這是你死我活的戰場啊？擊鞠而已。」

望著穆瀾平靜的臉，譚弈心裡發堵。明明是想殺她，卻反而被她救了。譚弈心裡百般不是滋味，他驕傲地說道：「不要以為你故意擊飛了球，後面我就會讓著你。」

穆瀾笑了笑，騎馬歸了隊。

「救他做什麼？」林一川不滿地說道。

「你說呢？」

不救譚弈，譚誠能放過她？她還有事要辦，不是和東廠正面衝突的時候。

林一川也明白這個道理，只是遺憾。他「噗」的又笑了，「妳還是別碰球了，不然我們班非輸不可。」

「我去！沒準我就是天才！」穆瀾故意氣呼呼地別開臉，趁機悄悄看了眼看臺正中的大帳。

無涯一定也很緊張吧？萬一出了事，他想護著她，就會和譚誠正面相鬥了。

接下來的比賽，穆瀾小心地控著馬擔起後衛的職責。

譚弈再神勇，也是孤軍奮戰，舉監生們組的馬隊自然不是這群公子哥的對手，輸得悽慘無比。

圍觀的小娘子們興奮得解了荷包買了花往藍隊扔，賽場上花花綠綠一片。

甲三班得了十兩銀的賞，穆瀾救人有功得了雙份。人人高呼萬歲，連林一鳴和靳擇海都攬了肩膀變得親熱無比。蔡博士激動之下，拈斷了數根鬍鬚。譚弈臉色一直很平靜，看了穆瀾一眼，轉身走了。

紀典簿許了監生們在點卯時分回國子監，林一川高興地請甲三班所有人去會熙樓吃席面。眾人說笑著離開什剎海時，林一川突然發現身邊的小個子不是穆瀾。

薛錦煙不知從哪兒弄了件監生服換上，東張西望尋找著穆瀾。

看著她臉上未洗去的胭脂，林一川鄙夷地想：一眼就能瞧出妳是個丫頭，還學穆瀾扮男人？東施效顰！他涼涼地說道：「公主殿下跟著我們做什麼？在下沒打算請您吃飯。」

薛錦煙理都沒理他，「本宮還用得著你請客吃飯？看在穆公子面上，不和你計較。穆公子人呢？」

穆瀾去哪兒？林一川也沒有看到她。他下意識回頭望向什剎海，壓下了心裡的猜測與酸澀。

戌時，蓮池畔。她一定會來。

初夏的太陽剛沉進水裡不久，岸邊的垂柳倒映在湖面上的影子像極了深深淺淺的水墨畫。銀錠橋上行人提著燈籠經過，點點燈光投在水面上。深藍的夜空，桔色的燈光，搖曳的倒影構成了一幅極美的畫面。

穆瀾站在橋頭，心情卻沒那麼美好。她有點迷茫地望著橋上帶著歡顏的人們，他們是屬於那幅極美的畫面；而她，是湖裡那些深淺搖曳的樹影，終究只能藏於黑暗的孤單影子。

旁邊有位老漢放下了一副餛飩挑子，撥紅了炭火，大骨頭湯汩汩冒著泡，熱氣氤氳。

她有點餓了，隨意坐在擦拭乾淨的木桌旁道：「一碗餛飩，多放紫菜，加勺紅油！」

「老闆，來兩碗。一樣加料。」

垂下的眼簾掃到一襲淡青色綢衫，像一湖水在她眼前漾動。穆瀾抬眼，看到無涯脈脈含情的眼眸，頓時火冒三丈。

憑什麼你要用這樣的眼神來看我？

憑什麼？

就因為你是皇帝？

穆瀾清亮的眼神驀然變成了夜空中最清冷的星光，無涯裝著沒有看到，好奇地往鍋裡瞧，「聞著好香！」

裝什麼裝！穆瀾無聲地哼了聲，不再看他。

他已經有了核桃，將來還會有三宮六院。以為她就能很自然地接受？捅破了那層窗戶紙，還能和從前一樣？真能一樣，她何必扮成冰月，掩耳盜鈴？

無涯從筷筒中抽出兩雙筷子，穆瀾反應快，伸手從筷筒中抽出一雙筷子。無涯從來沒見過這般孩子氣的穆瀾，只覺得好笑。他沒說什麼，慢慢將一雙筷子放回去。

冒著熱氣的餛飩端了過來，雪白的餛飩皮、翠綠的香菜、深黑的紫菜、細碎的蝦米、綠白相間的蔥粒，紅油浮在湯麵上，像一粒粒珊瑚，瞧著令人食欲大開。

穆瀾埋頭開吃。

這是無涯第一次吃路邊的餛飩攤，他深深地吸了一口氣，真的很香。

遠處，春來急得團團轉，「秦剛，你確定賣餛飩的沒問題？」

如果有人投毒，如果吃出病來怎麼辦？

秦剛促狹地逗他，「那筒筷子也不知道多少人用過！」

「哎喲！真是要命！」春來想著就犯噁心。他踮起腳尖張望，看到無涯已經拿起筷子開吃了。

春來嘆了口氣。冰月姑娘已經進了宮，皇上依然對穆公子小意殷勤，念念不忘啊。

「老丈，你這餛飩味道很不錯！」無涯吃得鮮美，讚了句。

賣餛飩的老漢搓著手笑道：「公子喜歡就好。」

穆瀾已經吃完了，從荷包裡拿出十枚銅板放在桌上。

她正要站起身，無涯的手壓在她的手上，慢條斯理地吃著最後一個餛飩。

穆瀾冷笑，當她不敢甩開他的手嗎？

「我沒帶錢。」無涯不變的笑容裡有一絲尷尬，「妳幫我付帳可好？」

穆瀾甩開他的手，把臉扭到旁邊，卻沒再起身了。

「那匹馬叫山茶，送妳抵餛飩錢如何？」記得穆瀾很喜歡賺錢，無涯試探地問道。

「牠值多少錢？」

無涯心裡鬆了口氣，只要她肯和自己說話就好。他想了想道：「能賣上千兩吧。」

「我在國子監讀書不方便養，折成銀子回頭給我。」穆瀾本就是來赴約，也不矯情了，痛快地又摸了十文錢放在桌上。

湖水輕拍著岸，柳樹下的湖岸幽靜無人。吃過餛飩，兩人很有默契地踏上湖邊的小徑。

夜色已完全模糊了柳樹的倒影，零散的花燈出現在湖面上，隨波逐流。

看到花燈，穆瀾想起了林一川的邀約，她停住腳步，「約我前來，有何事？」

「我想見妳，朕卻又怕見妳。」

在國子監御書樓裡邂逅無涯時，他說：「我喜歡你，可是我不能喜歡你。」

他喜歡她，但他以為她是少年，所以不能喜歡。

現在他說「我想見妳」，是因為思念。他說「朕怕見到妳」，是因為捅破了那層窗戶紙。他是皇帝，她女扮男裝進國子監犯了殺頭的重罪。

穆瀾明白了，「不想讓我再待在國子監？」

「嗯。」

穆瀾的態度強硬起來，「要嘛你就戳穿我的身分，殺了我；要嘛，就當你不知情，我繼續留在國子監。」

無涯笑了。他背負著雙手望向湖面星星點點的花燈道：「妳是仗著我喜歡妳，才有這樣的底氣來威脅我？」

「你可以說不喜歡我，我就不能威脅你了不是？」

她是混江湖長大的啊。穆瀾內心悽惶著，厚著臉皮笑著，靠著樹折了片柳葉叼在嘴裡，一臉憊懶樣。

無涯驀然回轉身，惡狠狠地說道：「妳休想！妳休想讓我說不喜歡妳，然後心安理得地離開我！」

叼在嘴裡的柳葉被穆瀾吐掉，她笑嘻嘻地認了，「被看穿了呀，不說便不說。總之……當作了個夢吧。國子監我是待定了，等我辦完事，皇上再砍我的頭，行不？」

她笑得越燦爛越美，無涯的心就越疼。他伸手抱住穆瀾，低低地說道：「我怎麼會殺妳？不要說這樣的話。」

穆瀾閉上眼睛，他的氣息令她想睡過去。這是最後一次了，最後一次靠近。她這樣想著，推著他的胳膊變得痠軟無力。

「跟我回宮，我要娶妳，我只想娶妳。」無涯望著穆瀾的臉，認真地說道。

穆瀾只是笑著。

她是誰？她的母親是雜耍班，現在是京城一家不起眼的小麵館東家。哦，她不能再叫穆瀾，跟著父親姓邱吧。就算父親曾為官身，還是遭貶的罪臣。

她笑望著無涯。他在說笑話嗎？不，他在說夢話。她和他都作過同樣美麗的夢。只是她從夢裡醒來，他還未曾。

「不都說皇帝心繫江山社稷，往往身不由己。你咋沒這自覺呢？你想娶就能娶？好吧，就算你想娶，六宮只能有我一人，你行嗎？」

無涯想了想道：「現在我力量不夠，將來一定行。妳且等著我。」

他的認真讓穆瀾無語，她終於不再裝出一副笑臉，輕聲說道：「現在你不行，將來也不行。」

因為核桃？無涯了然。他沒有和穆瀾爭辯下去，轉開了話題，「核桃和我說，妳進國子監是為了查十年前科舉弊案。妳父邱明堂蒙冤蹊蹺上吊自盡，妳娘告訴妳，妳父親在國子監裡發現不是試題洩漏，是參考的監生無意中發現了試題。所以妳堅持留在國子監，是想找到這個證據？」

穆瀾平復著心情，靜靜地答道：「是，如果我找到證據，還請您還我父親一個公道。」

為了這個公道，她扮了十年男人。母親，已經魔怔了。

無涯的神情很奇怪，憐惜地望著她道：「妳在國子監察不到證據。因為，根本不存在那樣的證據。」

「你說什麼？」他的話像一聲驚雷，震得穆瀾不敢相信自己的耳朵。

無涯繼續說道：「我查過了，當年會試試題的確洩漏了出去。先帝寬厚，妳父親時任河南道監察御史，負責監管試題，因而被貶去了官職。賜死的只有拿試題謀私利的原國子監祭酒和買試題的監生。」

「不可能！」穆瀾下意識地出聲反對。老頭兒不會騙她。父親臨終前那晚醉酒時說的話，母親一個字都沒有忘記。

她記得清清楚楚，當時母親告訴她——

「妳爹比我高半頭，桌子上搭了把椅子站上去，他把脖子伸進繩圈，那腳尖堪堪能點到椅子。他那細瘦胳膊得費多大勁才能把自個兒的脖子伸進繩圈哪？說他跳起來把脖子伸進繩圈的吧，一個沒跳準，椅子就蹬掉了，那動靜哪能不驚動家裡人？」

母親說仵作匆匆填了屍格，覺得蹊蹺，抱著她逃了。路上住的客棧莫名起了火，母親抱著幼小的她去投奔外祖父。

「全死了。就那年冬天，我帶妳偷偷回娘家，一場大火把整條街都燒沒了。瀾兒，娘不傻，哪有這麼巧的事？這是有人察覺到妳爹找到線索，要斬草除根！」

父親的自盡和外祖家被燒成白地，難道這些都是假的嗎？

母親改名換姓行走江湖賣藝，她辛苦扮成男人學文習武，難道都是一個笑話？

穆瀾搖頭，「我不信！」

「我令錦衣衛查辦。五年前當初辦案的仵作已經過世了，大理寺辦理此案的官員也病死了，沒有人證。從卷宗上看，一如我所說。」

她看過大理寺的案宗，老頭兒親手給她的案宗，從大理寺抄錄來的。卷宗如有漏洞，她還用得著冒死進國子監？

還有那令她印象深刻至極的高高的房梁、上吊用的短繩子。

她已經在御書樓裡發現了陳瀚方古怪的拆書釘書，還有首輔胡牧山令禁軍謝百戶偷換書籍，國子監御書樓一定有問題。

「那份卷宗的抄錄本，我也看過。」穆瀾堅持著，「沒有任何漏洞。只有我母親聽到父親臨去前一晚醉酒時的話。我師父和母親都說我爹絕非自盡！」

無涯輕嘆道：「我查了先帝的〈起居注〉，裡面記錄了當年科舉弊案爆發時父皇的一言一行。其中有句話：『杜卿酒後失言，聽者有意，無罪卻有過。念卿聲名，卿以病辭官吧。』當年出題的人是妳師父杜之仙，他與原國子監祭酒是好友，酒後失言，洩漏了試題。父皇不忍苛責，掩下了此事。妳父親的確是冤枉的，為了杜之仙的名聲，只能讓他背了黑鍋，貶去官職。如果真是供奉於孔廟中的試題被洩漏，依律，邱明堂當斬。」

他的話讓穆瀾的臉瞬間白了。她睜著眼睛看著無涯，心裡已經信了。那是皇帝的〈起居注〉，不能隨便亂記的。〈起居注〉裡記下的是，科舉弊案後，先帝召見杜之仙，對他說的話。

無意中洩題的是師父杜之仙，聽到試題的原祭酒拿去賣給了監生，然後案發。父親給師父背了黑鍋，被貶了官。當年師父是文淵閣大學士，父親只是小小的七品監察御史，先帝想保護杜之仙，貶了監察御史的官並不算得什麼。

可是，老頭兒從來沒跟她說過這件事情。

不僅沒有說過，還跟她一個個分析，誰從科舉弊案中得到了好處，誰就是幕後的黑手。列出了升任祭酒的陳瀚方，升任禮部尚書的許德昭，新任內閣首輔的胡牧山，借弊案打壓官員、剪除異己的東廠。

當時她苦笑，一個來頭比一個大，哪個最容易下手？

老頭兒說，國子監祭酒陳瀚方。

母親後來說起那晚聽到父親的醉話，國子監御書樓有試題沒被洩漏的證據，和老頭兒的建議不謀而合。

於是，她進了國子監。

穆瀾想起一個問題，「是我師父求你讓我蒙恩蔭進國子監，還是你愛屋及烏賜我當監生？」

無涯坦白地告訴她，「當初我微服去揚州，目的是拜訪杜之仙，他請我照顧他唯一的關門弟子。」

一道酸意直衝進穆瀾眼底，她死死地忍住了。

老頭兒知道自己要死了，求林家庇護她，求皇帝照顧她；他臨死前都還在陽光下為她縫製衣裳。他這樣關心她，卻眼睜睜看著她冒著被人發現女扮男裝的危險進國子監。

他為什麼要在父親的案情上瞞著她？

如果無涯說的一切，先帝〈起居注〉裡寫的是真事，那麼，誰會去害死無辜的父親？誰會追殺她們母女？誰會把外祖家都燒成了白地？

穆瀾整個人都混亂了，她語無倫次地說著腦子裡深刻下來的那些事。

「房梁那樣高，他上吊的繩子不夠長。」

因而母親堅信父親不是自盡。

「母親記得那樣清楚，她甚至記得那晚為了安慰貶官的父親，親手做的菜。」

穆瀾喃喃回憶著，「一道醬肉絲、一道回鍋肉、一盤熗炒白菘、一碟油煎花生米。母親還特意去買了鐔劍南燒春。因為父親是四川人，愛喝家鄉酒。」

因為穆瀾，無涯不僅查了先帝〈起居注〉，順道把邱明堂的祖宗八代都查了。

他皺起了眉，「妳母親真是這樣說的？」

穆瀾有些木然地點了點頭。

「妳父親祖籍四川成都，三歲時隨父母遷居河北大名府，後父母雙亡，至死未再入蜀。」

聰明如穆瀾頓時明白了無涯的言下之意。一個三歲離開蜀地的人，怎麼可能愛吃家鄉菜、喝家鄉酒。

母親在騙她。

師父也在騙她。

為什麼？

無涯誠懇地說道：「穆瀾，國子監裡沒有妳父親說的那種證據。妳女扮男裝，萬一被人發現……我很擔心。妳先離開國子監，耐心等我。」

等我收回皇權，等我為妳恢復姓氏，等我風光娶妳。

可是穆瀾哪有心情去體會他眼裡的深情，她失魂落魄地看著湖面上漂蕩的花燈，往事瘋狂地湧進她腦中。

「我要回家。」她喃喃說道：「我要回去問母親，我要問問她。」

對，她要當面問母親，究竟是不是在騙她。為什麼要騙她？為什麼要她冒著砍頭的危險女扮男裝進國子監？

「借我一匹馬，我要最快的馬！」穆瀾提高聲量，清亮的眼裡燃著兩團火焰。

無涯憐惜地望著她，朝暗處打了個手勢。

秦剛親自過來了。

「把山茶給穆公子。」

這匹馬本來就是帶來想送她的。白色的山茶被牽了過來，溫順地站在穆瀾面前。穆瀾翻身上馬。黑色這樣濃，讓她看不清方向。

「那面錦衣衛的腰牌還在嗎？」穆瀾明白無涯的意思，有事就拿著腰牌去宮門禁軍找秦剛。他眼裡的關切這樣濃，濃到穆瀾不想再看，「我會弄清楚這件事。總之……謝謝你。」

白馬載著她像一道光消失在夜色中。

杜之仙騙了穆瀾，也許他不好開口，去世前借這件事，讓穆瀾去發現真相。可是穆瀾的母親為什麼也要騙她？難道他們不知道女扮男裝進國子監被發現的危險？他們為什麼要把穆瀾推進險地？

無涯悵然地望著她的背影，不知為何，他心裡總有些不安，「秦剛，你令人跟去看看。」

什剎海的湖面上花燈漂浮。

星光照在國子監的蓮池上，新抽的蓮葉亭亭玉立，幾朵白荷隱在葉間悄然怒放。

林一川想起了揚州白蓮塢，想起了白蓮塢旁凝花樓裡與穆瀾的初見，想起與穆瀾賭對方不敢親下去的那一幕。那時候，他怎麼就沒看出來她是位姑娘？想起穆瀾嘟起的嘴唇，他的心就滾燙火熱。

他坐在岸邊的石凳上，微笑地看著旁邊。石凳上放著兩盞荷花燈，他手心裡捏著一張紙條，這是他許下的心願。他會悄悄放在燈裡，看著花燈把願望帶給未知的神明，期許有一天能夠實現心願。

夜漸漸深了，戌時已過。

等的時間太長，長到林一川那顆滾燙的心漸漸冷卻。

他沉默地起身，將兩盞燈點亮放進水裡，在其中一盞裡放進了寫好的紙條，「杜先生，小穆有事來不了。您放心，我答應過您的事，會辦到的。」

花燈沒有漂遠，停在荷葉下，挨在了一起，像是一枝並蒂蓮。

林一川看了許久，手掌輕拍，一道水紋從平靜的湖面泛起，一盞燈被水波推著，漂進了湖心。

她都忘記了，何必勉強？落花有意，流水無情。她喜歡的從來不是他啊。林一川的臉色哭也似地難看。

「果然好功夫。本官果然眼力過人。」

聽到丁鈴那討嫌的聲音，林一川扯了扯嘴角，「丁大人眼力過人，身體恢復力也過人。當初被揍得像死狗一樣，這才幾天工夫，就能下床了？」

「喂！」丁鈴從暗處出來，摸著胸口的傷嘀咕道：「什麼叫被揍得像死狗一樣？本官想引那些人進京一鍋端了，怕斷了線索，這才沒下狠手。」

林一川心情不好，說話也不客氣，「在下覺得丁大人的綽號不該叫心秀，該叫臉皮厚。」

丁鈴呵呵笑著不還嘴了，在林一川身邊坐下，看到石凳上有個油紙包，很自然地拿過來，嗅了嗅，大喜過望，「會熙樓的蜜汁水晶膾！一川哪，你知道本官今晚會來？本官饞這口許久了。」說著打開油紙包，拈起一塊送進嘴裡，滿足無比。

「你的綽號該叫不要臉。吃吧，當本公子餵狗了！」林一川譏道。

他帶給穆瀾的，如今她不來，隨便誰吃都無所謂了。

丁鈴又往嘴裡塞了一塊，瞪著眼道：「你罵了我兩次了。好事不過三，再罵我跟你翻臉。」

「隨便。」

丁鈴看出林一川心情不好，哼了聲繼續大快朵頤，「本官這心秀之名又不是浪得虛名。你今天約了人是吧？約的人是穆瀾是吧？約著放花燈給杜之仙是吧？人沒來是吧？所以你心情不好是吧？」

連著幾句話說得林一川挑起了眉。

丁鈴用肘尖撞了撞他，「本官不白吃。想知道穆瀾為什麼沒來嗎？」

這事林一川不用想。擊鞠時，穆瀾望著無涯那光芒萬丈的模樣，口水都快淌到腳背了。他又不是瞎子。穆瀾現在一定在和無涯逛什剎海，放花燈吧？無涯那個死斷袖！有那麼多閨秀圍著還不知足，還要勾搭穆瀾這樣的少年。

林一川不接話，丁鈴卻偏要告訴他，「穆瀾回家了。」

「她回家了？她家出事了？」林一川霍然站起來，像黑夜似的心情瞬間煙火怒放，明媚一片。他順手將那包蜜汁水晶膾搶了過來，「給小穆留點兒。」

聽說人家是有事才沒來赴約，心情好了？心情好了為什麼不給他吃？丁鈴的小綠豆眼都快瞪出來了，「我最喜歡吃這個，平時哪有銀子去會熙樓？」

「去年林家給錦衣衛上供的銀子人人都分了錢，統領都是一千兩！」林一川鄙視地看著他道：「要名不要臉，還是隻鐵公雞！難怪二十來歲的人了還娶不到媳婦！」

丁鈴理直氣壯地說道：「為了娶媳婦，有錢當然要攢著，不能亂花。」

「我不和你爭。她家出什麼事了？」

丁鈴終於說起了正事，「就是不知道出什麼事了，所以才讓我來找你。錦衣衛在暗中盯著，容易被東廠察覺。你是暗探，又和穆瀾是同窗，這事找你辦比較合適。」

「盯著她家？出什麼事了？」

這是林一川第三次問「出了什麼事」，見他不問個究竟就不肯去，丁鈴又一次哀嘆，「老子找個下屬真是請了尊菩薩喲。林大公子、林大少爺，你懂不懂規矩？不該問的不能問，不該知道的就別探究竟。」

「我不懂規矩，腰牌還你。」

氣得丁鈴心口疼……是傷口疼。如果他傷好了，用得著找林一川？他只得簡單告訴林一川，穆瀾進國子監想查找為父親翻案的證據。

「奇怪吧？杜之仙居然騙了穆瀾，穆瀾的娘居然也騙他？這事太古怪了。皇上不放心，令錦衣衛盯著點兒。穆公子在皇上心中很重要啊。」

她還是和無涯放燈去了。但林一川此時再沒有先前的難過，嘿嘿笑道：「穆公子貼身保鏢的活，本公子接了。」

穆瀾若趕他，就是不遵聖旨。最好穆瀾煩死皇帝找人盯她，煩得想揍皇帝，他一定上前助拳幫忙。

林一川滿意了，「國子監要考勤，幫我開張病假條唄。」

還使喚上自己了？丁鈴正不滿意林一川的態度，卻見人「嗖」的跑了。他咬著牙道：「本官幫你弄假條，好歹留點兒吃食給本官當消夜也好……」

第四十章　六歲前的故事

一路馳騁，夜風已將穆瀾徹底吹清醒了。

設定無涯所查為真，那麼父親邱明堂的確是蒙冤被貶官。先帝貶了一個監察御史，保護了杜之仙酒後失言的過失。

如果父親並非自盡，滅口之人有兩個。一個是師父杜之仙，一個是先帝。

她相信老頭兒不會殺父親滅口。只是一次過失，先帝已經原諒了他，用不著填條人命遮掩。而先帝，已經貶了父親官，就不會再暗中派人殺父親，更用不著連外祖家都燒成白地。

所以，父親蒙冤後想不開，懸梁自盡是符合邏輯的。

那麼，母親為何咬定父親是他殺而非自盡？還提到了國子監御書樓？明知科舉弊案起因的師父隱瞞不說，還贊同了母親的推論，配合母親訓練自己扮男人，並向無涯懇求，請他把自己錄進了國子監。

老頭兒和母親都只有一個目的，讓她進國子監，讓她觀察御書樓。不顧她的生死，堅持讓她女扮男裝進國子監，只有一個目的。

穆瀾想起祭酒陳瀚方在御書樓中的古怪，首輔胡牧山盯著陳瀚方的動作，腦中漸漸明晰，浮現出對這件事情的猜測。

今天是端午，穆家麵館的生意入了夜還極好，外出遊玩放花燈的人花十五文就能吃上一海碗熱氣騰騰的臊子麵，實惠飽腹。

穆瀾牽著馬站在麵店門口，看到櫃檯上擺著竹籃裝的粽子。她微笑地想，還學會應節令賣小食了。這意味著穆家班的麵館已經慢慢站穩了腳，生意越來越好了。

「少東家！」幫忙跑腿的豆子瞅見了穆瀾和神俊至極的山茶，歡喜地從店裡跑出來，仰起小臉羨慕地看著山茶，「好漂亮的馬啊！」

「幫我牽到院裡去行嗎？」穆瀾溫柔地揉了揉豆子的臉，將韁繩遞給他。

「哎！」豆子興奮地牽著馬去了。

穆瀾心想，至少才幾歲的豆子完全不懂得母親和師父的世界。她走進店裡，一身監生服飾吸引著店裡客人們的注意，她徑直去了廚房。

有人好奇地詢問，周先生撥著算盤珠子，驕傲地答道：「這是我們少東家，他在國子監讀書。」

小麵館在眾人眼中頓時不一樣了。萬一穆家麵館的少東家將來發達了，說起來自己曾吃過穆家的麵，與有榮焉哪。

前堂一片喜樂，後廚湯氣升騰，忙得不可開交。

李教頭在揉麵，兩個小子、兩個丫頭在幫忙打下手。

穆胭脂俐落地拿著竹筷將麵條撥進竹笸籬中，手腕抖去多餘的湯水，倒在海碗中。一旁夥計抄起鐵勺舀起半勺肉臊澆在麵上，一托盤的麵就被端了出去。

「哎呀，妳怎麼回來了？穿成這樣進廚房來做什麼？趕緊回屋去。」穆胭脂看見穆瀾埋怨了聲，將麵條撈盡，在圍裙上擦了擦手，得了會兒空。

梁上懸著的燈籠被水氣蒸著，廚房裡的光線並不亮堂。穆胭脂的臉半隱在霧氣中，有點模糊。她穿著一件葛布短褂馬面裙，粗布圍裙下的腰有水桶粗。穆瀾覺得母親好像長胖了不少，臉已經團了，能看到雙下巴。

麵館不如走運河賣藝辛苦吧？還是自己進了國子監，發現了陳瀚方和胡牧山的異常，讓母親甚是舒心順暢？

「愣在這裡做什麼？煙熏火燎的。」穆胭脂又埋怨了句，見沒有再點麵的客人，解下圍裙讓一個丫頭看著煮麵，催促著穆瀾回房。

點起油燈，正屋東廂亮了起來。穆胭脂端了盤蒸好的粽子進來叫穆瀾吃，「今天粽子也賣得好，趁熱吃。」

穆瀾將粽子夾成兩半，又夾了一筷子，分成了四半。雪白糯米裡裹著團紅豆沙，香氣從裡面撲了出來。

這是她愛吃的紅豆沙餡，穆瀾吃了一塊，有點食不下嚥。

穆胭脂敏感地發現她的異樣，「怎麼了這是？」

「娘，您說替父親洗清冤屈後，我們離開京城去哪兒好？」穆瀾放下筷子，笑了起來。

她的笑容素來燦爛，能讓蓬蓽生輝。一笑之下，穆胭脂真驚了，「妳找到證據了？」

「那當然！您兒子我絕頂的聰明啊！」穆瀾興奮地靠近母親，低聲說道：「我回頭一琢磨吧，把書目索引拿來看了。果不其然，有幾本書是照位置擱放的，連在一起，正是當年那道會試試題。不知是哪個監生意外也發現這個巧合！監生們考之前都去柏桑樹下燒香。什麼求符的呀，掛狀元牌的啊，最信神佛。發現這樣的巧合，定以為是天意，於是事先做了題，結果就巧合上了。」

穆胭脂似乎被這突來的好消息震暈了，嘴脣翕動著，卻沒有開口。

穆瀾說完哈哈大笑，笑聲痛快至極，她神采飛揚地說道：「娘，我向國子監告了病假，回頭就藉口病重退學……」

「不行！」

脫口而出的阻止讓穆瀾心裡泛著陣陣酸意，她故作吃驚，「為什麼？我已經找到證據了。當務之急就是要從國子監趕緊脫身，然後恢復姓氏與女兒身，寫狀紙遞大理寺，求重審案情。這樣一來，那些暗中害父親和外祖家的仇人一定會浮出水面。我還留在國子監做什麼？萬一被揭穿身分，那可是要殺頭的！」

她的話又急又快，讓穆胭脂好一陣子才喃喃說道：「那書目索引妳弄到手了嗎？娘是擔心就這麼個東西，大理寺不認為是證據，不會重審當年的案子。妳退學，再想進國子監就難了。」

「可是父親當年在國子監裡也就發現了這個巧合，證明並非是試題洩漏。我留在國子監還能做什麼?那地方又危險。」

「國子監……有同窗啊!」穆胭脂像是找到了讓穆瀾留下的理由，嘴也俐落起來，「妳想想啊，咱們在京城無親無故的，和那些達官貴人又無交情，妳在國子監有同窗，有名望高的先生，有他們幫著咱們，大理寺總要顧忌幾分，說不定就能重審妳爹的案子。那些幕後的凶手來頭都不小，也不敢明裡去害國子監的監生不是?」

穆瀾笑看著母親，輕聲說道:「父親當年只有我一個女兒，那時候豈非人人都知道我是女扮男裝?誰會關心一個七品監察御史十年前是否冤死?人人最關心的是竟有女子膽大妄為進國子監當監生，禍亂朝綱。皇上下旨賜我監生身分，他的臉往哪擱啊?我這是欺君啊!

「人們會關心如何處死我出氣。是砍頭好呢，還是騎木驢遊街示眾好;是挨千刀碎剮解氣，還是腰斬示警?沒準來個剝皮揎草，立在那兒警示世人。娘就不擔心我的安危嗎?」

「娘怎麼會不擔心妳呢?娘只是……娘沒讀過書，沒想周全而已。」穆胭脂變了臉色，「退學的事也先別急，驟然找到了妳爹當年話裡的證據，接下來怎麼辦，咱們再細細商量。」

「娘，您沒讀過書，此事不如我想得周全。照我說的辦，準能給父親翻案!」穆瀾語氣堅定，從袖中拿出一張紙，推到母親面前，「您看，我已經把書目索引拿到手了!」

寫滿字的紙擺在穆胭脂面前。

她掃了一眼，驀然抬頭看向穆瀾。

穆瀾從炕邊蹭地站起了身，眼神悲涼，「看明白了？看清楚了？娘沒讀過書？沒讀過書您能看懂這張紙上寫的是父親和您的家世？沒讀過書您能看出它根本就不是什麼書目索引？」

穆胭脂挺直了腰，又慢慢地放鬆，氣定神閒地望著發飆的穆瀾。

「為什麼要騙我？為什麼要把我推進國子監？那是九死一生的險地！」穆瀾眼睛紅了，卻沒有淚。她捶著胸口，感覺到牛皮內甲的堅挺，嘶聲吼道：「十年！我容易嗎？您們就這樣聯手來騙我？您是我親娘嗎？」

穆胭脂似笑非笑，壓根沒被穆瀾的發飆嚇倒，「識得字就不是妳親娘？」一句話噎得穆瀾仰起頭來冷笑，「我的意思娘聽不明白？」

她不過是一時氣急才脫口而出。就像被父母教訓慘的小孩，總會想自己一定是被撿來的那種心態。她從來沒懷疑過穆胭脂不是自己的生母。

「我聽明白了。妳自幼聰慧過人，杜之仙將妳教得很好。」斜坐在炕上的穆胭脂眼裡掠過些許唏噓、感嘆，「妳先用找到了證據一事讓我吃驚，接著說退學不回國子監，讓我心亂，然後把如何翻案說得頭頭是道。如此這般，探出我仍然想讓妳待在國子監，證實了妳的疑心——我和杜之仙都騙了妳。為了讓我承認這件事情上騙了妳，再用假書名索引讓我暴露認字的破綻，緊接著妳順理成章地爆發，憤怒地質問於我。」

母親頭腦清醒而冷靜，將她一步步的試探分析得絲絲入扣。穆瀾怔忡地看著她，陌生的感覺油然而生，「既然您清楚我的每一步心思，那麼告訴我，父親是自盡的嗎？外祖家被燒成白地是真的嗎？當年會試的題目是師父酒後無意中洩漏出去的嗎？」

「這些不重要。妳其實想問的是，為什麼我和杜之仙要把妳送進國子監，對嗎？」

「是。」

「既然書目索引恰巧洩漏會試試題一說不存在，那麼讓妳進國子監要妳盯著御書樓，妳覺得是為什麼？」

「盯著御書樓，我發現了國子監祭酒陳瀚方夜裡拆書釘書，另有禁軍暗中將他動過的書悉數掉包，幕後之人是首輔胡牧山。」

穆瀾順著母親的話說完，驀然警醒。幾句話的工夫，母親竟然掌控了談話的主導權，把話題引偏了。

穆胭脂繼續說道：「陳瀚方要在書中找什麼？胡牧山為什麼要派人暗中盯著他？他們都想找的東西究竟是什麼？」

「關我屁事！」穆瀾粗魯地打斷了母親談話的節奏。

油燈將她的身影拉得極長投在窗戶上。穆瀾站著，穆胭脂坐著，母女倆隱隱形成分庭抗禮之勢。

沉默中，穆瀾先開口，「我的底氣好像更足一點兒，因為娘想讓我繼續待在國子監，不是嗎？」

穆胭脂淡淡地笑，「妳那好師父杜之仙想讓妳進國子監。師父有事，弟子服其勞。他悉心教導妳十年，送妳進國子監，也許為的就是御書樓裡的祕密。妳不想幫他找出來，讓他在地下安心？」

「這麼說來，娘是承認了國子監御書樓裡根本沒有父親說的所謂的證據？我進國子監完全是師父的心思布局？」

穆瀾不等母親開口，長長地舒了口氣。

「父仇不報，枉為人子。既然和我爹無關，就與我無關。老頭兒騙我犯險，我沒翻臉就不錯了，回頭燒紙錢給他的時候我會告訴他，我不怪他，他在地下也用不著對我愧疚。我在國子監沒有被人戳穿身分是我的福氣，我打算讓我的好運和好福氣一直繼續。娘現在開著麵館生意興隆，身體發福，我也不責怪您了。穆家班這麼多人陪著您，想來您也不寂寞，我走了。」

想和我談師親弟恭、母慈子孝，門都沒有！

不告訴我緣由，休想讓我再回國子監搏命！

穆瀾態度強硬。

穆胭脂的語氣依然平靜，「妳打算去哪兒？」

「我啊，尋個山清水秀的地方過舒心日子，將來遇到如意郎君便嫁之。您喜歡孫兒還是孫女？我可以考慮多生幾個。」穆瀾眼神中閃爍著對新生活的嚮往。想起輕鬆自在的生活，不用披著男人外袍，她笑得極為開心。

穆胭脂被穆瀾這眩目燦爛的笑容擊潰了心防，她搭在膝上的手不自覺地捏成拳。她就知道，穆瀾並不好掌控。她緩緩開口道：「還有一個問題。」

「哦？」穆瀾笑著，神經已經繃得緊了。母親和師父為何要聯手騙她，她其實好奇得要命。她不過是用「我不玩了」這種無賴手段來威脅母親罷了。

「妳說得沒錯啊，我不是妳親娘。」穆胭脂的語氣就像是在說「今天的粽子味道不錯，妳多吃點兒」。

自然的神態、輕鬆的話語，於穆瀾處，卻如驚雷。

穆瀾的笑容僵了僵。她是鐵口神斷嗎？

「真的？」

穆胭脂點頭，「真的。」

穆瀾攤了攤手，不知道說什麼才好了。

穆胭脂不是她的親娘，邱明堂是她親爹嗎？

她不是她的親娘，所以就捨得讓她去死嗎？養隻貓狗養了十年也會捨不得吧？在母親心裡，她算什麼呢？

是站著說話太累了吧？穆瀾有點腿軟，順勢在炕上又坐了下來。她嘲弄地說道：「撿來的、抱來的，還是像穆家班的小子、丫頭一樣買來的？都無所謂了。您沒生我也養大了我，我會賺銀子供奉您，給您養老送終。」

沒有大吵大鬧，沒有傷心大哭，穆瀾很平靜的接受讓穆胭脂感到意外。她搖了搖頭。穆瀾並非普通養在深閨的姑娘，也並非穆家班那些沒讀過書的普通小子，不能以常理猜度。

周先生常來東廂算帳，炕桌抽屜裡常備筆墨。穆胭脂拉開小抽屜，拿出墨盒和紙，潤了潤筆開寫。

第一次看到穆胭脂寫字，這一刻，穆瀾突然想起了她煮茶那一幕，神態端莊、姿態優雅。墨字在白紙上顯現，就像是在她眼前上演一齣戲法。這齣戲法把老頭兒變成了騙子，把母親變沒了。

「妳家的地址，拿去吧。」穆胭脂的神態自然而鎮定。

白紙上寫著八個字：大時雍坊，松樹胡同。

字是衛夫人簪花小楷，字跡清婉秀潤。

「胡同盡頭有棵大松樹那家。」

穆瀾望著她，「您真的不給我解釋？」

都被我戳穿了，還不想和我解釋，您的底氣來自於哪兒？

穆胭脂目光平靜，「我說什麼，妳還會相信嗎？等妳願意相信我時，再來問我吧。」

母親想讓自己看什麼？相信什麼呢？真是厲害，不動聲色間就又掌控了局面，將自己引到另一處地方。而她，沒有選擇，只能去。穆瀾站起了身，頭也不回地出去了。

林一川趕到穆家時，正看到穆瀾騎著那匹神俊的白馬離開。

白馬山茶載著穆瀾奔進夜色中，快得像一道閃電。林一川無奈，只得跟著追了過去。

大時雍坊靠近皇城，住著不少朝中官員。街道整齊，院牆後多是深宅大院。到了松樹胡同，穆瀾遲疑地停在胡同口。

夜色中，胡同裡的人家掛起的紅色燈籠猶未熄滅。胡同幽深，紅色的燈籠像伸到了天盡頭，一眼望不到底。

她的心情並沒有表現出來的那樣冷靜，也沒有奔到胡同盡頭一探究竟的急切，反而有一絲猶豫與徬徨。

就像當初聽說自己的父親叫邱明堂，她沒有對他生出熟悉親切的感覺一樣。穆胭脂給的這個地址，也沒能讓穆瀾對胡同盡頭的那戶人家生出感情。

「終究不是親娘啊。」她喃喃自語著，清亮眼眸裡浮現出隱隱痛楚。

連母親都沒了，她就是地上這抹孤單的影子。

一瞬間穆瀾便決定了，悄悄去胡同盡頭看一眼。不論那戶人家過的什麼生活，看一眼就行了。

白馬太過打眼，穆瀾轉身騎著馬在坊內尋了家車馬行寄存了馬匹。她打量了下自己，這身監生服也很醒目，她又去了家成衣鋪子，出來時，已換上一身皂色深衣。

林一川跟在她身後，默默地注視著她寄馬換衣的舉動，好奇地想大時雍坊緊鄰皇城，穆瀾夜裡趕來去拜訪哪位官員嗎？

再走回到松樹胡同，穆瀾在胡同口的松樹下站了站，堅定地走進去。

母親說：「妳家的地址。」

母親說，她的家就在胡同最深處。

松樹胡同沉浸在安詳的氛圍中，經過的人家都有著整齊開闊的門楣。她甚至看到有戶人家擁有爵位，大門口砌著兩級臺階。那戶人家定也是官宦人家，她會看到怎樣的一家人？

今天是端午節，那戶人家的門口也會掛著喜慶的紅色燈籠吧？也許她會看到一家人聚在一起吃粽子、五毒餅。席間有嚴肅的父親、溫婉的母親、白髮蒼蒼的祖父母。兄長弟妹承歡膝下，家中的僕人臉上帶著溫和滿足的笑容……

也許自己是那戶人家的私生女，主人與奴婢所生的婢生女，凶狠嫉妒的大婦於是將她悄悄送掉了。

穆瀾走進了胡同，像是走向一個未知處。

林一川悄悄跟在她身後，看著她時而隱於黑暗中，時而被路邊人家簷下的燈籠映出身影來，她的背影挺拔而孤單。離得那麼遠，林一川也能感覺到她的孤單悲涼。他想快走幾步追上她，又怕打擾了她。

兩個人沉默地行走在悠長的胡同裡，漸漸的，腳步放得一致，連呼吸的頻率都變得一樣。

穆瀾沒有發現身後跟著的林一川，她的心亂了，就失去了小梅初綻無聲聽音的境界。

她沉浸在亂糟糟的思維中，木訥地前行。

直到走到了胡同盡頭。

黑暗中，胡同盡頭佇立著一間宅子。穆瀾沒有抬頭看門楣，而是迅速轉過了身，朝著來時的胡同走回去。

近鄉情更怯。

她不知道身後那間宅子裡等待自己的是怎樣的場景，她莫名的膽怯，竟連抬頭看一眼門楣的勇氣都沒有。

松樹胡同裡種著很多樹，好些人家門口都有兩株不知種了多少年的老松。林一川在穆瀾轉身行來時，躍到一株松樹上。

穆瀾的舉動讓他覺得怪異。她從樹下經過，燈籠的光映亮了她的臉，她的眉間彷彿籠著一團散不開的烏雲。她猶豫著沒有去那戶人家，是什麼讓素來清醒果決的穆瀾變成這樣？林一川若有所思地望向胡同盡頭。

穆瀾走到松樹胡同口，大街上人來人往，鋪子開著門，生意紅火。她像是站在一條分界線上，前面是熱鬧的、喧囂的、充滿生活氣息的世界，身後安靜無人的胡同令她心悸。

來都來了，不管穆胭脂想讓她看什麼，她總要看一眼的。

穆瀾也感到奇怪，為何她走到胡同盡頭，連抬頭看一眼那間宅子的門楣都生不出勇氣？

「也許，又是一場引我入觳的騙局吧。」

她喃喃自語著，眼神漸漸從迷茫變得堅定。她轉過身，朝著胡同盡頭大步走去。

腳下的青石板路到了盡頭，一道門檻出現在眼中。

穆瀾霍地抬起頭。

星光灑在院牆上，灑在黑漆門臉上，將門洞上的雜草染上一層銀色的清輝。蓋著刑部大理寺官印的封條已被風雨浸潤得模糊不清，只剩下小半條貼在門上。泛黃破碎的紙刺痛了穆瀾的眼睛，她吃驚地微張著嘴。

想像中的一切都不如眼睛看到的真實啊。

她的警覺在看到門上破敗的封條時，回來了。

四周安靜無聲，穆瀾確定無人跟蹤，腳尖點地，身影如同一隻小小的黑鳥翻過了院牆。

這是一座典型的北方四合院。

照壁後的院子呈正方形。三間正房，兩側廂房。剛入夏，院子裡的枯草煥發了勃勃生機，茂密得遮住了道路，一路向廂房、正房生長。門窗破敗，露出一個個黑洞。藉著淡淡的星光，能看到屋裡的叢叢野草。

哪怕能看到那家人好好的，她也心安了。這算什麼呢？一座被抄封掉的府邸，裡面的人還有活著的嗎？終於進到這裡，找到了原來的家，卻突然發現她在這世上依然是孤零零的一個人。望著眼前這一片殘破景象，穆瀾一屁股坐在地上哭了起來。

她沒有哭出聲，只聽到陣陣吸鼻子的聲音。

連哭也這般隱忍。林一川心裡微酸，再也忍不住，從角落裡走出來。

直到林一川到了面前，穆瀾才發現他。她下意識地抬頭，清亮的眼裡充滿戒備。

林一川蹲下身，微笑著，「不是故意跟蹤妳。我就猜妳可能家裡有急事未來赴約，所以趕去看能不能幫上忙。剛到穆家，就見妳騎馬離開。」

「對不起，我忘了。」穆瀾低下頭，散去了戒備。

低頭的瞬間，一滴淚從她臉上滑落。

林一川伸出手，接住了那滴淚。他攥緊了掌心，冰涼的淚滴剎那間將他的心燙熱了。他將穆瀾從地上拉起來，認真地說道：「小穆，妳想哭我借肩給妳。妳怕被人聽見，誰敢聽，我就割了他的耳朵。」

「噗嗤！」穆瀾笑了。她吸了吸鼻子，眼淚卻沒忍住，撲簌往下掉。

林一川正想說什麼，被穆瀾推著轉過了身。她的頭就抵在他背上，嗚咽的聲音像受傷的小狗。

「我娘說，她不是我娘。」

「老頭兒騙我，他居然騙我。」

「我娘說這裡才是我家。這是我的家嗎？我是誰？」

斷斷續續的聲音聽得林一川心酸不已，他很想回轉身抱著她，卻最終沒有動。

他靜靜地站著，任由她的眼淚浸溼了他的後背。

屋脊的暗影中，面具人幾與黑暗融為一體。

星光沐浴著站在野草叢中的兩人，風裡傳來若有似無的哽咽聲。面具後的雙眼有一瞬間變得黯然，只是一瞬，又重新恢復了清冷。他悄悄遁入黑暗。

穆瀾的額頭抵在林一川後背，她分外感激林一川沒有轉過身來。

哪怕嚮往著做個普通女子，穆胭脂的白髮與眼淚都支撐著穆瀾堅持下去。突然之間，這個精神支柱說垮就垮了。她不是穆胭脂的親女，穆胭脂在利用她，這讓穆瀾在情感上難以接受。

還有師父。

杜之仙對她而言，更像是一個慈愛的父親，穆瀾更接受不了他的欺騙和利用。她不相信。

她哭夠了，心裡燃起熊熊鬥志。她一定要揭開重重迷霧背後的真相。

屬於女人的懦弱和眼淚傾瀉之後，穆瀾的心好像結了層殼，慢慢冷靜下來。她擦乾淨臉，抬起拳頭不輕不重地捶了下林一川，像男人之間表達謝意那種親暱，「謝啦。」

其實他更願意穆瀾柔弱下去，他願意轉過身，把他的懷抱給她。

今天，她靠著他的背，願意依靠在他懷裡的日子還遠嗎？

林一川笑著轉過身，故意打趣她，「男子漢大丈夫，流血不流淚。平時妳小子像蚱蜢似地蹦躂得歡，真沒想到妳還喜歡一個人躲起來哭哭啼啼。」

「咗！男兒有淚不輕彈，只是未到傷心處。懂嗎？」穆瀾知道林一川是在調侃自己，嘴裡不服輸地說道：「我不信你沒哭過！我賭一百兩！」

「拿錢來！」林一川馬上伸出手。

她才不信！穆瀾鄙視地翻了個白眼。

「我真沒哭過。」林一川得意洋洋地說道：「我是誰？堂堂揚州首富家的大少爺。我爹就我一個，要星星摘不了，都會用銀錠打一個來哄我開心。誰像妳呀，連爹娘是誰都不知道。」

也是慢慢地了解穆瀾的性子，林一川才敢這樣激她。

果然，穆瀾的鬥志轟地燒了起來，眼裡最後那絲柔弱消失得乾乾淨淨，「沒爹娘我就不活啦？我偏要活得開開心心的！走，進去瞧瞧，沒準我還真能想起點兒什麼來。你觀察細緻入微，幫我好好想想。」

他真是愛極了這樣的穆瀾。林一川大笑，「好。」

跟在穆瀾身後撥開院子裡的野草走向後院，林一川敏感地聽出了穆瀾話裡的異樣，開口問道：「什麼叫想起來？妳失憶了？」

穆瀾沒有瞞他，「我以前沒當回事，也沒仔細去想過，現在覺得有問題。我好像只有六歲以後的記憶。六歲的小孩應該記事了，我六歲以前的記憶有點模糊。」

「我記得我三歲時會撥簡單的算盤，我爹高興地給我打了個小巧的金算盤。五歲啟蒙，能背下《三字經》和《詩百首》。同年我就開始跟著武師父習武。妳這麼聰明，應該記得六歲前的一些事。」林一川也覺得穆瀾有問題，他隨口說道：「那就是十年前的記憶有了缺失。」

十年前。

為什麼她遇到的事情都集中在十年前？

這個問題已經不止出現過一次。她以前從來沒想過十年前先帝過世，朝野動盪跟自己有什麼關係。

凝花樓冒死刺殺東廠朴銀鷹的蔣藍衣，十年前被母親所救、抱病還鄉的杜之仙，十年前被收養的自己，連引她進國子監的邱明堂案也是發生在十年前。

穆瀾停住腳步。

核桃被送進宮中那天晚上，面具師父出面阻攔她。他說——

「十年前妳尚小，妳從未謀面的父親在妳眼中只是一個稱謂。妳記不得家族滿門被血洗的痛，所以妳無恨。」

母親說，這裡是她從前的家。

大門上殘破的封條、野草叢生的院落……穆瀾生生打了個激靈。

滿門被血洗嗎？

因為她忘記了，所以無恨？

她腳尖一點，踏著茂密的野草，躍上正房的樓頂。

林一川輕輕落在她身邊，「妳想起什麼了？」

穆瀾搖了搖頭。

今夜無月，滿天的繁星落下一層清輝。居高臨下望出去，被雜樹野草包圍的廢棄宅子並不小，三進帶著跨院的大宅，後面好像還有一座花園。穆瀾看到花園裡的池塘，水面被星光映著，像一面鏡子。

「天亮再到房間裡看吧。去後花園。」

兩人施展輕功踏著屋脊行走，很快的來到通向後花園的月洞門處。

半邊門板歪倒在一側，在植物與泥土的包裹中爛成了朽木。林一川瞥了眼道：

「如果真是十年前發生的事情，看這些木頭的腐爛程度也差不多有這樣長的時間。小穆，妳別太著急。這麼大間宅子立在這裡，門口還有封條，並不難查到它的主人。」

「嗯。」穆瀾深吸了一口氣，神情變得奇怪，「你聞到了沒有？」

「沒什麼特別。」林一川嗅了嗅。園子裡的花木早與藤蔓長到一起，植物茂盛，他只嗅到了清新的空氣。

穆瀾繞過花木，看到了池塘。塘邊平地上的草長勢喜人，她低頭拔出一棵，「這是川芎。」

她嗅到的是藥香，「這裡不是花園，是藥園，種的都是藥材。」腦中突然就閃過幼時杜之仙問她的話。

「妳怎麼認識川芎？」

「一聞就知道了嘛。」

「再聞聞這個？」

「哎呀，師父，瀾兒又不是小狗。」

「再想想，在哪兒聞到過？」

「藥鋪嘛。娘熬過這種藥。」

「我不是在藥鋪裡聞過，不是母親熬藥時聞過。我在這裡見過、聞過。」穆瀾愣愣地望著手裡的川芎自言自語道：「從前我一直以為自己有天賦，能輕易辨識很多種藥材。原來不是天賦，是我六歲前就應該學過辨識藥材。」

她茫然地朝四周走去，她記不起來，卻有種直覺，「是我種的。這片川芎是我親手種的。」

林一川沒有說話，生怕驚醒了她，打斷她的回憶。

穆瀾突然朝一個方向跑去，野草嘩啦啦地被她踩在腳下，她繞過一叢灌木，走到後院一排小屋前，「這裡晒著很多藥。」

三間低矮的平房破敗不堪，藤蔓與野草覆蓋了屋前的空地。林一川撥開一叢藤蔓，看到掩在下面的竹簸箕。他抬頭看穆瀾，「對，這裡是晒藥的地方。妳想起來了？」

「沒有，我只是直覺，我就是知道。」穆瀾眼神迷茫。她能知道，卻依然想不起自己在這座宅子裡生活過。

「天太黑了。也許天明之後，妳看到更多，就能想起來。天明後，我們先去打聽宅子的主人。」

穆瀾遲疑了下問道：「我請了病假。你怎麼辦？」

林一川眨了眨眼道：「我來找妳，怕誤了點卯又被紀典簿盯上，也請了病假。」

無涯會幫她，錦衣衛會幫林一川吧。林一川不過多解釋，穆瀾也就不問了。

星光從沒有了窗的窗戶裡照進來，尚未被野草占據的廂房空地上鋪了一件外袍。這是林一川的外袍。他穿著一件緊身箭袖衣與穆瀾坐在他的外袍上。

「人過留聲，鳥過有痕。」

留在宅子裡過夜是林一川的意思。

「既然我倆都請了假。宅子頹敗成這樣，想來也不會有人跑來遊玩。總比大白天我倆進宅子探看方便。」

這也是林一川的分析。

穆瀾偏過臉看他，星光在他臉上灑下淡淡清輝，俊美的臉在清輝中多了一絲成熟沉穩的韻味。穆瀾像看到了另一個林一川。

夜色漸沉，廢宅子裡偶爾能聽到幾聲蛐蛐的鳴叫聲。

穆瀾和林一川並肩坐著，望著窗外隨晚風搖曳的青草，極自然地聊天打發著漫長的時間。

先開口的還是林一川。或許他覺得在這樣的夜晚，穆瀾的心情很糟糕，而他是個男人，對方是他心儀的姑娘，他有義務開解她。

話一開口卻有點沉重，「杜先生上次救活我爹後說過，他最多還有兩年壽命。」

穆瀾不知如何安慰他。

事實如此，天命難改。林一川也只是想傾訴一番，藏在心底的話不知不覺就說了出來，「來國子監不是我的主意。雖然我爹說服了我，其實也不是他說服我，也許是梁信鷗逼我宰了家裡那兩條老龍魚，讓我對權勢生出一種渴求。東廠有權，所以一個大檔頭也有囂張的本錢。我爹說，趁他還有兩年命，讓我到京城國子監混個資格，將來出仕為官，林家就不必總看官家臉色。」

林大老爺當初說服林一川時，還說了一點。讓林一川到京城，假假地扮個人質，吸引東廠的注意，他會暗中轉移林家的產業。

「你後悔了？」

林一川從青石板縫中折了根草葉，有點煩躁地打起了結，「當時被梁信鷗刺激到了。從上船離開揚州起，我就後悔。我爹還有兩年可活，我居然就混帳地被他繞暈了頭收拾包袱走了。」

長而韌的草葉被他打成一個亂七八糟的結，像他的心結。

今天穆瀾來到廢宅尋親，卻失去了記憶。她的痛苦刺激到林一川，他開始反省。為了將來出仕謀官、混跡官場謀取權力，家中老父時日不多，孰重孰輕？到了國子監，他開始與梁信鷗好言歡談，暗中又為錦衣衛效力。家中的產業在他的安排下、父親的配合下，在暗中轉移，如暗中運進錦衣衛衙門的錢，如悄悄成為山西通海錢莊的大股東。

「……一切都很順利。錦衣衛給了我幫助，家裡的產業在不知不覺地轉移。但每天太陽升起，就意味著父親的命又少了一天。」自從親眼看到穆瀾在竹溪里擊殺東廠所扮的黑衣人後，林一川就開始信任穆瀾。東廠的敵人是朋友，更何況她是他心儀的姑娘。穆瀾對他有戒備，林一川就不能對她戒備。他願意先敞開心胸，讓她也信任自己。

「小穆，換成是我，妳會怎麼做？」

林一川的坦白讓穆瀾措手不及。

信任意味著責任。

他眼裡的神色讓她難以迴避，她苦笑道：「你也有這麼多煩惱啊！」

「妳快說！換妳會怎麼辦？」林一川哪肯讓穆瀾推脫撒手，不滿地抱怨道：「小穆，我當妳是朋友。」

穆瀾翻了個白眼道：「你已經有了選擇，還問我做什麼？」

林一川悄悄看她，「如果我只是個商人，還是塊被強者虎視眈眈的肥肉，妳會不會嫌棄我無能？」

「大公子，我也有很多朋友，我那些朋友揮汗如雨只求圖個溫飽。何不食肉糜？」

言下之意是：你好歹是揚州首富家的公子，比起穆家班裡的人來說，你這情形也能稱之為無能？

比起無涯，他可不就是沒有權力嗎？奉旨當保鏢，替情敵保護心愛的姑娘。林一川心裡極不是滋味，固執地想要一個答案，「回揚州或許我只是個普通的商人，妳會不會嫌棄我？」

如果不是怕驚走穆瀾，從此不能這樣待在她身邊，林一川真的很想問她一句：除了權勢，我哪點比不上無涯？

穆瀾當然不明白他話裡隱藏的心意，奇怪地看著他道：「誰規定只能和強者做朋友來著？」

誰想和妳做朋友？林一川眼珠轉了轉，設了個圈套，「其實我是想問，如果妳是女子，妳會不會嫌棄……我這種對東廠、錦衣衛或有權的高官奉迎拍馬屁只求自保的傢伙？」

穆瀾嗤笑著拍了拍他的肩，「林大公子，相信你只要站大街上吼一聲：『吾乃揚州首富之子，誰肯嫁我？』保管你能體驗一把萬人空巷，羞殺衛玠。有財有貌，你還擔心娶不到媳婦？」

「妳若是女子，我保管娶妳。」林一川說完，像打了一場硬仗，背心的汗都淌了出來。

穆瀾飛快地瞟了他一眼，哈哈笑了起來，「我要有個妹妹，就讓她嫁你。」

林一川不再糾纏這個問題，「小穆，妳當真記不起幼時的自己？」

「我娘……她這次倒沒有騙我。我想不起來，但我對這裡有種直覺的熟悉。」

穆瀾想起離家前穆胭脂的話，她一句解釋都沒有，甚至沒有再提起邱明堂這個人。她在等自己想起什麼。她就那麼肯定，自己還會再相信她？

「也許到天明，在屋裡看看，真能再想起點兒什麼吧。」

林一川也做了決定，「等妳恢復記憶，我再去辦休學回揚州陪我爹。」

他還年輕，對付東廠有的是時間，也不急這兩年。但父親走了，就是永別。

穆瀾想起他剛才說的林家成了通海錢莊的大股東，終於想起一件事來，「侯慶之自盡之前與我吃了最後一餐飯。他給了我一枚印章。他平時在通海錢莊存錢，你看這個是不是錢莊存物的印鑑？」

玉貔貅底部是枚小印，林一川收進荷包裡，「我去查。」

穆瀾交出這件物事，輕鬆不少，她打了個呵欠靠在柱子上，「睬會兒吧。」

林一川把頭靠在她肩上。

穆瀾的手指停在他腦門上，正要將他推開時，林一川極自然地說道：「柱子好髒。」

他借了他的後背讓她靠著哭，地上還鋪著他的外袍。穆瀾收回手指，抄抱著胳臂閉上眼睛，沒有看到林一川嘴角往上翹了起來。

星光從窗戶、門口照在相依睡去的兩人身上，分外靜謐美好。

風吹動草葉，喜歡在夜色裡出沒的小動物弄出細碎的聲響。

穆瀾迷迷糊糊間聽到了聲響。

她像是站在一處黑暗的地方，悄悄推開一道門縫往外看，光亮從縫隙透進來，外面站著一個女人。這個女人穿著青色繡藍色蝙蝠花紋的繡鞋，一條褐色的馬面裙。

「姑娘，您在書房嗎？老爺要回來了！姑娘！」

穆瀾捂住自己的嘴。

沒有聽到回應，女人停下來四處張望了下，又扭身走了。行走間，身上的繭綢裙摩擦著發出窸窸窣窣的響聲。

穆瀾悄悄合上那道門，黑暗蒙住她的眼睛。

她繼續沉睡著。

林一川不知何時已睜開了眼睛，他看到穆瀾抱緊雙臂，蹙緊了眉。他的身體悄悄往上挪著，直到坐得筆挺。他試探地伸手，手指慢慢搭在穆瀾肩頭。他的動作如此小心，挨到穆瀾肩頭時才長長地吁了口氣。手指輕輕用了點兒力，穆瀾靠著木柱的腦袋往旁邊偏了偏，他滿意地將肩送上去。

感覺她腦袋的重量壓在自己肩頭，林一川閉上眼睛，嘴角悄然咧開，綻放出明朗的笑容。

她的臉漸漸埋在他胸前。

穆瀾覺得好悶，於黑暗中醒來。她怔忡著不知身在何處，手往外推，又推開了一道縫隙，突如其來的光亮耀得她伸手蓋住眼睛。

光亮處出現一個男人，他背對著穆瀾，不知在做什麼。

穆瀾下意識地想出去。

這時外面響起雜亂的腳步聲，男人站了起來。

光亮裡的世界變成一片赤紅。穆瀾擦了把臉，看到男人瞪著眼睛看著自己。她一動不動地望著他，身體突然動彈不得。她掙扎著，想動一動，想喊叫，急得滿頭是汗。

「小穆，小穆！」林一川捧起她的臉搖晃著。

穆瀾驀地睜開眼睛，愣愣地望著林一川，眼淚刷地就掉下來。她睜著雙眼，那些淚像泉湧一般。

「小穆，怎麼了？作惡夢了？」林一川叫了她兩聲，見她只瞪著自己落淚，一時急得不知所措，將她抱進懷裡，「沒事了，天快亮了。」

良久，懷裡傳來穆瀾木然的聲音，「他是我爹，他最疼愛我……」

林一川愣了愣，鬆了口氣。她是想起什麼了。

這只是一種直覺。穆瀾並不認得夢裡那個倒在血泊裡的中年男人，但她直覺地知道，那是父親，最疼愛她的父親。

最愛她的人，她卻不認得，這個發現令穆瀾心碎。她努力想回憶起更多，腦子裡卻只有父親最後瞪著眼睛的畫面。她抬起臉看著林一川，眼神絕望至極，「我夢到父親了，我卻不認得他。他死了，他死的時候瞪著眼睛看著我！我在做什麼？我就眼睜睜地看著父親死在我面前嗎？」

「那時候妳才幾歲？妳以為妳生來就是武功絕頂的高手？」林一川從來沒有看過這樣無助的穆瀾，他暗暗輕嘆，她終究只是個十六歲的小姑娘。他展露笑容，試圖轉移穆瀾的注意力，讓她從惡夢中清醒，「穆大俠，妳賴在我懷裡一整晚，妳還打算趴在我身上多久？」

賴在他懷裡一整晚？穆瀾驀然發現自己的手按在他胸口，整個人可不是趴在他懷裡？這姿勢真丟人……她眨著眼睛，眉梢漸漸揚起。

林一川看著她的眼神閃爍，心道總算從那夢裡清醒過來了。他也沒打算放過她，「在想怎麼嘲諷本公子好讓自己顯得沒那麼尷尬？」

被他說中心思，穆瀾惱羞成怒，一把推開他站起來，下巴一揚，「誰賴你懷裡了？不過是睡著了，以為身邊有個枕頭罷了。」

林一川慢吞吞地站起來，「哦。」

他就「哦」了一個字，也不多說，氣得穆瀾額頭青筋直跳，「你再胡說八道，當心我閹了你！」

「清醒了就出去看看吧。天亮了。」

林一川說完也不瞧她，逕自出了門，在晨曦裡伸了一個大大的懶腰。

他肩膀被撞了下，穆瀾氣呼呼地越過他進了院子，還不忘甩他一個白眼。

她真可愛！林一川忍不住翹起嘴脣。

薄薄的晨曦照亮了天地，這間大宅的正院清晰地出現在兩人面前。

白天這間院子看起來並沒有夜晚那樣頹敗，院子裡的野草順著青石板縫隙生長，喇叭花嬌嫩地纏著草莖綻放出粉白粉紫的花。牆角種的金銀花和田七長得太過繁盛，沿著牆與屋頂攀爬，像是替屋頂蓋上一層綠色的絨毯。

金銀花或白或黃的花束散發出陣陣清香。

「我家以前是行醫的。」穆瀾極自然地說道。

這間宅子的後花園種的全是藥草，正院裡種的也是金銀花和田七，太有特色。

林一川肯定了她的說法，「是啊，金銀花和田七都能入藥。」

兩人並肩走向正房。

門早已坍塌。正屋的牆上掛著一幅藥師採藥圖，被風雨浸淫、被歲月染黃，有半截破了耷拉下來。正房的椅子全倒在地上，破損不堪。供在圖下的條案鋪滿了灰塵，下面散落著供奉的花瓶與碟盤的碎片。

都是當年抄家時打碎的吧？林一川眼前彷彿看到一群凶神惡煞般的官兵衝進宅子，人們慌亂跑動的情形。擔心讓穆瀾傷心，他沒有說出來。

正屋的布置中規中矩，看得出是處理家中外務或待客之地。東廂砌著一張大炕，炕席早被老鼠啃得七零八落。林一川想，應該是主人臨時歇息的地方。西廂有一張書案，靠牆的書架全部倒在地上，除了打碎蒙灰的瓷器，一本書都沒有。

「抄家嘛，書本是值錢之物，自然全部搬走了。」穆瀾自嘲地說道。

林一川沒有提的事情被她說了出來，他忍不住問她，「可曾想起什麼來？」

穆瀾的手按在胸口，「說抄家時，我心裡陣陣發寒。有感覺總是好的。」意思是除了這樣的感覺，她沒能想起更多。

林一川道：「生活的地方都在內院，我們進去瞧瞧吧。」

也許找到曾經住過的房間，就能慢慢想起來。

穆瀾點了點頭，對幼時的記憶讓她生出了強烈的好奇心。

繞過正院，兩人走向通向內院的垂花門。一座青磚為臺的磚砌照壁豎在垂花門口，擋住了對內院的窺視。

照壁邊上種著一株金銀花，茂盛的藤蔓爬上照壁，綠葉間開滿了金黃兩色的花束，清香襲人。

旁邊種著的芍藥還沒死，開著一叢粉色的花朵，妖嬈美麗。

陣陣花香讓穆瀾的心情漸漸放輕，她低頭扳著一朵芍藥嗅著香氣，「芍藥花可煮粥，可蒸花餅，製花茶。根又名白芍，鎮痙、鎮痛、通經。」

清晨的風略帶著涼意，她突然身體僵了僵，抬臉看了林一川一眼。

不知何時，林一川手中已多出一柄清光照人的軟劍。

大概是風向變了，瀰漫在兩人鼻端的花香裡染上淡淡的血腥氣。風繼續吹著，血腥氣越來越濃。

穆瀾朝林一川點了點頭，兩人身影同時動了，從照壁兩邊分頭掠進內院。

滿院赤紅。

泛著泡沫的鮮血順石板緩緩流淌，門窗上潑灑出一道道血痕。花樹與藤蔓、野草上全是鮮血，血還沒有凝固，淋淋漓漓，順著牆壁，順著草莖葉尖往下滴落。

這是極新鮮的血液，應該是才出現在院子裡不久。林一川驀然騰空躍起，站在照壁頂端，舉目四望，三進大宅安靜得沒有絲毫動靜。他打了個寒顫，難道這些新鮮的血液是從地獄湧出來的？林一川搖了搖頭，他不信神鬼。只是潑灑這麼多鮮血，卻沒被自己和穆瀾發現動靜，動手之人的功夫也甚是了得。

穆瀾木然地站在院子裡，赤紅的鮮血在她眼前瀰散開，漸漸染紅她的雙眸，浸入她的腦海。

鮮血淋漓的院子如此熟悉，很多年前，她就站在這裡，看到了血腥的這一幕。

記憶被眼前的血腥無情地撕開了阻擋。

是的，她見過這場景。四周也是這樣安靜，家裡空無一人。她站在院子裡，惶恐地看著牆上的血、地上的血、染在花草樹木上的血。她想喊爹娘，想喊奶娘，想喊她的玩伴……核桃。

核桃！

滿地赤紅像隻猙獰的凶獸朝她撲來，她彷彿又看到父親瞪著眼睛倒在她面前。他的臉那樣清晰，穆瀾甚至能看到他瞪大的雙眼中倒映出的自己。

都是假的！是她在作夢！她是在夢裡看到這一切的！無數的人臉在穆瀾腦中閃現，無數的人聲湧進她的耳中，穆瀾抱著腦袋發出刺耳的尖叫聲。

「小穆！」林一川被她的叫聲嚇得差點從照壁上栽下去，他跳下照壁，上前將穆瀾緊緊抱在懷裡。她的尖叫仍在繼續，被他的胸膛堵住，變成一聲聲淒厲的悶聲：「不怕，不要怕。」

他一手按壓著她的頭，一手提著劍警惕地望向四周，心裡生出一股憤怒。這裡的鮮血明顯是被人才澆上去的，弄這些手段的人一定是想刺激穆瀾，讓她想起來。真是殘忍。

會是什麼人知道他倆夜探荒宅？會是什麼人知道穆瀾前來尋親？答案不言而喻。

懷裡的穆瀾突然沒了聲音，人往下滑，林一川趕緊抱緊她。暈過去的穆瀾臉色慘白如紙，脣失去了血色。林一川又氣又急，咬牙罵了句，「果然不是她親娘哪！」只有穆胭脂才知道穆瀾來了松樹胡同這間宅子，這地址本來就是她給的。

林一川收了軟劍，抱起穆瀾從後花園的院牆翻出去。

第四十一章　鮮血喚醒的記憶

天上飄著雨雪，雪屑如細，落地便化。青石板被一點點濡溼浸潤，園子裡除了石板鋪就的小徑已無法行走。

「好姑娘，套著木屐陷泥裡可就麻煩了。」奶娘喋喋勸阻著。

穆瀾低頭看了下腳上的繡鞋，粉色的底，繡著綠色的藤蔓與黃白兩色的金銀花。她坐在椅子上搖晃著兩條小矮腿打消了主意，「算了吧。今天生辰，娘親才給我穿新鞋，被她瞧著被泥水弄髒，又要拘著我抄書帖了。」

「叫核桃陪姑娘在屋裡捉迷藏可好？」

「好。」

核桃是奶娘的女兒，和她同歲。六歲進府侍候太小了，只偶爾來陪穆瀾玩。她趴在門口的窗下，把臉埋在胳膊上，笑嘻嘻地說道：「姑娘，我數到三十就來找您喔。」

穆瀾提起裙子飛快地朝迴廊跑去，「奶娘妳盯著她數！核桃不會計數！」

奶娘笑著應她，「姑娘跑慢點兒，核桃才數到五呢。」

拐過迴廊，還隱隱聽到奶娘幫著核桃計數的聲音，「七過了是八，不是九。重新數……」

躲哪兒好呢？鑽田七藤底下去？不不，核桃知道自己愛鑽花叢。跑進院子的穆瀾眼珠轉了轉，「爹該回來了吧？我躲他書房去，核桃不敢來找，我藏著嚇爹爹一跳。」

她推開書房的房門，將門關上，輕車熟路地爬進書桌旁的長案下。長案靠牆的一頭有個小櫃子，她費勁地將裡面的藏書全搬了出來，一本本推在小門外。小小的櫃子剛好夠她抱著腿坐下。她將小門開了一小道縫，靠坐著算時間。

好安靜啊，穆瀾無聊地等待著，等得不耐煩了，她悄悄將櫃門推開。這時她聽到了窸窸窣窣的聲響，她抿嘴笑了笑，沒有作聲。

奶娘的褐色馬面裙出現在眼前，她只站在門口靠近書桌的地方，不敢真的進來找，「姑娘，您在書房嗎？老爺要回來了！姑娘！」

穆瀾捂住了嘴偷笑。

奶娘失望地沒聽到動靜走了，繭綢摩擦的聲音漸行漸遠，書房再一次變得安靜。

爹就快回來了呀。穆瀾打消了主意，重新把櫃門拉攏。眼前的光亮變得陰暗，她閉上眼睛，甜甜地笑著，等聽到爹進來的聲音就出去嚇他。

她就這樣抱著小短腿靠在櫃子裡睡著了，直到被翻動東西的聲響驚醒。穆瀾揉了揉眼睛，一時間沒反應過來這陰暗的地方是哪兒。哦，她和核桃捉迷藏，藏到了父親的書房裡。

爹回來了?穆瀾輕輕把櫃門推開一道縫。

父親正彎著腰背對著她。

穆瀾忍著笑，一點點推開櫃門。

外面的光線撲入了眼簾，她正想推開擱在櫃子外面的書時，沉重的腳步聲響起。她愣了愣。

父親霍然站起，「你們……」

一蓬鮮血飛濺而起，血灑在書架上發出沙沙的聲響。穆瀾臉上微涼，驚得愣住了。

她耳中傳來「撲通」的悶響。父親倒在地上，鮮血從無頭的頸腔裡不停地湧出來，順著青石磚肆意流淌。他的頭顱被直接砍斷，骨碌地滾到了櫃門前，被堆放的書籍擋住了。他看到了穆瀾，眼珠瞬間瞪圓了，然後失去了光彩。

穆瀾猛地拉緊櫃門，閉上眼睛，捂住了耳朵。

外面的聲音像在彼岸響起，哭叫聲、奔跑聲、東西摔碎的聲音，紛繁雜亂。她一定是在作夢，她只要繼續睡，再醒來，這個夢就沒有了。

她忘了自己睡了多久，反正她醒了。穆瀾小心地將櫃門推開一道縫。

外面一片黑暗。她不要再作這個夢了，她再也不玩捉迷藏了。她只要找到奶娘和核桃，這個遊戲就結束了。她快手快腳地從小櫃子裡爬出來。

屋裡響起咕嚕一聲，她不敢看，也不敢想，拚命地爬到門口，門開著，她翻過門檻爬到屋外。

又一雙眼睛在瞪著她，這是父親貼身的老僕。穆瀾尖叫了聲，從臺階上滾下去。

頭碰到軟軟的東西，她戰戰兢兢地回頭，看到母親染滿鮮血的臉。

她嚇得坐倒在地上。

她抽搐著，她不要作這樣的夢了。

一輪明月從烏雲背後奔了出來，澄靜的月光將院子照得透亮。

穆瀾坐在滿院的屍體與血漬中，她認出了管家、廚娘、母親房裡的嬤嬤、服侍她的婢女。她看到了奶娘和核桃。

她想這一定是夢，她壯著膽子去拉母親的手時，她看到了自己的雙手，手掌血紅一片。她哆嗦地往裙子上擦，白色的裙子不知何時變成了鮮紅色。猙獰的血腥驚濤駭浪般朝她撲來，像汪洋大海沒過了她的頭頂。

她一定要從夢裡醒來。穆瀾掙扎著往前游，只要游上岸，她就能擺脫這可怕的夢魘了。她游得這樣累，鮮血的腥氣包裹著她，她死死地閉著呼吸，生怕喝進了嘴裡，吸進了鼻子裡。漸漸的，她憋不住了，而血海卻沒有盡頭。她終於沒忍住吐出一口氣，一口鮮血灌進她的嘴裡，她拚命地往前游著……一隻手抓住了她。

穆瀾驀然驚醒，大口大口地喘氣，然後趴在床頭嘔吐起來。

她吐得酸水都出來了，還不停地作嘔。

林一川輕輕拍著她的背，將茶杯送到她嘴邊，「漱口。」

她拿過茶杯喝了一大口，漱了嘴吐掉，目光極自然地往右襟瞥了眼，她自己結的衣帶好好的，沒有動過。穆瀾鬆了口氣，「方便洗個澡嗎？」

林一川愣了愣，「方便！」

他說著伸手就想去抱穆瀾。

穆瀾腿一抬便下了床。

林一川訕訕地理了理被子，指著旁邊一道門，「浴房在裡面。拉下鈴就有人送熱水，拔了塞子，水就出來了。浴桶旁的衣裳是準備給妳的。」

「謝謝。」穆瀾朝他笑了笑，推門進去了。

「本以為還能再撲我懷裡哭一場……」林一川嘟囔著遺憾著，卻極佩服穆瀾堅韌的神經。見她夢裡蹙眉，覺得她在作惡夢推醒了她。她才一醒過來，馬上就清醒了。

「什麼時辰了？我昏迷了多久？」穆瀾從浴房門口探出頭來問道。

「啊？」林一川嚇了一跳，生怕被她聽到自己的話，「酉初，妳睡了一整天了。這是我家。我去瞧瞧藥熬好沒。郎中說妳驚了神，喝劑安神湯休息下就好。」

林一川說完出了房間，將房門關上時他故意弄出了聲響。他怕穆瀾不會放心得洗澡，站在門口和燕聲大聲閒聊起來。

「燕聲你看這群螞蟻，這條蟲這麼肥，你說牠們怎麼把牠弄進那麼小的洞口？」

「少爺，我記得您五歲時就對看螞蟻不感興趣了。」燕聲很不習慣和自家公子這樣閒侃，全是廢話，聲音還很大。

「我現在又感興趣了！」林一川依然聲音很大。

他的聲音很大，隔著門傳進來，浴室裡的她就聽見了。隔著雕花木門，穆瀾沉默地看著門外閒聊的林家主僕，心情格外複雜。

她知道，林一川故意提高聲音只是為了讓她放心。他闖過一次浴室，無非是擔心她洗澡不痛快。

他是極好極好的。穆瀾微笑著，笑容卻未染透她的雙眸。

五歲時，她對螞蟻感興趣，常問父親螞蟻病了吃什麼藥，父親帶著她在園子裡找螞蟻窩，告訴她螞蟻本身是味藥。守藥園的黃嬤嬤患了風溼，她和核桃很得意地將夏天攢的一把螞蟻混在廚房送給黃嬤嬤的粥裡，害黃嬤嬤跑去廚房大吵一架。她成功地被母親打了五個手板。父親也罵了她，說她尚不能開方，罵完後卻帶著她去尋螞蟻的巢穴，泡了一罈加了螞蟻的藥酒給黃嬤嬤。

穆瀾用手指摸了摸眼角，手指乾燥。她明明心酸想哭，卻已沒有淚。

房門外，主僕倆還在說著沒營養的話。

「院子裡這兩棵銀杏樹什麼時候結果？結的銀杏果有沒有揚州老宅銀杏院的果子大？」

「我爹很喜歡吃白果燉雞，我也很喜歡。」

燕聲耿直地提出懷疑，「少爺，您從來不喜歡吃白果燉雞。」

林一川暴跳如雷，「少爺我現在喜歡吃了，不行嗎？」

「再見，林一川。」穆瀾退至窗前，像從前來替林一川「解毒」時，輕巧翻窗離開。

過了很久，林一川有氣無力地指著嗓子，示意燕聲去倒杯茶水來潤潤喉嚨。

燕聲很難得地聰明了一回，嚴肅地說道：「少爺，從穆公子沐浴的時間上看，我認為他身體虛弱，極可能已經昏倒在澡桶裡，然後溺水……」

林一川嗖地撞開房門，消失不見。

燕聲艱難地嚥了口唾沫，為難地嘆了口氣道：「比對姑娘還上心，可怎麼得了哦。」

房間裡沒有人，浴房裡也沒有。林一川望著打開的後窗，心裡空蕩蕩的。

「離我遠點兒，算幫我大忙了。多謝。」

他將穆瀾留下的紙條揉成一團。

還沒顧得上喝一口茶水潤喉的燕聲被自家少爺拎著，又開始了新一輪的閒聊。

「如果有個人，是條漏網之魚，一旦被人發現，她就是朝廷通緝的要犯。我想幫她，她卻讓我離她遠點兒，她這是想對我好吧？」

「嗯，還算有良心，不願意連累少爺。」

「但是我不怕被她連累呀，我想幫她，怎麼辦？」

「那少爺也可能成為被朝廷通緝的要犯，林家也會因此獲罪，我也會獲罪……少爺還是離他遠一點兒好。」

「燕聲，沒想到你這麼貪生怕死、不講義氣！我真是看錯你了！」

「可是少爺，漏網之魚讓他游走不就好了嗎？盯著您的人這麼多，您又盯著那條魚，遲早會有人發現他是條漏網之魚。」
林一川愕然。他滿心不是滋味地看著憨厚的燕聲，良久才咬著牙道：「究竟是想對我好，還是怕我連累她？」
燕聲毫不遲疑地回道：「如果您說的是穆公子，小的覺得多半是嫌您會連累他。穆公子多精明的人啊，還用得著您幫他？少爺忘了當初他怎麼捉弄人的，小的可沒忘。」
他成功地被林一川敲了個爆栗。
「讓你給本公子倒茶水，你還佇在這兒做什麼？滾！」
夕陽西沉，穆家麵館外的紅燈籠掛了齊溜的一排，瞧著就覺得熱鬧喜慶，生意依然好。
穆瀾從正門進，從院子裡繞到了廚房。
水氣蒸騰的廚房裡，穆胭脂依然圍著粗布圍裙在煮麵。
她用長長的竹筷挑起麵條放在碗裡，眼角餘光瞥見門口站著的穆瀾，隨口說道：「回來了？」
穆瀾的目光從正在大力揉麵的李教頭身上掠過，「嗯」了聲：「給我下碗陽春麵。」
餓歸餓，但想起那滿院子流淌的鮮血、滿院子的屍體，她不想沾半點肉。
所謂陽春麵，就是清湯素麵，江南的特色麵。講究的，還會放蝦皮紫菜；穆家麵館賣的陽春麵只擱兩片白菘，最便宜、最簡單的做法。

穆胭脂下了麵，長筷與竹笆籬在水中攪和著。

「您還是擅長用右手煮麵。」

穆胭脂執筷的手頓了頓，俐落地將麵條撈起，放進了碗裡，順手拿了麻油瓶子，往裡面滴了兩滴。

穆瀾上前端了麵，就站在灶臺旁吃著，邊吃邊評價，「李教頭揉麵的功夫好……」

「少東家喜歡吃就好。」李教頭衝她一笑，繼續揉著麵。

「照我看哪，李教頭不去做將軍真是可惜了。高大威猛，武藝了得，窩在廚房揉麵可真真屈才。」穆瀾大口吃著麵，筷子敲著碗沿，滿臉遺憾。

李教頭揉麵的手頓了頓，笑道：「少東家說笑了。我也就會舞個叉，演演雜耍的本事。」

穆胭脂將圍裙解下扔在灶臺邊上，轉身出去了，「從小油嘴滑舌，也不知杜之仙那悶葫蘆怎麼教出來的。」

穆瀾慢條斯理地把麵條吃完，將碗筷放在水桶裡，又看了李教頭一眼，「李教頭身材真不錯。」說完也出了廚房。

李教頭揉麵的動作漸漸慢了下來，朝後院看了一眼，眼裡盛滿憂慮。

穆瀾走過院子，正屋東廂沒有亮燈。她笑了笑，繼續走向後院。當她踏進小花園時，看到那兩株高大的楊樹。

今夜有月，上弦月如一抹銀鉤，細長的尖端戳進穆瀾的心。她足尖一點，手腕抖動，一根雪亮的鋼絲從她腕間抖出。空中出現了一個個銀色的圓圈，此起彼落，生生不絕，像舞姬揮動的水袖，飄逸美麗。

如果林一川看到，就會發現此時此景，與當初的面具人揮舞銀鞭如出一轍。

銀圈過去，後花園草葉被絞碎，枝葉無聲分離，像一張綠色的網，朝著楊樹下站立的黑衣面具人襲去。

夜色裡無數的銀色光環湧現，像來自地獄的勾索，迎頭向面具人罩下。

一聲冷笑在風中響起，面具師父手中已亮出那條軟銀鞭。內力驅動下，鞭身「嗖」的抖得筆挺，像一桿槍直刺向網的中心。如同當初穆瀾人匕合一地衝向銀鞭揮出的圓圈中心一樣，面具師父手持銀鞭衝進了圓圈最中心。

師徒過招，用的自然是同樣的招術。

只是面具師父的速度太快，鞭化為長槍刺破了風，發出尖銳的嘯聲。在強悍的長鞭面前，鋼絲抖出的圓似乎顯得太過柔弱。

那些撲向面具師父的樹枝、草葉被鞭梢激出的氣浪倒退著，遠遠看去，就像鞭梢上撐開一柄綠色的傘。

隨即一陣極悅耳的叮噹聲響了起來，光環在銀鞭的碰撞下淒然破碎，如同打碎的水晶，碎片晶瑩四濺，然後無聲消失在夜裡。

穆瀾拚盡全力抖出的光環，看似鋒利無比，在長鞭面前層層破碎消失。夜色中一道光亮閃過，一層如雨的枝葉如有生命般被齊聚在一處，在穆瀾身前形成一面綠色的圓盾。

「破！」面具師父口中叱道，手腕輕抖，鞭梢被兩面氣浪堆積而成的綠色小傘驀然飛射而出。

銀色的鞭梢如毒蛇吐信，「轟」的一聲輕響，枝葉被絞得粉碎，四散炸開。然而本該被那片枝葉擋住的穆瀾消失了，鞭梢落了空。面具師父眼瞳微縮，長鞭在地上一碰，「啪」的抽裂了地面的青石。鞭梢倏然彈起，如蛇昂頭。他的人藉著長鞭一擊之力在空中翻轉，長鞭朝上抽去。

長鞭擦著一抹輕盈的影子掠過，面具師父眼瞳中出現一道光，像驟然消失在天際的流星，明亮短促。臉上微涼，半截面具落在地上，發出「啪」的一聲輕響。

如同以往的比試，數招之間，兩人相碰又分開，各站在一端。

穆瀾身上的輕袍被枝葉割出了無數道細小的口子，風一吹，好好的綢衫上飛出了一隻隻蝴蝶似的，露出裡面的軟甲。束髮的冠無聲斷成兩截，滿頭青絲隨風傾瀉而下。她低頭看向軟甲，摸著上面縱橫的口子，輕輕笑了起來。

面具師父站在她對面，抬起手，解開了破布般的披風，解開了外袍。雙腿一甩，一雙靴子也被蹬掉。他的身材驀然矮了半截，黑色手套緩緩抬起來，將碎成一半的面具摘下來，喑啞的聲音也變得熟悉。

「妳曾經說過，總有一天會揭下我的面具，看看我是誰。如妳所願。」

月光足以讓穆瀾看清楚那張她看了十年的臉。

為何真猜到了、看到了時，心仍然像刀刺了般疼痛難忍？

穆胭脂抖動著手，長鞭如蛇一般纏回她的胳膊，藏於袖中不見。她平靜地望著穆瀾，眼裡有一絲讚賞，「青出於藍而勝於藍。妳很聰明，故意用我使過的那招千絲萬縷引我入彀，使了個障眼法，削去了我的面具。」

她聰明？她聰明的話會被苦苦騙了十年？

十年，自己與她生活在一起，從沒看出她就是冷血無情的面具師父。

十年，自己被騙了整整十年！

「哪怕您說不是我親娘，我也還是把您當成母親。天底下哪有這樣的母親呢？從前我一直想，是外祖家被燒成白地，讓您恨讓您痛。是父親死得異樣，讓您偏執要翻案復仇！我都理解啊。我見到您落淚就心軟，我不顧危險女扮男裝進國子監。」

穆瀾說著就笑了起來，「我真是自作多情。我不過是瓏主手裡的一枚棋罷了。就憑妳從死屍堆裡把嚇得失去記憶的我撿走養大，妳想要什麼，我也會拚了命幫妳做。回回見我時踩著高腳靴子，用棉花撐起雙肩，何必要這樣偽裝自己？」

穆胭脂負手望向天空，眼裡有一絲水光輕閃而過，「也許，我情願做妳眼中的母親，哪怕只是一段時間的母親，所以我才喬裝扮成了妳的面具師父。不管妳信不信，我對妳始終有一絲不忍。」

「妳的不忍就是這樣騙我、利用我？妳的不忍就是捏著核桃讓她成為要脅我的人質？把她送進青樓讓她去勾引皇帝？」穆瀾的怒火如火山爆發，「如果不是被我知道了邱明堂一案的破綻，如果不是我要脅妳離開國子監，妳還要瞞我到幾時？」

「我與妳師父曾經想過各種法子讓妳記起來，沒有用。除非水到渠成。」穆胭脂淡淡說道：「妳心腸太軟，只有讓妳的心一點點硬起來，妳才會走進池家廢宅，打破記憶的屏障，找回記憶。」

「所以讓我變成刺客珍瓏，熟悉如何殺人，熟悉鮮血。我心裡柔軟的部分需要被剝離，所以核桃就要被妳送進宮去。」

「是，我沒有殺核桃滅口，已是仁慈。」穆胭脂並不否認，「妳終於想起了六歲生日那天失去的記憶，難道全家的屍體與鮮血不能讓妳心硬嗎？」

她逼視著穆瀾，「妳忘記了妳的父親是如何被一刀……」

「夠了！」穆瀾喝斷了她的話。

舉國上下，十年中被抄家滅族的少嗎？死於權力爭鬥的人少嗎？

穆瀾早習慣了與面具師父的談話模式，絕不會被她的話牽著鼻子走，「為什麼不能直接告訴我？因為如蔣藍衣，滅族於權力更替。如妳與師父，都是因為朝廷權力之爭成為了犧牲品。而我不一樣對嗎？我父親是太醫院院正。他施救不及時，讓先帝駕崩，所以才導致池家被抄家滅門。我無冤可伸，所以你們才編造出邱明堂案，用親情讓我敢冒死進國子監，為你們尋找能扳倒敵人的證據！」

「邱明堂是杜之仙的主意。也許這是他人生中難得的失誤，害了邱明堂。他心有愧疚，希望借妳之手讓地下的邱明堂知曉實情。」穆胭脂輕嘆，望向了穆瀾，「當年抄滅池家的是東廠，帶隊的人是梁信鷗。如今，妳已知曉實情，回國子監去吧。」

穆瀾冷笑道：「我不會回去。我幫你們殺了東廠七人。我進國子監已經幫你們查到了御書樓中，陳瀚方有異，首輔胡牧山有異。兩清了。」

她轉身離開，越過了穆胭脂，腳步未曾停留。

是奶娘的女兒核桃抵了她一命。她要去宮裡再問一次核桃，願不願意跟她離開。

穆瀾只想離開，離京城遠一點兒。

她沒有問池家宅子的血是否是穆胭脂所為，她也沒有問當初穆胭脂為何不肯去見老頭兒最後一面。她的心累極了，累得不想再想一丁半點他們的祕密。

「妳從小聰慧過人，哪怕失去了六歲前的記憶，也沒有變成一個傻子。可是妳卻連全家為何滅門都不願意去深思。」

身後傳來穆胭脂極冷極淡的一句話。

「就算妳父親施救不及時，賜死也就罷了，依律家眷流放三千里。為何被滿門抄斬？連府上幫短工的傭人都不放過？穆瀾，妳的家人都在天上看著妳呢。」

父親頭顱滾落在面前的情景再一次出現，穆瀾身體僵了僵，沒有停下腳步。

「妳爹池起良，死於一場陰謀。妳不想弄個水落石出嗎？」

穆瀾忍無可忍，回頭吼道：「妳還想利用我到何時？我就算自己查，也絕不再和妳沾上半點關係。」

穆胭脂目光譏誚，「妳不願意去深想，是因為妳愛上了年輕俊美的皇帝。早告訴過妳，離他遠一點兒。先帝駕崩，新皇繼位。年幼的皇帝登基當天，小手蓋了幾張聖旨，其中一張就是抄滅池家滿門。不聽我的話，如今可是心如刀割？」

她的話像一把刀狠狠刺中了穆瀾的內心，她冷冷說道：「我不會因為無涯的手蓋了玉璽就恨他入骨，他當年不過是個十歲的孩子。我想怎麼查清當年的事情，怎麼替家人報仇是我的事。妳布妳的局，休想再讓我成為妳的棋子！」

說罷，穆瀾快步走出了後花園。

銀月如鉤。

隨著客人們離去，穆家麵館打烊關鋪。

李教頭洗完手，見穆胭脂站在院中望著月亮出神，遲疑了下走過去，「東家，少東家她會回來嗎？」

「她能去哪兒呢？」穆胭脂淡淡說道：「等她想明白，她就會回來。」

李教頭鼓足了勇氣道：「東家待她也太狠了點兒，實不該一直瞞著她。她也不容易。」

「十年，她都不曾觸碰過六歲時的記憶。我等了十年，等不及了。」穆胭脂的聲音漸冷，「當初她命大，躲過了一劫。若不是遇到我，天明後官府查抄池家，她逃不過一死。她的命是我給的，她欠我一條命。帳未還清前，我怎麼對她都是應該的。」

「少東家心腸軟……」

穆胭脂轉過頭看了他一眼道：「你是在質疑我嗎？」

銳利的眼神看得李教頭漸漸低下了頭去。

「林一川與穆瀾同去池家，有他在始終不方便行事。林大老爺不是活不了兩年？想法子讓林一川提前回揚州去。」

李教頭應了。

穆胭脂轉身回房，臨走時腳步停了停，輕聲嘆道：「我待她狠，何嘗不是怕我心軟，畢竟養了她十年。」

李教頭張了張嘴，始終沒有再說。他望著穆胭脂踏著月光的孤單背影，眉間終閃過不忍的憐意。

月光落在花間，落在湖上，落在床前，落在舉杯照影的人身上，都是極美的清輝。落在前太醫院院正家的廢宅裡，想像力豐富的人會以為鬼怪藉著月光從草葉樹藤裡醒來。

舉國上下，郎中們心目中最高的聖地是太醫院。能給皇帝貴人們問診看病的，定是最好的，這是對郎中們醫術的肯定。進了太醫院，才明白這是宮裡最命苦的職司，真正的伴君如伴虎。

京城太醫院流傳著一句話：御醫們有三種死法，老死、病死和被賜死。

第三種的機率並不比前兩種低。

有時，並非醫術不高明，而是醫術太高明，於寸脈之間探得了一些不可為人知的祕密。

有時，是運氣。病去如抽絲，脾氣古怪的貴人等不及也能責怪御醫，被打死或受斥責後羞憤自盡的不在少數。太醫院的御醫戰戰兢兢行走在懸崖邊上，太醫院用藥中正平和成了傳統。藥能救人，亦能殺人。

前太醫院院正池起良就是這麼個倒楣御醫。先帝駕崩那天，他開了劑猛藥。事後太醫院集體論方，都認為如果不是這劑猛藥，先帝躺在床榻上動彈不得，至少不會在那一天駕崩。這個結論讓太后傷心欲絕，繼而大怒，池家被立時抄家滅門。

這件事雖然發生在十年前，但所有人都知道就是這麼回事。池家從被查抄滅門那天起，被所有人認定是凶宅。哪怕地段好，宅子夠大，也無人敢買，一直荒廢至今。

「我回家了。」穆瀾站在院子裡輕聲說道。無人敢買，漸被遺忘的廢宅是她唯一能棲身的地方。她自嘲地笑著。沒有人來，也不會有人知道池家還有她這麼一條漏網之魚。

她邁步進了自己的房間，房門破舊，還沒有倒塌。扯掉已經染成灰色的帳子，連被帶褥子捲了扔到旁邊，結實的硬木床擦拭一番就能躺下睡覺。

簡單清理了下，穆瀾躺在兒時睡過的床上。

她不再害怕。這裡死去的都是她的家人，變成厲鬼，待她也只會有保護之心。她前所未有的踏實安心，就此沉沉睡去。

林一川回到了國子監，穆瀾還在「病」中。
端午過後，生病的人很多。譚弈也「病」了，回到譚誠身邊。
聽說許玉堂一點兒事都沒有，譚弈難得地沒控制住脾氣，「定有人害我！」
明明全身發疙瘩的狀況應該發生在許玉堂身上，如今受罪的人卻成了他，譚弈氣得要命。
「公子放心，這種毒並不厲害，不會耽誤六堂招考。」太醫院廖院正撫鬚微笑道。
送走廖院正，譚弈的憤怒化為了委屈。
譚誠坐在床邊拍了拍他的手道：「技不如人，生氣也無用。可有懷疑的人？」
譚弈第一時間想起了穆瀾，「孩兒懷疑是他。他師從杜之仙，與許玉堂交好。端午孩兒唯一和他有過接觸，雖然是他救了我。」
「這個穆瀾……是皇上看重的人，暫不要動他。」譚誠說罷走了。
等到譚弈病好回國子監，離六堂招考只有三天。而穆瀾的「病」卻一直未好。
林一川想到穆瀾的留言，沒有去找她。他認為穆瀾現在定是獨自待在某處地方，平復著心情。他想，還是給她一個清靜的空間比較好。
丁鈴並不這樣想。他傷還沒好，又被上司催著半夜翻了國子監的牆，在謝勝的呼嚕聲中將林一川叫醒，進了玄鶴院後面的小樹林。

「不是讓你盯著穆瀾。他人呢？」

「哦，還真拿我當保鏢使啊？我一個人就一雙眼睛，我總不能把她拴在腰帶上吧？她不回國子監我怎麼盯？」

沒有穆瀾的消息，無涯著急了吧？著急有用嗎？你下的聖旨砍了穆瀾全家的人頭，穆瀾還會和你好嗎？我知道我就是不說，看著你乾瞪眼。

林一川臉上不服氣，心頭卻陣陣暗爽。

「總之，你給我馬上找到他。」丁鈴才說完，就看到林一川臉色不好。他心想這位是菩薩是財神爺，得哄著，趕緊緩和了語氣道：「他請假太久也不好吧？他畢竟是杜之仙的關門弟子，病得太久，東廠會起疑。等到東廠查他，就麻煩了。」

「什麼麻煩？」林一川知道穆瀾的性別，還知道她是前太醫院院正家的姑娘，第一時間警惕起來。

丁鈴嘆了口氣道：「繩愆廳裡也不都是投靠咱們的人。東廠如果發現他在裝病，他免不了進繩愆廳，還會連累方太醫。這是皇上好不容易才安插進國子監的人，能帶來多大的方便與好處。你還是勸他早點回國子監吧。如果真不想回國子監了，也得早拿主意才是。」

小綠豆眼閃了閃，重點是這句話。林一川聽不明白，但若穆瀾在，一聽就明白。

丁鈴其實也不明白，但他以為自己明白。或許皇上對穆瀾的關注引起了東廠的關注，皇上並不希望穆瀾再回國子監，成為和東廠角力的目標吧。

林一川倒是鬆了口氣。他也不希望穆瀾再回國子監，太危險了。

天才矇矇亮，穆家麵館的夥計拆了鋪門板，開了鋪子。

走進鋪子的第一位客人讓夥計們驚喜，「少東家！你怎麼回來了？」

穆瀾笑道：「給我煮碗麵，澆兩份臊子！」

她的聲音傳到了後廚，李教頭佩服地朝穆胭脂看了一眼，俐落地將麵揉開，切成細細的長絲。

穆胭脂煮好麵，拿起鐵勺，從罐子裡撈出兩大勺臊子澆在了上面，親手端出去。

團臉上的笑容和藹如初，目光掃過穆瀾皺巴巴的衣裳，吩咐一名夥計，「趕緊把熱水抬進去，讓少東家洗個澡。」

她沒有守著穆瀾吃麵，轉身去了，嘴裡叨嘮著，「我去給妳找換洗衣裳。」

一切如初。

穆瀾攪和著麵條，大口吃著，想著穆胭脂再沒有自稱「娘」，低垂的眼睫遮住了那一閃而過的嘲諷與傷心。

她呼嚕吃完麵，抹了嘴，笑嘻嘻地朝後院去了。

舒服地洗完澡，換過乾淨的布衣，穆瀾拿著帕子絞著頭髮進了東廂。

「我來。」穆胭脂接過她手裡的帕子，坐在她身後替她擦頭髮。不等穆瀾開口，她主動說道：「那天動靜很大，京畿衙門圍了街，東廠的人進了池家。」

她停了停，見穆瀾沒有反應，繼續說道：「那天下著雨雪，二月倒春寒，天極冷。」

穆瀾靜靜地說道：「那天是二月二十二，我六歲生日。我是雨雪天出生的，爹娘給我取名叫霏霏，雨雪霏霏之意。」

穆胭脂愣了愣，眼神閃爍不明，「妳全都想起來了？妳當時是怎麼躲過去的？」

「娘寬厚，常讓奶娘接了女兒來陪我。奶娘說等到核桃八歲，就來做我的丫頭服侍我。那天我和核桃玩捉迷藏，躲進了爹書房裡的小櫃子，想等他從宮裡回來嚇嚇他，結果睡著了。」

「妳爹回來……妳還在睡？」

背對著穆胭脂坐著，穆瀾的眼神也分外古怪。她輕嘆道：「是啊，天意讓我就那樣睡了一覺。一覺醒來，家裡沒有燈，我以為我還在作夢，跑了出去。」

是了，家裡沒有燈，光線太暗，穆瀾一覺睡醒，見書房黑暗。小孩子定是害怕，所以沒有看見她父親橫屍在書房。她跑進了院子，看到滿院屍體，嚇傻了。

「東廠將不在名單上的奶娘之女當成了妳，殺完人後直接走了，令京畿衙門的人抬屍。松樹胡同兩邊住著的都是朝臣、官員，平時為鄰，有個病痛都登門請妳爹問診。池家人緣極好，衙門的人不想惹了眾怒，等到夜深人靜才進池家抬屍查抄。在那之前，我進了池家院子，看到妳呆呆坐在妳母親的屍身旁，於是將妳帶走了。」

穆瀾聽完當初被穆胭脂救走的經過，沉默了下問道：「妳是因為東廠才去了我家？」

「瀾兒，東廠是我們共同的敵人，所以妳才會回來，不是嗎？」絞乾了頭髮，穆胭脂將帕子放下，坐在穆瀾對面。

兩人的目光都如此平靜。

「東廠也滅了妳滿門？」

「誅連九族。」

「師父為何要幫您？」

「他在幫他自己，東廠也是他的敵人。」穆胭脂的眼神很坦蕩，「妳不要問我的家世來歷，我不想回憶。」

穆瀾點頭，「我只要知道東廠是共同的敵人就行。我需要知道那天我爹在宮裡為先帝問診，發生了何事，妳可以開出妳的條件。」

如果穆瀾不開條件，穆胭脂反而覺得奇怪。她微微笑了起來，「我送核桃進宮，就是讓她幫妳查這件事。我也不知。」

「我也能讓核桃幫我。」

言下之意是：妳如果沒有特別能幫到我的地方，我為什麼要幫妳？

「縱然練成小梅初綻，皇宮大內高手如雲，處處都是東廠眼線，不是說去就去、說走就走的地方。原先家中在宮裡與一些老宮人有些舊情。」

穆瀾明白了。穆胭脂在宮裡的門路的確比自己多。她緩緩開口道：「核桃可會有危險？」

「什麼都不知情的人才安全。」穆胭脂從袖中拿出一只荷包放在炕桌上，「妳與秦剛相熟，將這只荷包送給核桃，她隨身戴著。有心的人，自會找她。」

藍色緞面上繡著一枝丹桂，綠葉黃花。嶄新的荷包，這是才做的。

穆瀾的手指從丹桂上撫過，想起了杜之仙身上的丹桂刺青，想起了杜之仙臨死前朝桂樹行大禮的情景。她將荷包收起來，「說吧，要我進國子監查什麼？」

「我想知道陳瀚方在找什麼。」

「送我進國子監前，妳和師父就知道陳瀚方在找什麼？」

「不，我不知道。我只知道國子監裡或許能找到我需要的答案。陳瀚方拆書釘書的祕密是妳查出來的。」

「成交。」

穆瀾俐落地將頭髮挽成道髻，站起了身，「我今天就回國子監。」

穆胭脂鬆了一口氣，「我會盡力查妳爹的事。」

回到國子監，學生們還在上課，穆瀾徑直去了醫館。

方太醫看到她，臉上的褶子都舒展開了，「紀典簿已來打聽過數次。我說妳發了風疹，回家休養去了。妳的『病』再不好，愁的人可不止老夫一個。」

他的眼神是這樣慈愛，穆瀾驀然心酸。早在靈光寺山腳下的梅村，奉旨連夜趕來給無涯看病，方太醫就認出她了。怪不得他當時神情恍惚，腳下差點踩空。

老頭兒和穆胭脂合夥騙她，卻指點她去找方太醫，說他是能信之人。老頭兒對她極愧疚吧？

然而再愧疚，對她再好，都抵不過他和穆胭脂的情誼。正因如此，他才以命抵命，求得林家做出承諾，保她一命，留條後路給她？

「方爺爺，您小時候抱過我。十年過去，我長得很像我娘是嗎？她是內宅婦人，在我記憶中極少出門，見過她的人不多。所以，您早就認出我來了是嗎？」

一句話嚇得方太醫蹭地從椅子上站起來，鬍鬚顫抖起來。

穆瀾跪在他面前，「我全都想起來了。這世上，您是我能信之人，也是與家父相交莫逆之人。我找不到別人，只能求您告訴我當年之事。」

方太醫木然地坐回去，眼裡漸漸浮起淚光，「妳長得不像妳爹娘，否則杜老兒怎敢送妳回京。妳長得……極像妳的外祖母。杜老兒算無遺策，所以才把我算了進去。是他告訴妳，老夫乃可信之人吧？」

方太醫扶了穆瀾起來，倒了杯茶放在她面前，「初見妳時，老夫有幾分恍惚之感。」

初見穆瀾，她迎著朝陽而立，淺淺微笑。

「一模一樣的眉，春來抽出了新葉似的。最特別的是笑，妳外祖母笑起來也這般，明明不是美人兒，卻讓人覺得天底下沒有比她更美的。」

穆瀾此時的長髮綰成道髻藏於烏紗巾中，相似的眉眼，多出幾分幹練清爽。

方太醫腦中一時閃現穆瀾外祖母的臉，一時對著同樣二八年華的穆瀾，不免生出雙兔傍地走的迷茫，「此事又太過匪夷所思。東廠抄斬，不可能漏掉池家一人，老夫想當然以為不過是長得像罷了。」

穆瀾回憶梅村的情景，輕聲說道：「初時您以為我是男兒，勸我留在皇上身邊，是想讓我博一番好前程吧？」

「老夫悔得腸子都青了。」方太醫苦笑著連連搖頭，「皇上令老夫為妳把脈，似乎也起了疑心。把脈雖不能極準確地分出性別，只是老夫看著太像，先入為主，自然就肯定了妳是故人之女，哪裡還敢讓妳留下。」

穆瀾感激地看著他，心想如果被拆穿，以當時無涯的心性，哪怕饒自己小命，也定不會讓自己繼續留在國子監了。

她起身對方太醫深深揖首，「無論如何，您為我隱瞞，已是救得我一命！」

「妳該謝妳師父。」方太醫擺了擺手道：「如今回想，妳師父在先帝駕崩前以病辭官歸隱，又這麼巧收妳為徒，莫不是早料到了這一齣，提前做了安排？」

雖然方太醫只是猜測，穆瀾卻又是一驚。

難道她想錯了老頭兒？然而是他讓無涯照顧自己，進了國子監。老頭兒究竟是怎麼樣的心思？

「老夫與杜老兒研討醫術，也曾大醉方休。至交好友，醉時也曾對他透露過當年遺憾之事，是以他知曉老夫與妳外祖母的往事。這件事除了他，老夫家人亦不知情。杜老兒年輕時心性跳脫，竟偷偷去瞧過妳外祖母，回來對我說，清秀而已，哪裡是天下第一美人。老夫氣極，從此不與他往來。」方太醫說起往事，竟呵呵笑了起來。

以老頭兒的性子，還真做得出這種事來。

見過外祖母，偏偏自己與父母生得不像，所以放心大膽讓自己來尋方太醫，還道他是可信之人。

那時候，老頭兒就安排了一條讓自己知曉身世的路？如果方太醫嘴不嚴，豈非她早就能從方太醫嘴裡知曉身世？

真是可惜，早知道就好了。她不用穆胭脂提醒，也不會這般被動。

「老夫早該告訴妳，然不知杜老兒安排，也沒見妳提過一句半句。池家慘烈，老夫也不願提及。」

穆瀾苦笑著想，陰差陽錯，本來可以居於主動，如今卻被動至極。

觸碰心事，方太醫再不忌諱，說起了穆瀾的外祖母，「妳外祖母家與老夫是同一條街上的鄰居。」

方太醫家世代從醫，每代都有人在太醫院供職。穆瀾的外祖家姓侯，蓬門小戶人家，開了一間小小的藥材鋪子，與方家大藥堂如螢火與月光。侯家只得一個獨生女兒，打定主意要招贅婿養老。方、侯兩家家世差距太大，方太醫也不可能入贅侯家。縱然年少時曾與鄰家姑娘青梅竹馬互生愛慕，最終仍然遵從父母之命另娶門當戶對之人。

侯家女兒也招婿入門，也只生得穆瀾母親一個獨生女兒。沒過幾年，侯家女婿早早離世。

「說起來，我始終對妳外祖母存得幾分歉疚之心。孤兒寡母生活不易。妳父親那時年輕，但醫術高明，前程無量。他孤苦一人，妳外祖家又無男丁支應門庭，我便做了大媒。後來妳父親幾次診治得了帝后歡心，也懂得為官之道，沒過幾年就做了太醫院院正。想著故人之女有個好歸宿，我心甚慰。」

說到這裡，穆瀾就明白了，「侯家沒有人，池家也沒了親戚，我長得又像外祖母，進京還真是安全。」

「杜老兒心思縝密，若非如此，怎敢讓妳進京？雖然過了十年，京城裡的貴人也不會輕易忘了妳爹娘。」方太醫說罷，又是一嘆，「當年那件事，說來也是一筆糊塗帳。」

十年前先帝纏綿病榻，太醫院上下用盡全力，也無法治好。先帝自己也明白，不過是拖日子罷了。

「生死有命，縱使扁鵲、華陀在世也無力回天。先帝一直服的是太平方。」

方太醫回憶著，眉心蹙成了深深的一道川字。

「二月春寒，先帝又添了咳症，妳父親幾乎整天都待在宮裡。先帝駕崩之前，病情似有好轉。妳爹已在乾清宮服侍兩天兩夜，當天惦記著妳生日，從宮裡返家歇息。他剛離宮，先帝就駕崩了。」

「緊接著太后知曉前一天夜裡，妳爹開了劑虎狼之藥給先帝。藥是他親自煎熬，並給先帝行了針，整個太醫院都驚了。給先帝換方是何等大事，居然妳爹悄悄一個人就做了。太后震怒，這才有了池家抄家滅門之禍。時至今天，老夫也不明白妳爹為何要行險換方。」

先帝已病入膏肓，太平方子繼續用著，池家也不會有此禍事。先帝駕崩前一晚發生了什麼事，讓父親非要冒險開出猛藥？

穆瀾想了想問道：「方爺爺，您是我爹娘的大媒，待父親如子姪。先帝駕崩前，父親可曾與您說過什麼？或者那段時間，他有沒有什麼異常的舉止？」

「妳爹痴迷醫道，也就是查詢醫案、遍尋古方，看有無可能配出比太平方更有效的藥方。」方太醫回憶道：「我記得連著數月，一有時間他都在翻閱醫案，並無什麼異狀。」

父親瞞著整個太醫院行事，定有蹊蹺。方太醫也不知情。要查清緣由，還得在宮裡尋知情人。

方太醫說完又擔憂起來，「咱們做御醫的，從來生死僅在貴人的一念之間。往事已矣，縱然好奇，這件事也不是妳想像中那樣好查的。一個不謹慎，就萬劫不復。」

縱然父親當時不得已選用了虎狼之藥，然而太后要遷怒，她的確沒地方說理。

「我只想知道實情。如果真是父親用藥不慎，我就認了。」

「老夫也想知道。誰沒個好奇心呢？除非乾清宮素成老兒肯開口。」方太醫搖了搖頭，「他侍奉三朝皇帝，有些事爛在肚子裡也不會說的。」

穆瀾眼睛亮了亮，「乾清宮的素公公？」

她記得是這個老太監來杜家宣的旨，他是無涯身邊的總管大太監。

「十年了，宮裡的老人沒留下幾個，經歷十年前那場動盪的人不多了。」

穆瀾知道能從方太醫嘴裡了解到的情形就這麼多，見時辰不早，她起身告辭。出了房門，她總覺得自己還遺忘了什麼事情。

「老夫與杜老兒研討醫術，也曾大醉方休。至交好友，醉時也曾對他透露過當年遺憾之事。」

老頭兒年輕時酒品不甚好啊。科舉會試題目被他酒後無意中說給前祭酒聽，與方太醫醉酒後，他是否也會透露些什麼？

穆瀾旋風般跑回房間，拿出了穆胭脂給的荷包，「方爺爺，您與我師父醉酒話當年，您告訴他年輕時與我外祖母的事，他自然也不會隱瞞他的事。他當年可曾戀過什麼人？」

藍色的荷包上繡著綠葉黃花，一枝丹桂。

穆瀾的心漸漸加快。如果方太醫知曉一星半點，是否她就能解開老頭兒身上刺青之謎？死前對丹桂樹下黃衫女子行大禮叩拜之謎？

杜之仙戀過什麼人？方太醫不由得失笑，故意板起臉來，「長輩的情事也是能隨便打聽的？」

「我師父死不瞑目。」穆瀾顧不得多加思索，將杜之仙去世前的奇怪舉止告訴方太醫，「我換上了那件衫裙，親眼看到師父朝丹桂樹下的我行大禮。方爺爺，我想找到那個女人，想問她一句，為何對我師父如此心狠。」

「丹桂……」方太醫拿著那只荷包，盯著上面的那枝丹桂久久不語。

穆瀾急了，「方爺爺，這事對我來說真的很重要！您是否見過這個荷包？」

方太醫將荷包放在桌上，認真地告訴穆瀾，「我從未見過這個荷包。」

穆瀾不由得失望，掐著手指甲不死心地問道：「您和師父飲酒大醉，他都沒有透露一點點嗎？就一點點！」

見她掐著手指甲的那副可愛模樣，方太醫卻是又氣又急，「穆瀾，查妳家的事情，老夫理解。換成是任何人，都想知道那天發生了何事。就妳家的事，已是能捅破天的大事！」

「妳不想想，帝后情深，先帝突然駕崩，太后悉數遷怒於妳爹那劑虎狼之藥。若知道妳還活著，立時就要妳的命。妳在國子監被人識破身分，也是砍頭的大罪。如今皇上並不知曉妳的身世，還護著妳。若他知道……妳可怎麼辦呀？妳還有閒心思去管妳師父的事？逝者已矣。縱有再多恩怨不甘與遺憾，那也是天註定。妳這孩子……」

他越說越生氣，乾脆背轉身不看穆瀾，「妳趕緊走！老夫能與妳說的舊事僅此一回，日後莫要來找老夫！」

見把方太醫氣成這樣，穆瀾心裡一片溫暖。這些天她住在池家廢宅，心凍得像冰一樣，今天才感覺到一絲暖意。

方太醫氣得吹鬍子，心裡泛起濃濃的憂慮。幫穆瀾等於把性命置之度外。他老了，不怕死，但家裡還有幾十口人，族人數百，穆瀾不知輕重，什麼事都想管、都想查，將來可怎麼得了？

胳膊被扯著搖了搖，他瞥著穆瀾的手用力扯脫，「老夫沒什麼可對妳講的了。」

「我不向您打聽了，您別生氣好不好？」穆瀾討好地轉到他面前，只差衝方太醫搖尾巴了。

那樣的笑靨，燦爛眩目。方太醫心一軟嘟囔道：「不知輕重！」

「是，我曉得錯了嘛。」穆瀾扶著他坐了，倒了杯茶給他，「您消消氣。」

茶壺不是很好，倒茶的時候，幾滴茶水順著壺嘴淌下，眼看要滴在那只荷包上，方太醫突然伸手將荷包移開了，「唉，妳向所有人打聽杜老兒的情事，所有人都會說，他風流一世。他少年中狀元，生得又俊俏，京中名門閨秀想嫁他者不知凡幾。他思慕的女子據老夫所知，至少有三屆花魁。」

穆瀾掃過方太醫的手，失笑道：「亂花漸欲迷人眼。也許師父負了某位桂花姑娘，所以負疚吧。不提他了。」

方太醫明顯鬆了口氣，「妳要小心。老夫在太醫院、在宮中多年，都查不到的事情，妳也莫要太勉強。妳家就剩妳一個，妳家人在天有靈，必也希望妳好好活著才好。」

穆瀾見哄好了他，笑道：「我知道了。我不勉強，僅試一試而已。對了，八月我師父週年祭，我打算請假回揚州一趟。可惜他素來愛梅花，八月卻不能折枝梅拜祭他。」

想起與杜之仙交往一場，方太醫也甚是傷感，「是啊，他最愛梅花。那年我與他賞梅，他興致高，才會飲醉。」

他眼睛一瞪，「妳莫不是還想向老夫打聽？」

「我哪有？我不過隨口一說罷了。方太醫，學生病大好了，就此告辭！」穆瀾像忘記桌上的荷包，像隻兔子一樣蹦出了房間。

等她走了，方太醫關了房門，怔怔地望著桌上的荷包出神。他伸出手，手指顫抖著，輕碰了碰荷包的邊緣，又收了回來。

並未真正離開的穆瀾站在窗戶邊上，從縫隙中默默地看著。估計著時間，她繞到門口敲響了門。

方太醫回過神，打開房門，不等穆瀾開口，將荷包扔進她手中，瞪她道：「毛手毛腳！」

穆瀾嘻笑著，將荷包收進懷中，這才告辭出了醫館。

閃進寂靜無人的樹林，她靠著樹望著藍天出神。

「最愛梅花？如今香雪已成海。小梅初綻，盈盈何時歸？」穆瀾想起揚州杜宅找到的那幅梅圖，喃喃唸了出來。

最愛梅花，卻思丹桂。

「思慕的花魁就有三位？老頭兒您真夠風流的！」

方太醫明明見過這只荷包，卻裝著不知。

「宮裡還有多少人見過這只荷包？」穆瀾蹙緊了眉。

十年，如果穆胭脂能查到父親在先帝駕崩前一晚發生的事情，早就查到了，還有必要到今天才用這只荷包去引出從前的舊人？穆瀾並不相信穆胭脂，她想起住在池家廢宅的那幾天想到的事情，心裡拿定了主意。

第四十二章 庫銀調包案

穆瀾回到天擎院，剛進宿舍就見到許玉堂和靳擇海在。兩人見著穆瀾好生驚喜，靳擇海親熱的態度嚇了穆瀾一跳。

「小穆，你夠意思。為了整譚弈，你把自己也賠上了。」

穆瀾想起打馬球時悄悄灑在譚弈身上的藥粉，知道靳擇海誤會了。她沒有說破，只是笑道：「譚弈病好了？」

「沒有！」靳擇海哈哈大笑，「我看明天六堂招考他來不成！」

那種藥粉又非劇毒，長些疙瘩、疹子，服些清熱解毒的湯藥就好。穆瀾在端午賽馬時順手為之，只是給譚弈一點兒教訓，「我看未必。不過，他就算缺考，那些舉子若考上了，分來我們班，也是麻煩。」

許玉堂笑道：「那些舉子熟讀四書五經，也未必能考上。小穆，你看歷屆招考監生的試題。」

以許玉堂的能耐，弄到往屆的試題並不難。穆瀾看完喃喃說道：「我怎麼覺得這些題目，林一鳴和小侯爺進六堂的機會最高？」

靳擇海指著某年的試題大笑，「若讓本小侯爺再遇這道品香的題，保管高中！」

「有一年考的是御科，去年考的是樂科譜曲，每年都不同，真正考寫試卷的極少啊。祭酒大人出的考試題目真是古怪。小穆，所有人都在猜今年祭酒大人會出什麼樣的題目。你猜今年會考什麼？」許玉堂問道。

「祭酒大人出題？」穆瀾想起陳瀚方夜夜拆雜書的事，隨口說道：「我猜沒準是讓大家寫個荒誕傳奇故事，鬼怪遇狐仙什麼的。」

許玉堂呆了呆，洩氣道：「那可真是出人意料！」

穆瀾安慰他道：「如果真考四書五經，還不如直接從落榜舉子中選六堂監生，祭酒大人出這樣的試題應該是照顧別的監生之舉。我看，反而不愁。水來土掩便是。」

靳擇海大笑，「有道理！若考這些，我們班還怕那幫舉監生不成？本小侯爺若進了六堂，我爹肯定大擺宴席，放鞭炮給祖宗燒高香！哎喲，不成。林一鳴那小子玩的花樣比本小侯爺還多，他若進了六堂怎麼是好？」說著又犯起了愁。

許玉堂和穆瀾都笑了起來。

新監生報考國子監六堂的人大概占全部新生的十分之一。舉監生既有舉人功名，幾乎全部報了名。蔭監生與例監生報名者甚少。

舉監生們看到許玉堂和穆瀾倒沒什麼反應，看到靳擇海和林一鳴，都忍不住嗤笑。這兩位出了名的紈褲竟連點兒自知之明都沒有，居然來報考六堂？

靳擇海是看到過往考題後，想來撞大運。

林一鳴想法很簡單，林一川報了名，他總不能連名都不敢報吧？考不考得上是一回事，關鍵是不能輸了氣勢，否則豈不成了林家二房不戰而敗？

睥睨著各方不屑的眼神，林一鳴「刷」的抖開了摺扇，不屑地想：六堂監生算個屁啊，老子爭的是金山銀海，比你們眼光高多了。

謝勝武藝好，學業一般。他本來沒想過要來報名，反倒是後來回國子監的林一川把他硬拽來了。

在考場外見到穆瀾，林一川嗖地竄到她身邊，「病好了？」

她不是給他留了話？當她在放屁？穆瀾白了他一眼，繼續滿面笑容地和許玉堂、靳擇海聊天。

許玉堂相當配合，靳擇海更是上前一步，三人圍成了個鐵三角，生生將林一川擠到外面。

「白眼狼！」林一川從牙縫裡擠出這句話，生出一種「山不就我，我死皮賴臉就要上山」的無賴心思，從許玉堂身上下手，「許三，你打小就對甘草過敏嗎？」

許玉堂頓時尷尬不已。好歹林一川救了他一回不是？只得堆著笑謝他，「上次多謝你仗義出手。」

「我們是同窗嘛，一個班的不是？」林一川熱情地回應，衝著穆瀾得意地笑，上前一步，將鐵三角撐成了四人圈。

狗皮膏藥！穆瀾心裡暗罵，不動聲色往外退了一步，「我尋謝勝有事，你們聊。」

才走開兩步，她驀然回頭，看到林一川目光如星、笑容燦爛的臉。

「小穆，妳又不信我了是不是？妳別拒人於千里之外，我不怕被妳連累。」林一川搶先開口，壓低了聲音說道。

這不是連不連累的問題，而是生死攸關的大事。她要做的事絕不能讓林一川摻和進來。穆瀾燦然笑道：「大公子，我長得很不錯是吧？」

什麼意思？林一川眨了眨眼睛，「比本公子差了點兒陽剛之美，還算……不錯吧。」

穆瀾的秀眉輕輕挑了起來，像兩枚小刀子，話語異常溫柔，「你黏著我，該不是看上了我的美色吧？」

妳還真說對了。林一川心裡嘆氣，卻不敢讓穆瀾知曉心事，苦笑道：「小穆，妳明知道我真心想幫妳……」

「離我遠點兒，就算幫我大忙了。」穆瀾打斷了他的話。

「可是小穆……」

穆瀾被他纏得煩躁起來，「你沒有龍陽之好，我有啊！你黏著我不怕被我誤會？」

聲音有點大，站在考場外的監生們聽得清清楚楚，好奇的目光刷地就望了過來。穆瀾氣急敗壞地拂袖走向謝勝。

謝勝握緊拳頭，看著穆瀾那張精緻的臉，後背的汗刷地就淌了下來，磕磕巴巴地說道：「小穆，我、我家就我一根獨苗……」

黝黑的額頭淌下了汗，他轉身急急走到旁邊。穆瀾停住腳步，猛一回頭，看到監生們驚奇的臉色和林一川忍俊不禁的笑容，氣不打一處來，沉默地離開人群。

一個聲音突然插了進來，「有龍陽之好還好意思進六堂？」穆瀾抬頭一看，譚弈負手而來。兩人目光相撞，譚弈眼裡噙著一絲陰狠。他走過穆瀾身邊低聲道：「別以為你救了我，我就會對你感恩戴德。你當我不知道你對我下了藥？」

「我救了條狗，沒指望這條狗從此不咬人。」穆瀾淡淡說道。錦煙忘記了自己，卻喜歡上自認有龍陽之好的穆瀾。譚弈心如刀割，深深看了穆瀾一眼道：「從一開始我就討厭你，後來才知道人的直覺真不會錯。你羞辱了我，我，我當十倍、百倍相報。」說罷拂袖而去。

她羞辱了他？

「有病吧！今天我真該算上一卦，是否諸事不利。」穆瀾沒好氣地嘟囔著。她是否該放棄報考六堂？然而考進六堂的監生擁有一個資格，向祭酒提出一個合理請求的資格。穆瀾想起與穆胭脂的條件互換，她想趁機試探陳瀚方。

這時，考場開放了。國子監六堂監生身著六色禮服，簇擁著官員們肅穆而來。新監生們停止了對穆瀾的議論，列隊進入考場。

試題懸掛在正中，墨字淋漓地題寫著一句詩詞：遙知不是雪，為有暗香來。

這是前朝有名的詠梅花。

陳瀚方目光溫和地望著坐定的考生們道：「求學之路艱苦，當學梅之精神，臨寒吐蕊，卻也不能讀成書呆。今天六堂招考的題目以梅為題……寫一個故事。荒誕傳奇人物故事不限，自行創作，兩個時辰為限。諸生且記住，考的是想像力。」

監生們譁然。

許玉堂悄悄衝穆瀾翹起大拇指，心想：還真給你說中了。

靳擇海和林一鳴嘴巴咧到了耳後根，提筆便寫了起來。

穆瀾望著陳瀚方，心裡的怪異感大作。那些雜書裡究竟藏著什麼祕密？與梅有關的祕密？

穆瀾想起了老頭兒畫的香雪海，想起了自己所練輕功的名字，想起了靈光寺裡的那樹紅梅。她遠遠地望著陳瀚方，總覺得擋在眼前的謎霧後面就是真相；而這真相似乎是穆胭脂和杜之仙想知道的，又似乎和自己有著說不清、道不明的聯繫。

「梅花？」林一川也蹙緊了眉，胸前那道傷口隱隱發燙。他想起了于家寨，想起了于紅梅，也想起了靈光寺梅于氏房間外那樹紅梅。

安靜的考場上，眾監生咬著筆頭，想像著與梅有關的故事。陳瀚方緩步走出考場，心裡再一次默唸著那句對梅的詩句。這麼多年過去，他仍然不知道這句詩詞究竟想告訴他的是什麼？

他翻遍了國子監裡的雜書，翻遍了百家詩，仍然尋不到答案。

如果是一隻餌，也許能讓急於吞餌的魚浮出水面。陳瀚方回過頭，目光掠過了許玉堂與譚弈的背影。

時至正午，一聲鑼響，考試結束了。

新監生們在六堂監考監生的目光下交了試卷，出了考場。

「我寫了個梅中仙的故事。某年某書生赴考，於梅林中小憩，突然梅香隱隱，眼前出現了一個絕色美人……」林一鳴得意洋洋地向靳擇海說道。

靳擇海微瞇著眼望著他，咬牙切齒道：「林一鳴，你該不是偷看了本小侯爺的試卷吧？書生赴考進梅林遇梅中仙是本小侯爺想出來的！」

「喊！」林一鳴不服氣地瞪著他。

林一川又黏上了穆瀾，「妳寫的是什麼？」

穆瀾見他眼神閃爍，心中一動，「靈光寺的故事。」

林一川嘶了聲吸著涼氣，竊笑道：「我也是。小穆，咱們倆真是心有靈……」

穆瀾已大步走開。

「哎哎，妳不想知道那隻玉貔貅？」

想起與侯慶之的那頓酒，穆瀾心一軟停了下來，「真存了東西？」

「這裡不是說話的地方，回我宿舍。」林一川左右掃了眼，扯著穆瀾往玄鶴院去了。

謝勝大概是擔心穆瀾真看上自己，見穆瀾和林一川進宿舍，掉頭就走了。林一川巴不得他不回來，關了門拿出一只木盒。

盒子裡裝著一只五十兩的銀錠。

「虧得我是通海錢莊的大東家，悄悄開了庫房取了，無人知曉。」林一川得意地瞥著穆瀾想：總有法子讓妳甩不開我。

侯慶之存在通海錢莊裡的東西是這枚銀錠？穆瀾拿出銀錠仔細看了看。銀錠上鑄著一行字：「世嘉，五十兩。」

這是戶部官銀。

侯慶之抹喉跳樓前說有人偷換官銀，就是這個？穆瀾掂了掂分量，感覺沉手。

林一川對銀子絕不陌生，指點穆瀾看，「這是灌鉛銀，比五十兩銀更重。」

他拿了一把刀出來，使了內力切下一塊，銀皮裡面裹著一坨鉛。

「如果戶部撥去修河堤的銀都是這種灌鉛銀，銀兩再使用需重新融鑄，那時候侯知府才發現庫銀全是灌鉛銀。銀已入庫，他若上報，也無證據，只好暗中變賣家財向富戶借銀補了虧空。那三十萬兩灌鉛銀都應該還在淮安府銀庫裡。侯慶之保留一錠有什麼用？能當證據嗎？」穆瀾疑惑地問道。

「三十萬兩銀子造假，幕後之人權勢不可小覷，普通人做不到。侯家擔心連那三十萬兩假銀都保不住，這錠銀子是送進岳家保存的證據。沈郎中金殿撞柱自盡，這錠存在通海錢莊的灌鉛銀就給了侯慶之。他一時熱血上頭，以死將事情鬧大。自盡前遇到妳，把提銀的信物交給了妳。」林一川分析完嘆道：「話說，朝廷上下除了東廠，我還真想不出誰有這麼大的能耐。」

「兩種可能啊。一是東廠幹的，被人發現了，於是毀河堤揭穿此事。二，不是東廠幹的，幕後之人想嫁禍譚誠，沒想到侯知府暗中籌銀把河堤修好了，所以把河堤毀了，將事情揭破。」穆瀾隨口一說，不知為何想到了珍瓏。

她心裡沒來由地一緊。也許穆胭脂所組的珍瓏是那些被東廠所害的家族。杜之仙隱居十年，他是否在暗中聯絡他的門生弟子呢？這些世家門閥雖然被誅族滅門，但百足之蟲死而不僵，加起來的力量絕不會小。如果真是珍瓏所為，為了復仇嫁禍東廠而毀掉河堤，水淹了一縣百姓，這是什麼樣的復仇？毀天滅地都不惜嗎？

「先留著吧。侯知府夫婦差不多也該被押解進京了。將來若有需要，我們再交上去。現在我們也沒辦法查。」林一川將銀子放回木盒。

「好，我走了。」

說完事就走，林一川眼珠轉了轉，「小穆，其實上次我挨八十大板是假的。我請假那個月跟著丁鈴去了趟山西，查到了靈光寺梅于氏的身世。」

眼前又出現了梅于氏房前的那株紅梅，穆瀾想起陳瀚方，心裡嘆了口氣，再次被他留下來。她望著林一川英俊的臉有點生氣。她是魚嗎？怎麼林一川每次都能準確拋出她想要的魚餌？

見她不走了，林一川心頭陣陣竊笑，「小穆，咱們倆是挺有緣分的。妳看，連今天答題寫的故事都一樣。」

他終於將山西一行細細說給了穆瀾聽，心裡一塊石頭終於搬開了。他不想瞞她，他還是那個想法，既然穆瀾不願對他坦誠，那他就對她坦誠。精誠所至，金石為開。林一川相信，水滴石穿，穆瀾終會知道自己對她的情意。

「進宮的采女，于紅梅。」穆瀾記住這個名字。又和宮裡扯上了關係。

「奇怪的是，錦衣衛在宮裡沒查到這個人，掖庭檔案中也沒有運城采女于紅梅這個人。」林一川擺了擺手，「線索就此斷了。」

「你們在山西查到，于紅梅是二十八年前以采女身分進宮。時間太久遠了。」穆瀾又想起無涯身邊的素公公。歷經三朝元老，他或許記得這個神祕的于紅梅，記得十年前先帝駕崩那晚發生的事情。

懷裡繡著丹桂的荷包又隱隱發燙，她不能把所有希望都繫在穆胭脂身上，也不能把無辜的核桃牽連進來，她只能自己戴著這只荷包進宮。

「小穆，今天的考題妳寫的是什麼故事？我寫的是紅梅姑娘被姑姑一手養大，然後指婚嫁給了某位貴人。進宮前她有個相好，不想被她姑姑知曉內情，壞了大好前程，於是派殺手殺了她姑姑。」林一川壞笑道：「這種情殺最吸引人看了。妳說呢？」

穆瀾笑道：「我啊，我寫的是靈光寺的老婦做了外室，生了個兒子被大婦抱走，結果她兒子不想身世被暴露，奪了家財，於是狠心把她殺了。她死之前，在地上寫了個血字。衙門根據線索，將她兒子捉拿歸案。」

兩人都是憑空想像，林一川或許是想起了山西的經歷，而穆瀾卻想試探陳瀚方。她一直對那個被踩模糊的血字耿耿於懷。

林一川終於沒有事能絆住穆瀾，只得遺憾地送她離開。

穆瀾想著這幾天自己要做的事，停住了腳步，正色道：「我這幾天有事要辦，你莫要來找我。你的心意我知道，但你若真想幫我，就離我遠點兒。」

「妳要做什麼事？我幫妳放風……」

「林一川！」穆瀾的脾氣終於被他磨出來了，「你知不知道你很煩？」

他知道自己很煩，但他卻沒辦法讓穆瀾知道他的心思。一聲嘆息從林一川嘴裡溢出，他突然伸出手，將穆瀾抱進懷裡，又不待她掙脫便鬆了手，嘴角噙著淺淺的笑，「小穆，妳記得有需要時，定來找我。」

穆瀾怔住了。

她要做的事情，絕不能讓林一川被牽連進來。這一刻穆瀾的心硬如鋼鐵，她淡淡說了聲謝，轉身離開。

就連一絲留戀都沒有嗎？林一川盼著她回一回頭，哪怕回頭看自己一眼，對自己展開一個笑容都好。

然而最終穆瀾頭也不回地消失在他視線中。

林一川站在五月的豔陽下，只覺得這燦爛的陽光也晒不進他的心。他喃喃說道：「終歸是你不夠強，所以她不肯連累你，不肯依靠你啊。」

●○●

夜色來臨，御書樓頂的燈光又一次亮起。

守衛的禁軍營地中，謝百戶抬起了頭，眉心不自覺地蹙成一道深深的川字。這樓裡的雜書在這兩年間已被他換得差不多了，陳瀚方要把御書樓裡的書全部拆完，主子手裡卻沒有這麼多書可換了。無論如何，今天晚上他還要再去一趟。

今天陳瀚方沒有拆書釘書，他在書裡找不到答案了。面前的書案上擺著一摞試卷，他一張張看過，什麼梅林遇仙、種梅異人都被他略過。他的眉毛突然急促地揚起，挑出了一張試卷。

他深深地吸了一口氣，顯然心情分外激動。陳瀚方用更快的速度閱過試卷，又一張卷子被他顫抖的手挑了出來。

他又從中選出許玉堂和譚弈的卷子，詫異地發現上面的故事不是他想看到的，他的目光落在另兩張卷子上。

試卷上寫著林一川和穆瀾的名字。

陳瀚方沉默了下，拿起兩人的試卷仔細看了起來。

透過窗戶的縫隙，穆瀾穿著夜行衣倒掛在角替上，目不轉睛地盯著陳瀚方。

守了御書樓兩年，今夜是個例外。

謝百戶望著御書樓頂的燈光往樓下移動，腦中自然想像著陳瀚方的行為。祭酒大人沒有停留，提著燈沿著樓梯下樓，平靜地離開。

他的目光掃過陳瀚方胳膊裡夾著的試卷，以他兩年來的觀察，陳瀚方批閱的試卷顯然很特別。謝百戶可以偷換書籍，卻不能公然搶走這些試卷，這讓他有些焦慮不安。然而想起主子的叮囑，謝百戶忍住了偷試卷的衝動。他沒有過目不忘的本事，記不住這幾十張試卷的內容。

謝百戶默默地想，這事很重要。

沒有燈光，淡淡的夜色自玻璃窗透進來。穆瀾站在御書樓頂層，認真觀察著陳瀚方的這處私密空間。

藉著夜色，室內光線不亮，也足以讓穆瀾看清這裡的布置。大書桌後方牆上懸掛的中堂讓她微微有些吃驚，這幅字跡蒼勁有力的墨書題寫的正是今天考試的題目：遙知不是雪，為有暗香來。

陳瀚方光明正大地將這句詩詞懸掛在這裡。很多讀書人的書房裡掛著「靜」字之類的警戒，隨時提醒自己。陳瀚方此舉看似與眾人無異。

「越是大方，越不容易引人懷疑？」穆瀾喃喃自語。

這句詩裡的祕密究竟是什麼？

穆瀾此時想不明白，她走到那張極闊的書案前。陳瀚方離開時已將書案整理過了，文房四寶、一摞書帖、幾本古籍，又是極尋常的布置。

她站在書案前，眼睛亮了亮。

跟杜之仙讀書的時候，穆瀾所用之物皆是精品。讀書人對文房四寶的狂熱如商人見了金銀，酒徒遇到美酒。她湊近了看著書案上的那方硯，裝硯的木盒引起穆瀾注意。她輕輕揭下盒蓋，木盒中的硯是普通的硯，木盒也極普通，與精緻的越窯筆洗、紫檀筆架放在一處，極為醒目。

手指撫過木盒上刻著的花紋，穆瀾想，她找到了想找的東西。盒蓋上刻著一枝梅花。

讀書人喜歡梅蘭竹菊四君子圖案很尋常，但陳瀚方用就不尋常。穆瀾將盒蓋放回原處，肯定了對陳瀚方的懷疑——他一定認識梅于氏。

●○●

天明後，監生們踏著晨鐘上課。教室外已經貼出了此次六堂招考的錄取結果。穆瀾擠進人群，正看到譚弈一行人與許玉堂一行人兩方對峙著。

榜單上，率性堂錄了兩人，正是譚弈與許玉堂。

靳擇海找了半天，沒看到林一鳴的名字，心裡平衡了。

林一鳴仔細看完名單，沒看到林一川的名字，哈哈大笑，「甚是公平！」

打了個平手？譚弈看到大多數人名都是自己相熟的舉監生，瞥了許玉堂一眼，卻對穆瀾笑了起來，「杜之仙的關門弟子也不外如是！」

林一川擠進人群，還沒看名單就聽到這句話，正想反唇相譏，林一鳴就跳了出來，興高采烈地說道：「堂兄，你落選了！」

「你不也落選了？」穆瀾說完，悄悄扯了扯林一川的衣袖。林一川沒有說話。

牆上不僅貼著錄取名單，還將錄取者的答卷貼在牆上。負責張貼的小吏高聲說道：「為示公平，祭酒大人允許落選者向他提出疑問。」

這就是她和林一川落選的原因？陳瀚方不想把他們的試卷張貼出來，而他看到故事後卻有話想問？穆瀾笑了起來。
上課的銅鈴聲搖響，學生們陸續進了教室。
這是穆瀾第二次進國子監後面的院子，陳瀚方正在等她。年過四旬，陳瀚方依然風度翩翩，想來年輕時也是個美男子。那雙睿智的眼睛和藹地望著穆瀾，「對本官的錄取有疑？」
穆瀾拱手見禮，「學生的先生是國之大儒，學生總要為他老人家的顏面著想，是以請祭酒大人解惑。」
她瞄了眼陳瀚方日常處理事務的房間，沒有看到任何異常的陳設。她話裡的意思是因著杜之仙的名聲而來，然而目光觸碰，兩人心知肚明，是為了靈光寺的梅于氏。
陳瀚方離座而起，緩步走出廂房，「隨本官走走吧。」
兩人走進了院子旁邊的樹林，一直走到那棵著名的柏桑樹下。
「多年以前，本官也是國子監裡的一名監生。」陳瀚方望著樹輕嘆，「後來考取功名，留在了國子監，一步步走到今天。」
穆瀾沉默地聽著。
林中清靜，陽光安靜地從枝葉間灑落，她不知道陳瀚方想跟自己講一個什麼故事。
陳瀚方話鋒一轉，「你師父過世前曾寫了一封信給本官，囑本官照拂於你。」

穆瀾猛地抬起頭。

陳瀚方微笑著望著她，「杜先生是我的恩師。你，從某種意義上講，應該是我的小師弟。」

他從袖中取出一封信遞給穆瀾，封皮上的字跡很熟悉，穆瀾看了十年，太過眼熟。她取出信看了。信寫得很簡單，告訴陳瀚方，他的小師弟會進國子監，請他多為照拂。無他。

「靈光寺一案，錦衣衛尚未結案，小師弟若寫別的故事，本官錄你進六堂並無顧忌。國子監終是讀書的地方，牽涉到命案，終究不好。是以，我沒有錄取你。」

「學生明白了。」

一個口稱小師弟，一個自稱學生，兩種不同的稱呼代表的意義明顯不同。

陳瀚方幾不可見地蹙了蹙眉，終於下定決心，「你進過梅于氏的廂房？所以心有疑慮？」

「師兄也進過廂房，難道真沒看到梅于氏臨死前手指蘸血寫下的字？」

聽到這聲「師兄」，陳瀚方眼睛亮了亮，溫和地說道：「當時我心急，帶著兩名監生入內，是真沒有看見。也許慌亂中將那個字跡踩模糊了，小師弟誤會我了。」

穆瀾靦腆地低下頭，「對不起，師兄。我以為……」

「你以為我沒有錄取你，是因為你故事裡的那個踩模糊的字跡？」陳瀚方爽朗地笑了起來。

穆瀾的臉似乎更紅了，羞愧地朝陳瀚方拱手行禮，以示歉意。

陳瀚方很好奇，「你看到梅于氏寫下的是什麼？可以告訴查案的錦衣衛。」

穆瀾猶豫起來，「師兄才說過，最好不要牽涉命案。我看到的也許是梅于氏掙扎時無意畫出的指痕，並沒有確切的意思，她畢竟得了健忘症多年……」

「嗯，多一事不如少一事，認真讀書方對得起先生的教誨。」陳瀚方親切地拍了拍她的肩，「明年還有機會考進六堂。有我在，小師弟前程定無憂。」

「謝師兄提攜。」穆瀾感激地行禮。

陳瀚方滿意地離開了樹林。

此地無銀三百兩！梅于氏寫下的十字很重要。

從前因邱明堂案，老頭兒列出一堆人名，而讓她最開始查的人，就是陳瀚方；然而老頭兒卻私下寫信讓陳瀚方在國子監照顧自己，老頭兒的葫蘆裡賣的是什麼藥？也許，她的行動應該更迅速。穆瀾感覺到那重重迷霧中有一處光亮，離她已經不遠了。

●○●

夜幕降臨。

內閣首輔胡牧山用了晚飯，沿著後花園那十來株美麗的辛夷花樹朝後行去。服侍的老管家挑著燈籠，小心照著路。

繞過花樹後小小的池塘，靠近後院牆的假山與藤蔓花草小心地遮掩著一間不起眼的院子。這是胡牧山的內書房。

院外看守的護院上前見禮。胡牧山擺了擺手，提襟邁進門檻。老管家安靜地跟進去，將院門關了，站在門口。

院子很小，正面是一排三間正房，左右兩側各有一間廂房。

胡牧山獨自進了正房，掩上房門。

打開牆角的櫃子，胡牧山從衣襟內取了柄鑰匙，熟練地在櫃壁上找到鎖孔一擰一推，櫃壁像一道門輕輕被他推開。他提著一盞小巧的琉璃罩燈盞走了進去。

在通道裡走了片刻就到了盡頭，他再次推開一道門出去，出現在一間極闊的房間裡。

五間打通的廳堂極其寬敞，書架密密堆到了頂，擺滿了書籍。

屋頂沒有搭捲棚、設承塵，露出高高的房梁。室內正中擺放著一張極其寬大的書案，足足占去了兩間屋子的長度。書案正中放著一盞燭臺，燈光不弱，卻無法將五間廳堂映亮。書案另一頭坐著一個男子，昏暗的燈光模糊了他的面容。

胡牧山走到書案旁，將手裡的燈盞放在桌子上，吹熄燭火，坐了下來。

兩人隔著長長的書案沉默地對坐著。書案盡頭的男人扭動脖子，看著四周高大的書架發出一聲嘆息，「沒有再送書來了。」

胡牧山明白他的意思，苦笑道：「總算沒有再送書來了。」

幸虧陳瀚方查看的是御書樓收藏的雜書，但就算是這樣，兩年間換掉的書也堆滿了五間廳堂。總不能將御書樓全部的書都淘換了。

「遙知不是雪，為有暗香來。」對面的男人吟出了陳瀚方出的試題，微嘲地說道：「陳瀚方忍不住了。看來他也沒有找到書裡的東西。」

胡牧山佩服地朝對面看過去，「您目光深遠，多年前就在國子監布下眼線。那時您就知曉陳瀚方有古怪？」

那人搖了搖頭，「我不知道。當年于紅梅出宮，去了一趟國子監。我一直想不明白她去國子監做什麼，如今看來，她是去找陳瀚方。」

胡牧山微笑地奉承道：「您深謀遠慮。」

「小心謹慎一點兒總是好的。我的人在國子監盯了那麼多年都沒有發現端倪，也許于紅梅只是無意中經過。這麼多年，我本已放棄，若非兩年前皇上親政後派禁軍保護御書樓，安插進去一個百戶，也不能發現陳瀚方有古怪。盯著他，這才找到了梅于氏，所幸不晚，趕在梅于氏開口前滅了口。」

「梅于氏死了，陳瀚方還有留著的必要？」胡牧山看向對面陰影中的男人道：「此題一出，有心人都能嗅到其中的味道。依本官看來，斷了這條線才算安全。」

「陳瀚方的命已如螻蟻。」那人望著四壁的書，話語裡露出不甘與憤怒，「他在找什麼呢？于紅梅那賤婢一定留了東西給他，這東西萬不能流落出去。」

胡牧山輕聲說道：「陳瀚方已經忍不住了。他這道題，不是給新監生們出的，是有意透露，想把水攪混了。」

那人冷冷說道：「從前陳瀚方是我們想釣出的魚，如今他已經變成了魚餌。他想攪混了水，我也想看看這水底下究竟還藏著多少條漏網的魚。東廠的眼睛不是瞎子，譚誠的義子已進了國子監。一石二鳥之計，他也在等著撈魚。」

胡牧山沉默了會兒，贊同了對方的話，「做漁夫也不錯。」鷸蚌相爭，最終還是漁夫得利。

那人轉移開話題，「你親去穆家吃了碗麵，還有記憶？」

胡牧山笑道：「記不住了，並無熟悉的感覺。譚誠親眼看過杜之仙的關門弟子，似並無可疑之處。」

「那閹狗眼力不錯。他瞧過無疑，便就是了。」那人似想到什麼，輕笑道：「杜之仙老謀深算，斷不會將意圖輕易暴露人前。他的關門弟子大張旗鼓奉旨進國子監，用來迷惑人罷了。」

「雖是一枚過河小卒，也有幾分本事。得了皇上青睞，發現了花匠老岳。」胡牧山淡淡地提醒對方。

那人不以為然，「皇上看在杜之仙的分上對穆瀾青睞有加，若無幾分本事，杜之仙也不會將他拋出來。不過，錦衣衛丁鈴接手靈光寺一案，前些日子，他去了掖庭查閱宮人檔案。」

胡牧山清楚，丁鈴自然是查不到的。

那人似想到什麼，蹙眉道：「侯繼祖夫婦進京了。毀滅河堤者不知是誰。」

「總之是與東廠過不去的人。」

「且看著吧。」

胡牧山知道談話到此結束，他點亮了燈，沿著來路回去了。

第四十三章　案中謎局

雲層之中突然刺出道道閃電，雷轟隆炸響，大雨滂沱。

京郊驛站內，東廠大檔頭李玉隼站在迴廊中，望著簷下如線般的雨幕出神。天明就能押解侯繼祖夫婦進京城，如果錦衣衛有心破壞，這是最後一夜。

從淮安進京，沿途他嚴防死守，一路無事。難道對方早就打定主意以逸待勞，守在進京的最後一站？

「小心戒備，挨到天明。」

他吩咐著下屬，回頭望了眼身後的廂房。到現在侯繼祖夫婦尚不知道沈郎中在金殿撞柱身亡，獨子抹喉跳了御書樓。侯繼祖情緒尚算穩定，只盼著進京申冤，尚算配合。

是誰在嫁禍東廠？三十萬兩庫銀造假，對方的勢力不可小覷。迎著撲面而來的風雨，李玉隼彷彿感覺到暗處的狂風驟雨向東廠撲來。

「錦衣五秀，莫琴。」李玉隼唸著這個名字，想起臨行前譚誡的叮囑，眼中露出強烈的戰意。

他是東廠最銳利的刀，莫琴會不會也是錦衣五秀中最強的那個人？

李玉隼站在廂房前，握緊了手裡的刀。廂房內外至少有十五名東廠高手，莫琴能以一敵十六？他不相信。

這時天際再次被閃電耀亮，雷聲如霹靂炸開，震得他的心臟巨震。李玉隼瞳孔猛然收縮，「來了！」

雷劈中了相鄰的院子，不知是何緣故，燃起了大火。風雨聲中，驛站馬嘶人聲響成一片。

唯獨東廠所居的院子，仍保持著靜默。

李玉隼冷笑，這種拙劣的聲東擊西之計也能引開自己？

混亂之中，他耳朵微動，刀瞬間出鞘，人如鷹隼飛出了迴廊。長刀劃開雨幕，將一枝羽箭斬成兩截。就在這剎那間，他看到不遠處，另一枝羽箭雪亮的箭鏃刺破雨幕釘在屋頂上。

「轟」的一聲，屋頂炸開，火沿著瓦簷不懼風雨地燃了起來。

對方竟早在屋頂上埋下火油！李玉隼在空中倒翻落在迴廊上，一腳踢開廂房的門，退回房中。

屋頂被炸開一個洞，火順著房梁在大雨中無懼地燃燒起來。

雨夾雜著雷聲從破洞中嘩啦啦地落下，火卻未滅，瞧著極為詭異。

廂房中七、八名東廠番子將侯繼祖夫婦圍在中央，光亮明暗閃爍間，耀出了這對苦命夫婦臉上的驚恐。

「若要滅口，東廠有的是辦法。」李玉隼再一次告訴這對夫婦，「指望對方救走你們是愚蠢的想法。」

身為淮安知府，侯繼祖也有幾分眼力，心裡再厭惡東廠，也明白李玉隼話裡的意思，咬牙道：「不到大理寺，本官什麼都不會說。」

「如果我防不住，對方殺了你們夫婦，誰替你們伸冤？」

侯繼祖握緊夫人的手，一字字說道：「就算本官夫婦死在這裡，譚公公也不會接下這盆汙水，此案定有真相大白的一天。」

李玉隼握緊了刀柄，真想一刀宰了這個固執知府。

督主說得沒錯，有人想陷害東廠，而侯繼祖已經知曉是誰換掉了庫銀。拿到他心裡藏著的證據，他們夫婦的死活就不重要了。

「放心，你們會活著進大理寺。」

只要堅持到天明。李玉隼鎮定地站著，望著大開的房門想，以不變應萬變。他不相信來人還能在自己眼皮底下殺了侯繼祖夫婦。

一道閃電刺破天際，瞬間的光亮映出了奔來的數道黑影。馬蹄踏破水漬，黑壓壓一片湧來的人影讓李玉隼眉毛急促地跳動著。對方竟來了這麼多人？他深吸一口氣，脣間發出尖銳的嘯聲。

廂房外埋伏的東廠番子聽到嘯聲，弩箭齊射。

沉悶的聲響讓李玉隼心頭又是一跳。對方竟備了盾牌。錦衣衛為了殺死侯繼祖夫婦出動了多少人？

原以為對方只會暗殺，如今變成了明刺。李玉隼僅帶了二十幾人，他有點後悔自己的驕傲。

他回頭望向侯繼祖，「侯大人，對方至少不下百人，本官只能護得你一人衝出去。」

不可能再帶著侯夫人了。

侯繼祖握緊夫人的手，「我夫妻二人要死也死在一起。」

李玉隼毫不猶豫揮刀，刀光閃動，侯夫人瞪大了眼，喉間血如泉湧。

「你死不得。」

「夫人！」侯繼祖萬沒有想到李玉隼如此狠辣，眼睜睜看著夫人就此死去，眼睛頓時紅了，「你、你怎敢！」

兩名番子上前將侯繼祖一把扯開，挾持著他站在李玉隼身後。

外面數名番子已衝向了攻來的隊伍，兵器相交發出刺耳的碰撞聲。

「走！」

廂房中的番子帶著破口大罵的侯繼祖，隨李玉隼從房頂的破洞中一躍而出。

長刀在頭頂絞開，將襲來的箭雨斬開，然而箭雨並未停歇，李玉隼身邊已有兩名番子中箭發出慘叫。

「退！」李玉隼護著人讓他們重新退回廂房。

黑夜風雨中，火箭星星點點射來。李玉隼揮刀將周身護得嚴實，心沉沉落下。

黑壓壓的人馬已將這座小院圍得密不透風，藉著閃電耀出的光，他看清騎馬的人竟穿著沉重的鐵甲。只有京畿大營的兵馬才能無聲無息出現在京郊驛站。

他跳下屋頂，聽到箭矢咄咄射在廂房門窗上的聲音，心裡陣陣悲涼。他自負武藝高絕，如今卻連與對方相戰的機會都沒有。他回過頭，看著撲在侯夫人身上痛哭的侯繼祖，大步上前將他揪了起來，「我們被包圍了，來的是軍隊，李某尚能冒死衝出重圍。侯大人，到了此時，你仍不肯說出證據嗎？」

「一丘之貉！」侯繼祖紅著眼睛，啐了一口。

李玉隼無奈，恨不得將這個固執知府斬成數截。

嗖嗖的箭矢刺破了窗戶紙，射進了廂房。外間已聽不到下屬與對方戰在一起的刀兵之聲，李玉隼知道外圍的下屬已經悉數戰死。他揮舞著刀擊開箭支，與屋裡僅有的四、五名下屬護著侯繼祖退到角落裡。

木床被掀起擋在前面，對方根本沒有馬上攻進來的意思，只是一輪又一輪地射箭。火箭射進廂房，火勢漸起，大雨中燃起濃煙。

「你要死了，本官也要死！你說出證據，本官發誓會查清此案還你清白！」李玉隼看著身邊的下屬一個個倒下，知道已到了最危急的時候。

侯繼祖說出證據，他還能仗著高強的武藝試著衝出重圍。

「你殺了我夫人！你這個畜生！一丘之貉！狗咬狗都去死吧！」侯繼祖被刺激得幾若癲狂，根本沒有把洗清冤屈放在心上。他眼中只有李玉隼揮刀殺死妻子的仇恨。

李玉隼反轉長刀，擊暈了他。

身邊僅剩下兩名下屬。看懂了他的眼神，一名下屬飛快地脫掉外裳替侯繼祖穿上。李玉隼撕裂床單，將侯繼祖緊緊縛在身上，「本官尚有一口氣在，就不會讓你死在本官前面。」

兩個番子朝李玉隼單膝下跪，「大人保重！」說罷朝著屋頂的破洞飛躍而出，扮成侯繼祖試圖引開視線。

李玉隼沉默地聽著聲音，感覺到外面人馬的移動。他正要從另一個方向突圍，屋裡的地面突然發出一聲悶響。

床所在的地方磚石下陷，落出一個洞來，李玉隼的刀指向了洞口。

「莫要用刀指著我，不想死就跳下來。」洞裡傳來一個年輕的聲音，似帶著笑意。

李玉隼眼睛微眯，「你是誰？」

「在下莫琴。走不走隨你。」

風雨中傳來兩聲慘呼，馬蹄與腳步聲朝著廂房奔來。李玉隼知道，最後那兩名下屬殉職了。他一咬牙，扳動床板蓋下，帶著侯繼祖跳下去。

下面的坑洞比較寬敞，前面一丈開外站著一個穿緊身衣的人，手裡提著一盞精巧的燈。光線太暗，只能看清對方身材瘦削。

「走！」

莫琴在前引路，藉著那點兒黯淡的燈光，李玉隼背著侯繼祖跟著他往前奔去。

只走了半刻鐘，莫琴停了下來，李玉隼也站住了。

「過來一點兒。」

李玉隼握緊長刀沒有動。

「李大人，我要填了這道坑道，你想被活埋？」

李玉隼謹慎地往前走一步，頭頂嘩啦啦地掉落下石塊、泥土。他狼狽地朝前又走了兩步，回頭一看，身後的坑洞已經被堵死了。

莫琴將燈盞放在地上，靠著牆坐下來。

淡淡的光照亮了這處地方，方圓不足一丈，高四尺，四面封閉的小洞窟。

李玉隼放下侯繼祖，握緊長刀，「為什麼要救我？」

露在蒙面巾外的眼裡噙著一絲笑意，莫琴聳了聳肩道：「我改主意了。」

封閉的空間裡有微弱的空氣流通，隱約感覺到上方有馬蹄與腳步踐踏而過。這裡離地面並不遠，李玉隼靠著土洞的另一端坐下來，「你看到來了軍隊，所以改了主意？」

「鷸蚌相爭，漁翁得利。錦衣衛和東廠相爭，卻也不能便宜了外人不是？李大人，您說呢？」

李玉隼明白他的意思，試探道：「能調動鐵甲軍，你猜會是什麼人？」

「你家督主會想這個問題，我家上司也會想這個問題。天塌下來有個高的頂著，我懶得猜。」莫琴懶洋洋地坐著，一副萬事不上心的模樣。

他居然懶得想？錦衣五秀都是這種不負責任的傢伙？什麼事情都扔給上司考慮？李玉隼有點鄙夷，轉念又覺得莫琴的話有些道理。

莫琴瞥了眼他緊握不放的長刀，微笑道：「再厲害的鷹也有飛累的時候。你一直蓄勢準備隨時與我拚命，而我以逸待勞，你贏不了我。」

李玉隼咀嚼著他的話，沉默了會兒道：「從淮安到京城，一路上我全力防備，你一直在京郊驛站挖地道？你怎知我會住進那間院子？」

莫琴只看了他一眼，李玉隼知道自己又問了個愚蠢的問題。驛站的這間院子相對獨立，適合防守，他一定會選擇這間院子。李玉隼想起譚誠的告誡，越發不敢掉以輕心。

「我們要藏到何時？」

「天明，對方一定會撤退。東廠的援軍到了，還望李大人能放在下離開。」

「好。」

李玉隼答應下來，心想：等東廠的援軍到了，我可以放你一條生路，但我一定要揭開你的蒙面巾，看看你的真面目。

不知過了多久，李玉隼突然覺得眼皮沉重起來，他心頭微凜，握緊了長刀，「你……」

「被人瞧了臉，可還怎麼好偽裝下去？放心吧，李大人，我不會要你的命。天快亮了，莫要太緊張，睡一會兒吧。」莫琴輕笑著。

李玉隼努力盯著莫琴蒙面巾外露出的眼睛，不甘心地暈了過去。

「我可不想和你拚命，能不打自然就不打。」莫琴嘀咕了句，走到李玉隼身邊，拍醒了侯繼祖。他同情地望著面帶驚恐之色的侯繼祖，攤開手掌，掌心裡托著一隻玉貔貅。

「這是我岳父的……」侯繼祖顫抖著手拿起那隻玉貔貅。

「侯大人，我知道你恨東廠，懷疑是他們調換庫銀陷害於你，因為戶部尚書是譚誠的人；而你，是承恩公的人。不過，這件案子還真不一定是東廠所為。你口口聲聲喊冤，有何證據？」莫琴亮出了自己的腰牌。

錦衣衛！侯繼祖嘴皮哆嗦著，一把抓住他的褲腿，「帶我走。本官進了大理寺定知無不言。」

莫琴嘆氣，「大人你確定進了大理寺，不會被滅口？你不想多一重保障？好歹你夫人不是死在錦衣衛手裡，你說呢？」

侯繼祖盯著他，「我岳父為何會把這隻玉貔貅給你？」

那枚灌鉛的銀錠是唯一的一錠假銀，發現假銀後，銀庫就失了火，化為一灘鉛水。對方進淮安府銀庫像是進自家後花園般自在，侯繼祖敵不過對方，啞巴吃黃連，有苦說不出。他暗中籌齊了銀兩修完河堤，只盼能將這件事掩過去，哪知河堤垮了，紙再也包不住火。

「我知道。你苦苦支撐著想進大理寺洗清冤屈，可是，侯家現在只剩下你一個人了。」莫琴同情地望著他道：「你岳父沈郎中為替你喊冤，一頭撞死在金殿上。你兒子為了把事情鬧大，讓朝廷重視此案，抹喉跳了國子監御書樓。侯大人，你現在是唯一的人證，你一死，可真沒人替你翻案了。」
莫琴每說一件事，侯繼祖的喘息聲就重一分。他張著嘴用頭撞著洞壁，想哭卻哭不出聲來，只能用拳頭狠狠捶著胸，想把胸口的鬱結捶散了。
「你不想多一重保障？畢竟這件案子與錦衣衛無關。」
「慶之啊！」侯繼祖終於哭喊出聲，老淚縱橫，「你怎麼這麼傻啊！」
莫琴等他哭號夠了才道：「這隻玉貔貅是你岳父交給你兒子，你兒子交給了錦衣衛。你不信我沒關係，天明後東廠會護送你進京。以今晚的情況看，想讓你閉嘴的人不會罷休。」
他站起身，傾聽著外面的動靜，「我走了。」
「你別走！」侯繼祖扯住他的褲腿，絕望地望著他道：「我要看看你的臉。」
莫琴笑了笑，扯下了蒙面巾。很年輕的臉，頰旁有天然的笑渦，讓人覺得他彷彿什麼時候都帶著笑意，「大人，再相逢，也應不識，明白？」
侯繼祖眼中露出一股瘋狂之意，「我記住你的臉了。如果你騙了我，我就算死了也要變成厲鬼找你！」
莫琴只是笑著，臉上的笑容讓侯繼祖慢慢放鬆。他鬆了手，喃喃說道：「河堤被毀，本官趕去山陽縣救災，在縣城裡無意中見到了一個人，一個本不該還活在世上的人……」
莫琴的臉色驟然變了。

「大檔頭！」

呼喊聲驚醒了李玉隼，他搖了搖腦袋，睜開眼睛。一縷天光從頭頂照下來，他瞇了瞇眼睛，第一時間去看身後的侯繼祖。

侯繼祖神態安詳地靠坐著，已沒有了呼吸。

「莫琴！莫琴！」李玉隼憤怒地喊著這個名字，擺脫了番子的攙扶，爬出洞口。

這裡離驛站的那間院子並不遠，雨後的陽光照著一片瓦礫之地。

看見廢墟前負手站著的身影，李玉隼飛撲過去，跪倒在地，「督主，屬下無能！錦衣衛莫琴他……」

「他殺了侯繼祖。他發現襲擊的人，改變主意救了你們。他為何又要殺侯繼祖？」譚誠似在和李玉隼說話，又似在自言自語。

李玉隼不明白，他只能將自己看到的說出來，「卑職懷疑是京畿大營的兵馬。」

「現場清理得很乾淨，連一枝箭鏃都沒有留下來，看起來就像是雷劈失火。不必過於自責，這趟差辛苦了，回去好生歇息幾天。」譚誠和藹地說道。

一股熱流從李玉隼心裡湧出，聲音哽咽起來，「卑職未能保侯繼祖性命，讓督主受朝官彈劾……」

譚誠扶起他，桀桀笑了起來，「這不是很好嗎？」

這是好事嗎？李玉隼不明白。

譚誠笑聲驟停，眼裡風暴漸起，傲然道：「平靜了十年，沉在水底的魚想跳起來翻動波浪，正好一網打盡！」

一場雷雨打碎了隔在太陽與大地之間的遮幕，炙熱的陽光從澄清無雲的天空肆意地照耀著大地。

從金殿大門處投進來的光亮比平時更為耀眼，盯著那處光亮久了，高坐在龍椅上的無涯覺得，那是一道門，通向光明與無上權威的門。

他掃視著高大殿堂裡的群臣。或許，他一直是看戲的人，一直看著他的臣子登臺演出著一幕幕爭奪權力的好戲。

這是譚誠登上東廠督主寶座十年來最沒臉的一次。當初接下護送侯繼祖時說的話還迴盪在金殿中，未曾從群臣的記憶中消褪。

換成是其他官員，都察院的御史們也許早就越眾而出，跪諫議罪了。內閣的數位大學士們早就議好定罪的條陳，只等著自己蓋上玉璽。

然而……今天早朝裡群臣們說的是什麼事呢？

「還有什麼事比龍嗣更為重要？」

「江山傳承為重！皇上該立后了！」

「臣等跪請皇上三思！」

「皇上三思！」

跪請他立后納妃的臣子跪得黑壓壓一片。

無涯沒來由地想起一句詩：烏雲壓城城欲摧。

侍立一側的素公公和春來不約而同地偷瞄皇帝一眼。皎皎如靜月的年輕皇帝像座玉雕，看不出絲毫表情。兩人垂下了眼，心裡為可憐的皇帝暗暗掬了把同情之淚。

金殿上出現了詭異的寂靜，跪諫的群臣無聲地展露著催逼的氣壓。無涯再看過去，除了譚誠，連親舅舅許德昭都跪下了。

真正的一人之下、萬人之上。

他終於轉過臉望向譚誠，「文武百官都跪求朕立后，譚公公還站著，是否對朕立后有異議？」

下方垂頭跪著的朝臣們詫異地抬起腦袋，驚奇地望著安坐在龍椅之上的皇帝與玉階之上站立的譚誠。

十年，沒有人見譚誠跪過。皇上這是怎麼了？

譚誠目不轉睛地望著皇帝，輕撩袍角，推金山倒玉柱般跪下了，「皇上，中宮不能虛懸太久，您該立后了。」

他聲音輕柔，神色和藹如長者。

滿朝文武在立后這個問題上前所未有的統一。就算是九五至尊，也扛不住這等壓力。皇帝已經二十了，不立后，站不住理。

無涯站了起來。

他緩緩下了兩步臺階，對著階下擺放的景泰藍仙鶴香爐用力踹過去。

哐噹一聲巨響。

彷彿驚雷。

無涯痛快了。

「沈郎中撞死在這金殿之上！侯慶之抹喉跳了國子監御書樓！侯繼祖夫婦來京途中意外遇刺！四條人命不夠多！三十萬兩庫銀不夠多？山陽縣淹死數千百姓不夠多？今天早朝竟然沒有一本奏摺、一位臣子提及這件事，反倒聯名催朕立后。都察院的御史都改做官媒了不成？」

「皇上！這是兩回事！」都察院的御史們被嗆得臉色大變，咚咚以頭觸地，無比耿介地繼續死諫，「皇嗣關係著江山傳承……」

「三十萬兩銀子如果真被調包，能買多少兵馬？都有人想要謀反了，御史們不諫護衛不力的東廠，急著想讓朕生兒子，巴不得朕死了好迎立新君嗎？」

無涯一如既往溫柔的腔調噎得御史們臉紅筋漲，指天高呼，「臣若有不臣之心，天打雷劈不得好死！」

譚誠抬起了臉，「皇上，東廠護衛不利，請皇上責罰。」

四目相對間，譚誠神色平靜。

這句話一出，御史們和文武百官都噤聲了。皇上敢罰嗎？

無涯突然想通了，「東廠護衛不利，責譚誠二十廷杖！」

譚誠恭敬地磕了個頭，「老奴領罰。」

大概倒吸冷氣的臣子太多，教人聽得清清楚楚。

今天早朝竟然發生了這麼詭異的事，素來溫和沒脾氣的皇帝踹翻了香爐，譏諷了御史。譚誠跪了，還順從地領廷杖！正常嗎？太不正常了！

然而這件事就這樣發生了。

殿外廷杖落在譚誠身上的悶響聲如平空夏雷，震得朝臣們惶恐驚慌。

無涯回座坐了，聽完監刑的春來哆嗦地回報打完了。他淡淡說道：「用朕的步輦送譚公公回去，太醫院遣太醫給譚公公治傷。此案交由東廠詳查。哪天查清此案，找回三十萬兩庫銀，朕哪天選秀立皇后！退朝！」

離開金殿，無涯瞥了眼春來。

春來懂了，小聲說道：「真打。」

無涯蹙了蹙眉。

彈劾譚誠的大好時機，舅舅許德昭卻保持了沉默？而譚誠，卻順著自己的心意，不僅跪了，還自請責罰，真挨了二十廷杖。

春來不懂，還替主子高興著，「皇上今天大顯龍威……」

後半句話被無涯冷冷的眼神逼得嚥進了肚裡。

最怕就是大海無波，群臣鐵板一塊。無涯心裡暗暗嘆氣。這種表面的威風有什麼用？能讓忠心譚誠的官員投向自己？

「朕去瞧瞧譚公公。」

譚誠趴在床上，藥香在室內瀰漫開來。御醫已經替他上過藥了。真打，依然不敢打重了，不過是皮肉傷而已。

皇帝的到來似乎在譚誠意料之中。譚誠走到今天，已無須對皇帝下跪，更不需要扮演忠心臣子。

他真心實意向皇帝道謝，「皇上無須愧疚，老奴辦事不利，該罰。」

無涯並不掩飾來意，「公公似乎很高興？」

「如果侯繼祖不死，東廠想要摘清自己尚需時間。」譚誠微笑著說道：「一頓廷杖換來東廠的清白，挺划算的。皇上大了，辨得清是非。」

無涯想從譚誠手中索回權力，而此時，卻相信東廠與侯繼祖一案無關。

譚誠輕聲感嘆道：「皇上是明君。」

正因為他想做明君，所以他一定要給山陽縣淹死在大水中的數千百姓一個交代。譚誠倒是深知他心。

了解對方更深的也許是敵人。無涯生出一絲荒謬的感覺，「群臣諫請朕立后，是公公的主意？」

譚誠沒有否認，「過了八月節，皇上就二十一歲了，該立后了。」

無涯懂了。譚誠藉此事看清楚朝堂上是否還有和他作對之人，同時讓自己清楚，侯繼祖案與東廠無關。

「你不擔心朕懷疑東廠演了場戲，殺人滅口？」

「皇上相信老奴，不會被三十萬兩銀子晃花了眼睛。」

無涯站起了身，「這件案子，朕希望公公查個水落石出。」

目送著無涯離開，譚誠收斂了笑容，「出來吧。」

隔間的房門被推開，許德昭沉默地走出來，坐在無涯坐過的地方，目光複雜地望向譚誠。

良久，他朝譚誠拱了拱手道：「佩服！」

譚誠側轉身，以頭支著下頷淡淡說道：「挨了二十廷杖，多分得五萬兩湯藥費，咱家也不算吃虧。」

「公公身體要緊，回頭本官再囑人送五萬兩銀票來。」許德昭毫不猶豫說道。

譚誠沒有拒絕，只是一笑。

這是一場局，做局的人是他和許德昭，偷換了三十萬兩庫銀。沒有許德昭暗中支招，侯繼祖不會想到隱瞞此事，私下籌銀。沒有兩人暗中支持，侯繼祖也籌不齊三十萬兩銀子修好河堤。

「這水底果然藏著漏網的魚。」

如果沒有人聽到風聲去毀壞河堤，將案情捅破，河堤依然完好。三十萬兩銀子不過是勒索富戶們為朝廷盡了心力。

「確定是錦衣衛？」許德昭輕聲問道。

譚誠搖了搖頭，「龔指揮使做不出毀堤之事，但他手下的錦衣五秀莫琴本不該殺了侯繼祖，卻殺了，這讓咱家深覺怪異。也許侯繼祖想進大理寺吐露的證據不是咱們知道的證據。」

許德昭抿緊了嘴，露出兩道深深的法令紋，「侯繼祖能知道什麼？」

譚誠笑道：「應該問莫琴迷暈李玉隼，從侯繼祖那裡聽到了什麼？」找不到莫琴，只能等，等著水底隱藏的魚自己再跳出來。

兩人沉默著相對而坐。譚誠突然說道：「前幾天咱家突然想起了松樹胡同。梁信鷗去瞧了瞧，裡面有了動靜。」

許德昭眼睛亮了起來。

●○●

御書樓中，穆瀾拿了本書靠著窗戶翻閱，眼角餘光瞅到不遠處晃動的一角衣袍，她撇了撇嘴。甩開一個林一川，來了個林一鳴。

許玉堂進了率性堂就顧不上穆瀾了，忙著成天與監生打交道。到了休沐日，國子監裡幾乎看不到人影。

譚弈不甘示弱。

許玉堂和監生們在蓮池開詩會，譚弈一群人就在蓮池畫畫。

許玉堂組織監生在樹林裡席地而坐辯論，譚弈和舉監生們就在樹林裡吹笛撫琴以樂會友。

到了休沐日，許玉堂邀了監生們赴宴，隔壁那桌定是被譚弈包下的。

以至於休沐那天，滿京城的小娘子們都開盤口押注，打賭這天能在哪兒看到兩個美男子。於是，兩人出行的隊伍中又多出了兩隊娘子軍。

許玉堂不喜歡被人圍觀，萬人空巷時，大都躲於轎中。與監生們出行，小娘子們跟來圍觀，他的臉色就不太好看了。

而譚弈不一樣，太不一樣了！他能笑著收下小娘子送來的花簪在帽上。開詩會時，還請小娘子們也賦詩應和。

這邊是冰山，那邊還能與俊俏的監生們以詩會友，於是人氣開始一邊倒。賞景開詩會時，許玉堂偶爾能看到自己隊伍中有監生悄悄朝譚弈那邊瞥去幾眼。

年少慕艾，人之常情。更何況天氣熱了，小娘子們穿著清涼，笑聲甜脆得像蜜似的桃。

在靳擇海的勸說下，許玉堂終於想明白為了朝廷人才大事，犧牲小我的重要性。

他開始冰山融化，在宿舍裡練習各種「笑容」，最終的「微微一笑」讓穆瀾看得兩眼發愣，低下頭說了句「騙子」。

靳擇海當場拍板，「要的就是這種效果！他譚弈有嗎？」

靜美如蓮花的微笑外加貴胄公子們的風度……

「天熱了，搭涼棚送小食酸梅湯！表哥你親自去送，就這樣笑！」

國子監萬人空巷和羞殺衛玠兩大公子爭鬥越演越烈。

然而，這樣的時候，譚弈還記得讓人盯住穆瀾。

除了東廠，穆瀾實在不知道和譚弈有多深的仇。譚弈說受了她的羞辱，必十倍、百倍回報。她想不明白，也無從化解。

有千百種辦法甩開林一鳴。穆瀾尋思著，能否利用林一鳴充當自己不在現場的人證呢？林一鳴是譚弈的人，他作證不會讓譚弈懷疑。

想到這裡，穆瀾放下了書。

窗外的蟬叫得聲嘶力竭，林一鳴又抬頭往窗邊看去。咦，穆瀾人呢？他扔下書轉身，穆瀾的臉在他眼前放大，唬得他後退兩步，「作賊哪？嚇死小爺了！」

「明天休沐，想去琉璃廠看鬥雞。一鳴兄，你是行家，能否指點小弟一二？小弟賺了銀子分你兩成。」

穆瀾才一勾引，林一鳴眼睛「叮」的亮了，「我和你一起去，五五！」

去看鬥雞，比窩在御書樓強。林一鳴不等穆瀾反對，搭著她的肩道：「鬥雞是技術活，我不親眼看，如何能指點你？」

兩人當下說定。

第二天一早，兩人就去了琉璃廠。

果不出穆瀾所料，林一鳴見了鬥雞比見了親爹還親熱，一雙眼睛黏在數隻鬥雞上都轉不動眼珠子了，沒有餘光看穆瀾。

「天太熱了。一鳴兄，我去買兩個冰碗。」

林一鳴頭也不回地說道：「叫老闆多放紅糖！」

穆瀾擠出人群，快步走向一旁的綠音閣。她讓雲來居做夥計的六子送了封信給應明，約好今天在綠音閣見面。

應明在國子監最後一年，照例和其他監生分去六部實習三個月。他這次運氣好，分到了戶部，替一位管理庫房的主簿打下手。照律，抄沒官員的家產都封存在戶部庫房。穆瀾想知道池家抄沒的家產存在哪間庫房，只能暗中找應明打聽。

進了綠音閣，她開口打聽應公子訂下的房間，夥計將她請進了後院，引著她走向假山，「廂房訂滿了，應公子訂了這間。」

穆瀾腳步微頓。是這間啊，她進京城與無涯再相遇，就是在假山上的這間亭閣中。她謝過夥計，邁上了石階。

走到門口，穆瀾彷彿又回到那天混亂之中，自己跑上假山，一把推開房門的時候。她沉默地站了會兒，脣角上翹，燦爛的笑容又掛在臉上，推門笑道：「應兄……」

如在夢中。

雕花窗戶旁，綠衫如霧，人如玉。四周擺放的冰盆飄送著絲絲涼氣。炭爐紅色的火苗溫柔地舔著紫砂水壺。無涯垂下眼簾靜等著水開，白皙修長的手自寬大袍袖中伸出，穩穩提起了水壺。

水入茶盞，盈香滿室。

他抬起頭望向穆瀾。

一如當日所見。

穆瀾呆呆地站在門口，她垂下了頭。她早該想到的，當初應明能替她換一間天擎院的宿舍，不就是得了無涯的旨意？自從端午什剎海一別，她刻意不去想他，無涯就能忘了她？但他有了核桃，將來還會有六宮嬪妃，他憑什麼還要來纏著她？

「我走錯地方了。」

多麼熟悉的話，跟當初一模一樣。只不過，當初她是誤闖進這間亭閣，今天她是想避開他。

「如果需要下旨才能留住妳，我也會做。」無涯目不轉睛地看著她，心裡湧出一絲酸楚，又有一絲甜蜜。因為核桃，她依然無法釋然。不正是因為她喜歡自己？下旨？

「妳不願意去深想，是因為妳愛上了年輕俊美的皇帝。早告訴過妳，離他遠一點兒。先帝駕崩，新皇繼位。年幼的皇帝登基當天，小手蓋了幾張聖旨，其中一張就是抄滅池家滿門。不聽我的話，如今可是心如刀割？」

穆胭脂的話浮現在穆瀾耳中，她猛地抬起頭，「皇上怎麼不下旨砍了我的腦袋？女扮男裝禍亂朝綱，這理由夠嗎？」

無涯站起身，一步步朝她走來。

穆瀾握緊了拳頭，沒有讓自己轉身就逃。

那襲綠衣帶著熟悉的龍涎香停在她面前，無涯將她轉到一邊的臉抬了起來，「這麼恨我？」

是恨嗎？穆瀾不恨。她理解原諒當年才十歲的無涯並不知曉那枚玉璽蓋上的旨意是池家幾十條人命。如果深究原因，無涯也能恨她父親為先帝開出一副虎狼之藥，讓先帝早逝。

理智歸理智，情感卻不受控制。

那天晚上坐在屍堆裡的情形撲進了穆瀾腦中。那天在宮中，核桃跪在她面前說不願離開的情景讓穆瀾心如刀絞。

「是，我恨你，但願從不相識。」

為他吃醋，他自然該高興，然而穆瀾的話仍讓無涯心痛。他低下頭吻上她的唇，收緊胳膊將她緊緊抱住了。

只有瞬間的呆滯，穆瀾用力一振，無涯踉蹌地被她推開幾步。

無涯再一次走向她，一字一句地說道：「休想再推開我！」

他想她想得難過，好不容易才找到機會相見，這一回他絕不要和她之間再隔著條看不見的溝壑。

「是因為核桃，妳以為我辜負了妳？東廠送她進宮，以為她是與我幽會的冰月姑娘。我封她美人，是不想東廠懷疑還有另一個冰月存在。我的苦心妳不懂嗎？核桃不能隨妳出宮，她不願意妳被東廠懷疑盯上。她對妳的情意，妳也不懂嗎？上次在什剎海，我說我要娶妳，我只想娶妳。妳以為我是隨口說說，將來三宮六院，把妳當成其中之一嗎？」

朝堂上百官下跪催逼立后的情形讓無涯激動起來，他扛住重重壓力，他為的是誰？

穆瀾轉開了臉。

無涯再次站在她身邊，逼視著她，「看著我！」

不看！她就不想看他！穆瀾不動。

一個大男人被一個女子輕鬆推開，有武力了不起？無涯攬住她的腰將她拉向自己，「妳再用武力推開我，我就直接納妳進宮！君無戲言！」

「你要不要臉！」穆瀾垂下了手握成拳，抬起頭瞪著他。

「一國之君屈尊脅迫妳，早沒臉了！」無涯磨著後槽牙，沒好氣地說道，手卻緊緊攬著穆瀾的腰，不肯放鬆。一鬆手，她又會像泥鰍一樣從手裡溜走。他出宮見她一面這樣難，反正都死皮賴臉了，今天不說清楚明白，這日子沒法過了！

沒想到溫文爾雅的無涯這樣無賴，穆瀾簡直無語了。她只能瞪著他，希望眼神像小刀子能把無涯的臉皮削薄一點兒，讓他鬆手。

清亮的眼眸裡浮著兩團火，將她的眼眸映得如此美麗；她的笑容燦爛眩目，她生氣時亦如此生動。無涯一聲輕嘆，把臉埋在她肩窩裡，近乎痛楚地說道：「妳問我，『六宮只能有我一人，你行嗎？』我答妳，現在我力量不夠，將來一定行。妳且等著我。我很累很累了，每每想到妳，我就會生出勇氣和鬥志。妳等我啊。我時常夢著妳帶著我翻窗越牆，那樣自由地飛，夢醒了都會笑……」

鼻腔深處蔓延出絲絲酸意，直衝進眼裡。穆瀾閉上眼睛，無力地靠著他。她放鬆了身體，心裡那根弦卻越繃越緊。將來，還會有將來嗎？什麼都不知道的無涯在為了將來披荊斬棘。他可曾知道，當他劈開所有荊棘，用盡力氣後，看到更高更難的大山橫亙在兩人面前，他該怎麼辦？

他以為她的父親是替杜之仙背了黑鍋的邱明堂，當他知道她的親生父親是讓先帝喝了虎狼之藥而提前駕崩的前太醫院院正池起良，他那開山劈岳的刀還舉得起來嗎？她又該怎麼辦才好？

「無涯，那時候天香樓的花魁冰月與有錢的無涯公子可以肆意地相愛。冰月不在天香樓，無涯公子回到了宮裡，夢就該醒了。」

這一次穆瀾沒有推開無涯，無涯卻震驚地鬆開了手。他急切地捧起穆瀾的臉，迭聲說道：「不是這樣的，不是這樣！」

他連先帝的〈起居注〉都找來看了。邱明堂是替杜之仙背了黑鍋，他有辦法為邱明堂正名，「穆瀾，是不是那天妳回家後，妳娘說了什麼？她為什麼要騙妳？」

她沒辦法告訴他實情。穆瀾嘴裡一片苦澀，「她……只是心疼我爹意外投繯，有些魔怔了。她一直假想著是陰謀，是有人害他。」

無涯鬆了口氣，有些興奮地拉著穆瀾在窗邊坐下，望著她認真說道：「再等幾個月，過年節放長假時，妳裝病再報病亡，恢復姓氏。明年開春妳隨采女進宮，我要娶妳。」

他不能一年年拖下去，明年開春，選采女進宮勢在必行，他已經著手安排。

「第一次在京城相見，我就在這裡煮茶。」無涯倒掉冷茶，重新續了熱茶，放在穆瀾手邊。

細長的茶葉在水中舒展開來，一色清幽，仍然是六安瓜片。几上擺著的仍然是那四碟點心：一碟蔥香牛舌餅、一碟蜜三刀、一碟核桃酥、一碟豌豆黃。

「我都記得。」無涯寵溺地望著她，拿起一塊豌豆黃遞過去。

無涯的話瞬間惹哭了穆瀾，眼淚簌簌掉了滿襟。此時，穆瀾才深刻體會到穆胭脂話裡的滋味。不聽她的話，如今真的心如刀割。

問天試得倚天無？能斬情絲斷相思。

斬斷的情絲也有傷，每一絲都在滴血落淚。

「無涯，我自幼隨穆家班行走江湖賣藝。宮牆太高，圈的天空太小，我不想進宮，不想嫁給你。」

她站了起來。

「妳撒謊！」

當他沒看到她的淚嗎？無涯將那塊豌豆黃放回碟子上，抬起臉望著她，「宮牆再高，有情人在一起，不會覺得失了自由。妳怕的不是宮牆，是宮規。我廢了那些規矩又何妨？」

穆瀾苦笑，「自古皇帝都自稱寡人，你學帝王之術，難道不明白這二字的含義？」

「如何為君，我比妳明白。妳當我真的怕史筆如刀？史書是由勝利者書寫。」

「那不是明君所為。」

無涯霍然站起，逼視著她道：「為了明君就要我去做那樣的『寡人』？那麼，我就做個暴君、昏君又何妨？」

穆瀾吃驚地望著他。此時的無涯神情倨傲，像一柄帶著寒光的刀。

她後退了一步，「對不起。」

「穆瀾！」無涯大吼出聲。他不要聽她說對不起。他痛苦地望著她，話語柔軟下來，「還要我怎麼做，妳才不會離開我？」

環顧著這間亭閣，穆瀾腦中湧現著與無涯的點滴過往。因為太美好，所以她想讓這樣的美好在這一刻永遠停滯。用力擦掉臉上的淚，穆瀾揚起了笑臉，那樣無奈、那樣憐惜地笑著，「對不起，你肯為我這樣……我不能再騙你，我已經不喜歡你了。」

「妳說什麼？」

穆瀾從來不缺乏勇氣，已經揮劍要斬斷這段情緣，猶豫不決只會讓兩個人將來更痛苦。她慢吞吞地說道：「我說，我已經不喜歡你了。進宮看核桃那次，我能那樣平靜地離開，你就該曉得，我沒有想像中的吃醋嫉妒、傷心難過。其實只是我不夠喜歡你罷了。」

無涯用力搖了搖頭，想將穆瀾的話甩出去。

「我不會相信。我不是傻瓜。」

無涯的目光漸漸變得平靜，只有他才知道，這樣的平靜與自信輕如薄紙，只要穆瀾再多說一句，就碎裂了。

所以他不想再聽穆瀾說下去，他越過她走向門口，「到了年節，報個病逝離開國子監吧。明年春天，我要看到邱氏女進宮。穆瀾，我知道妳不怕死，我也捨不得殺妳。穆家班的人一個也別想離開京城，還有核桃。」

「你威脅我？」

無涯回過頭，「是，我威脅妳。我管不了妳是怎麼想的，也不想去想妳為何要對我撒謊，說那些話來傷我的心。妳退縮，我就前行。」

她還小，才十六歲。她不會明白，當一個帝王下定了決心，就會擁有讓天地變色的力量。他深深看了眼穆瀾，大步離開。

無涯走了，亭閣外知了的叫聲越發襯著這裡清幽一片。穆瀾無力地坐下，望著几上的點心吸了吸鼻子。

她拈起一塊豌豆黃咬了口，又香又糯，入口化渣，和原來一樣的味道。可是今天這塊豌豆黃卻堵在喉嚨，喉間彷彿有個腫塊堵著，教她嚥不下去。

穆瀾用力嚥下，拿起一杯茶大口喝完，「砰」的放下杯子。她還能怎麼辦？她都說不喜歡他了，她還能怎麼辦？

她突然伸手，將四碟點心全掃到了几下，稀里嘩啦的碎瓷聲讓她痛快了點兒。她拿起茶壺用力地扔到牆上，「你這個白痴！你不傻誰傻啊！」

她洩氣地坐下了。

珍瓏無雙局

珍瓏無雙局 參

作　　者／柱柱
執 行 長／陳君平
榮譽發行人／黃鎮隆
協　　理／洪琇菁
總 編 輯／呂尚燁
執行編輯／許晶翎
美術監製／沙雲佩
美術編輯／李政儀
國際版權／黃令歡、梁名儀
企劃宣傳／洪國瑋
文字校對／朱瑩倫、施亞蒨
內文排版／謝青秀

國家圖書館出版品預行編目資料

珍瓏無雙局 / 柱柱作 . -- 1 版 . -- [臺北市] : 城邦文化事業股份有限公司尖端出版 : 英屬蓋曼群島商家庭傳媒股份有限公司城邦分公司發行 , 2022.09-
冊 ;　公分
ISBN 978-626-338-197-1 (第 3 冊 : 平裝)

857.7　　111009872

出版／城邦文化事業股份有限公司　尖端出版
台北市 104 中山區民生東路二段 141 號 10 樓
電話：(02) 2500-7600　傳真：(02) 2500-2683
讀者服務信箱：7novels@mail2.spp.com.tw
發行／英屬蓋曼群島商家庭傳媒股份有限公司城邦分公司　尖端出版
台北市 104 中山區民生東路二段 141 號 10 樓
電話：(02) 2500-7600　傳真：(02) 2500-1979
劃撥專線：(03) 312-4212
戶名：英屬蓋曼群島商家庭傳媒(股)公司城邦分公司
劃撥帳號：50003021
※ 劃撥金額未滿 500 元，請加付掛號郵資 50 元
法律顧問／王子文律師　元禾法律事務所　台北市羅斯福路三段三十七號十五樓

台灣地區總經銷／中彰投以北（含宜花東）　楨彥有限公司
電話：(02) 8919-3369　　傳真：(02) 8914-5524
雲嘉以南　威信圖書有限公司
（嘉義公司）電話：(05) 233-3852　　傳真：(05) 233-3863
（高雄公司）電話：(07) 373-0079　　傳真：(07) 373-0087
馬新地區總經銷／城邦（馬新）出版集團 Cite (M) Sdn Bhd
電話：603-9057-8822　　傳真：603-9057-6622
E-mail：cite@cite.com.my
香港地區總經銷／城邦（香港）出版集團 Cite (H.K.) Publishing Group Limited
電話：852-2508-6231　　傳真：852-2578-9337
E-mail：hkcite@biznetvigator.com

版　次／ 2022 年 9 月 1 版 1 刷　Printed in Taiwan